Константин Георгиевич Паустовский

Повесть о жизни

第六部

漂泊的篇章
———

生活的故事

[俄] 康·帕乌斯托夫斯基 著
王丽丹 译　王志耕 校译

广西师范大学出版社
GUANGXI NORMAL UNIVERSITY PRESS

·桂林·

生活的故事
SHENGHUO DE GUSHI

出 品 人：刘春荣
责任编辑：王辰旭
助理编辑：田　晨
特约编辑：罗敏月　郑夏蕾
装帧设计：王　烁
责任技编：郭　鹏

Повесть о жизни © Константин Георгиевич Паустовский
本作品中文专有出版权由中华版权代理总公司代理取得，
由广西师范大学出版社独家出版。
著作权合同登记号桂图登字：20-2014-292 号

图书在版编目（CIP）数据

生活的故事：全 6 册 /（俄罗斯）康·帕乌斯托夫斯基著；
王丽丹等译. —桂林：广西师范大学出版社，2019.6
ISBN 978-7-5598-1654-2

Ⅰ. ①生… Ⅱ. ①康…②王… Ⅲ. ①自传体小说—
俄罗斯—现代 Ⅳ. ①I512.45

中国版本图书馆 CIP 数据核字（2019）第 038732 号

广西师范大学出版社出版发行
（广西桂林市五里店路 9 号　邮政编码：541004
　网址：http://www.bbtpress.com ）
出版人：张艺兵
全国新华书店经销
广西广大印务有限责任公司印刷
（桂林市临桂区秧塘工业园西城大道北侧广西师范大学出版社集团
有限公司创意产业园内　邮政编码：541199）
开本：880 mm × 1 230 mm　　1/32
印张：57.625　　　　　字数：1 429 千字
2019 年 6 月第 1 版　　2019 年 6 月第 1 次印刷
定价：318.00 元（全 6 册）

如发现印装质量问题，影响阅读，请与出版社发行部门联系调换。

第六部

漂泊的篇章

目 录

最后一次相见 / 3

田野上的寂静 / 11

"第四版" / 23

夜行列车 / 36

严寒 / 49

雪帽 / 59

欢送教练舰 / 66

免费的烟草 / 74

捕鸟人 / 78

并不轻松的事业 / 97

森林猎手 / 102

铜鞋掌 / 106

泥盆纪石灰岩 / 116

"小科诺托普" / 130

"行不通!" / 144

一张旧地图 / 151

荷兰奶酪的包装纸 / 168

沙漠的考验 / 171

与地理有关的故事 / 186

197 / 火炮厂

213 / 火热的科尔希达

232 / 韦尔图申卡小河

244 / 要像开始时那样去生活

249 / 译后记

回忆过于沉重地压在我的肩头,
即使在天堂我也会为人间哭泣……[1]

——玛丽娜·茨维塔耶娃

---

[1] 引自俄苏女诗人茨维塔耶娃(1892—1941)的诗《在天堂里》。

最后一次相见

我坐了很长时间的车,才从梯弗里斯来到基辅。

火车是傍晚时分抵达基辅的。正是春天的大好时节,栗树花开,弗拉基米尔大教堂的圆顶闪耀着炎热的落日余晖,五光十色的克列夏季克大街热闹非凡。这让我感到妈妈和姐姐加莉娅住的小房间越发显得寒酸与空荡荡的。

自我离开基辅去敖德萨,然后去梯弗里斯,已两年有余。在此期间,妈妈和加莉娅都见老了,但也变得更加心平气和了。

我一有机会就给妈妈寄钱,不过还是时刻感到惴惴不安,钱太少,而且还时有中断。但妈妈从不抱怨。我深信,她的性格真的很坚韧。

"科斯季克,"她刚见我就哭了一通,胡乱地问长问短之后说道,"我和加莉娅找到了一种很好的生活方式,不需要繁重的开支,也就不用发愁了。"

"是什么方式?"

"你看一下房间——就会明白的。"

我环视了一下房间。房间四壁是黄色的,像医院里一样,陈设特别简陋——两张不很结实的铁床,一个旧柜子,一张餐桌,三把晃动的椅子和一面挂镜。所有这一切都蒙上了一层灰暗的色调,仿佛蒙上了一层灰尘。其实并没有任何灰尘。陈年老旧和抹布的不断擦拭使物品蒙上了一种灰暗的色调。

"你知道吗,"加莉娅说,她朝着阳光照进来的窗口方向苦笑了一下,"知道吗,我和妈妈甚至还装修了一下。"

我还没有来得及单独问妈妈,加莉娅的视力怎么样,但是观察她的一举一动,我明白了,她已经真正失明了,完全失明了。妈妈用眼睛向我示意加莉娅,然后急忙从旧针织上衣的袖子里抽出一条小手绢,擦眼睛。

"妈妈,"加莉娅惊恐地问道,"你怎么了?哭了吗?"

"我这是高兴,"妈妈声音颤抖着答道,"科斯季克回来了,我们大家又重新在一起,我和你不再孤单了。"

"科斯季克回来了。"加莉娅慢慢地重复道。"回来了!我的弟弟,"她不很确信地补充道,仿佛是在把我介绍给谁一样,"是的,我的弟弟!"

她沉默了一会儿。

"科斯季克,你知道吗,该把墙壁涂上什么颜色这件事我和妈妈争论了很久。然后涂上了橘黄色。是吧,漂亮吧?"

"特别漂亮,"我看着涂上廉价的黄色涂料的墙壁答道,"特别漂亮。"

"妈妈说,连阴天我们的房间都仿佛有阳光照进来。是真的吧?"

"是真的,"我回答,"这墙的颜色很鲜艳,让人心情舒畅。可你们是在哪儿买到这么好的涂料的?"

"我已经什么都看不见了,"加莉娅说,然后笑了笑,仍不是朝向我,而是冲着旁边的某处,"但是我感觉得到,从墙上能发出一股暖气来。"

她扶着粗糙的餐桌,慢慢朝我走来。我站起身来,迎着她走过去。她触摸到我的手指,用手顺着我的胳膊摸到我的肩,然后碰到我的面颊。

"哎呀,你怎么胡子拉碴的!"她说着,笑了起来,"我手指头都扎破了。我已经不做布花了。看不见了。现在,我们做编织工的女邻居让我把粗毛线缠成大线团。每个线团她付给我两卢布。"

"加莉娅缠毛线的时候,"妈妈说,"我就给她读书。现在你明白,科斯季克,我们是怎么生活了吧?"

"是的,我明白了,"我答道,尽量不流露出自己不安的情绪,"我全都明白了。"

"我们,"妈妈说,"卖掉了所有多余的东西,所有不需要的东西。"

"在日特市场卖掉的,"加莉娅补充说,"比如说,我们要茶炊有什么用呢?还有塞满了家庭照片的天鹅绒的旧相册。我们有四本相册。它们放在科兹洛夫斯卡娅太太那里保存了许多年。"

科兹洛夫斯卡娅太太是一位年老体衰、温和安详的老太太——她早就是妈妈的好朋友。

"所有的照片我都留下来了。"妈妈说道,仿佛在替自己辩解。

"妈妈真幸运。她都没有想过,谁现在会买这些相册。"

"你想想看是谁买的,"妈妈插话道,她活跃起来,甚至笑起来,"是兄弟修道院的一个修士买的。他买下了所有四本相册。他需要这些相册。你猜猜看,科斯季克,他用来干吗?"

我当然猜不出来。

"天鹅绒的封面很厚实，"妈妈解释道，"它们可以用来做很好的，简直就是精致的《圣经》封面。修士把它们卖给了乡村教堂，而我们则摆脱了无用的破烂。这样会生活得更清净。我一生都说，物品占去了我们的精力，折磨我们。它们逼着我们像临时工一样为它们服务。总之，"妈妈说道，仿佛要终止旷日持久的争论似的，"这样生活得更轻松。我们把自己的需求压缩到最低限度。"

妈妈略带自豪地说。

"那个老太太怎么样了？"我问加莉娅，"那个从你这里买花再到拜科夫墓地卖的老太太？"

"那个老太太死了。我用雏菊花给她的坟墓编了一个花环。"

"特别好的花环，"妈妈叹息道，"极其漂亮。我这就热午饭去，然后你给我们讲一下你自己的情况，好吗？你暂时在阿玛莉娅的房间里坐一会儿，或者在凉台上，在屋外坐一会儿吧。"

我拉起加莉娅的手，穿过阿玛莉娅的房间，来到凉台上。阿玛莉娅没在家。加莉娅走在地板上，仿佛是在用脚触摸着河底，蹚过浅浅的河水。

我和她坐到凉台上。凉台朝向植物园。植物园林荫道上，偶尔有无轨电车尖声叫着缓慢驶过。弗拉基米尔大教堂广场上，一块块大鹅卵石之间已经长出了高高的青草。

黄昏降临。落日余晖从一扇扇窗玻璃上反射出来，洒满了街道。

"科斯季克，"加莉娅问道，"你真的发表了几篇短篇小说？"

"你怎么知道的？"

"有一次吉尔达来我们家，她是埃马·施穆克勒的姐姐。你记得她吧？"

"当然记得！她长得很高，身体各部分很不匀称。"

"得啦，她现在，据说可是美女。你都认不出来。是这样的，是她讲的这件事。你怎么不给我们寄过来看看？"

"我随身带来了。"

"那么你听我说，"加莉娅神秘地说，"你把它们放在妈妈的床上，枕头上，你自己什么也别对她说。你知道，现在这是她唯一的理想，她想让你成为真正的作家。不久前妈妈还说起你，说如果你哪怕能对人们做一点儿好事，那么就可以以此来赎——她就是这样说的，'赎'——父亲所有的过错。请告诉我，你写的东西能帮助人们减少痛苦吗？你是怎么认为的？"

正门砰的响了一声。

"快藏起来，"加莉娅快速地说，"这是阿玛莉娅。瞧，她一定会吃惊的！"

我藏到栽着一棵大夹竹桃的木桶后面。阿玛莉娅走进来，站在穿衣镜前，抬起双手整理自己仍很漂亮的头发。

"我坐在您这儿，"加莉娅说道，"是因为妈妈炸肉饼。我们那里有油烟。"

阿玛莉娅微微一笑并问道：

"他在哪儿？"

"谁啊？"加莉娅惊慌地问道。

"他在哪儿？"阿玛莉娅重复道，"科斯季克。前厅挂着他的外套。"

她随即看见了我，拉着我的手，把我拖到屋子中间，搂住我的脖子，像农妇那般猛劲地大声亲吻了几下。

我按加莉娅建议的那样做了——傍晚，我把从刊登我作品的报纸上剪下来的三个短篇小说放在了妈妈的枕头上。妈妈这时正在厨房里忙碌着。

我自然有些害怕，便偷偷逃到城里。我沿街闲逛，却一直在猜想——妈妈是否读完了小说。我终于忍不住回家了。

为我开门的是妈妈。她双手捧起我的头，用力地亲吻我的额头。她的双眼已经哭过。

"你要是知道，"妈妈说，"我刚才读了多么优秀的作品就好了！谢谢你，科斯季克。我代表我们所有的人——父亲、兄弟、我们不幸的加莉娅感谢你。"

妈妈说不下去了。她坐到前厅的凳子上。

"给我倒点儿水。"她请求道。

我从厨房取来一杯水，递给她喝。

"这是我的儿子，"她几乎是喃喃低语，抚摸着我的双手，"我的科斯季克！"

"你说什么呢，妈妈！"我试图安慰她说，"我会留在这里，和你们在一起。"

"不需要！"妈妈坚决地说，"走自己的路。只是要留心，别忘了我们。"

她突然蜷缩成一团，痛哭起来。我搂住她，把她紧紧拥在怀里。

"如果你父亲还活着该多好，"她哽咽着说，"他要是活着该多好！他该有多幸福。他是个那么好的人，科斯季克。他是世上最好的好人。我原谅了他做的一切。你也要原谅他。你的青年时代很艰难。现在我连死都不觉得可怕了。但是你要答应，如果我死了，你要把加莉娅接到你那儿。"

我答应了她的这一请求,但后来发生的一切完全不像妈妈所期待的那样。她甚至没有看见我的第一本书面世。生活对她和加莉娅严酷而不公正。

有一年夏天,我去波季,去科尔希达,准备写一本关于亚热带地区的书。在波季,我得了一种"蓝色"斑疹伤寒,住了好长时间的医院,与死亡搏斗了很久,而就在这段时间里,妈妈因肺炎死于基辅。一周后加莉娅也死了。没有妈妈,她连几天都活不下去。她因何而死,谁也不知道,这件事也始终没有查清。

阿玛莉娅把妈妈和加莉娅并排安葬在拜科夫墓地拥挤、枯败的荒冢之间。

我好不容易才找到她们掩映于黄色荨麻之间的墓地——两座坟茔连成了一座坟丘,墓地上竖着一块弯曲的铁皮板,上面写着:"玛丽亚·格里高利耶夫娜和加林娜·格奥尔吉耶夫娜·帕乌斯托夫斯基母女。愿她们安息!"

我没有立刻辨认出这些被雨水冲刷过的题字。从铁皮板的裂缝中探出一根苍白到几乎是透明的草茎。你会奇怪而伤心地想到,这就是一切!会想到,这根草茎竟是她们辛苦一生的唯一装饰,它如同加莉娅那带着病容的微笑,如同从她失明的双眼中流出的沾在睫毛上的小小泪滴——那么渺小,任何人任何时候都不会注意到它。

只剩下我独自一人。所有的人都死去了。母亲,她给了我生命——这生命既非枉然,也非偶然,如今她长眠于此,长眠在基辅的黏土地下,在墓地的一角,在铁道的路基旁。我坐在墓地旁,当有载重火车疾速驶过时,我感觉到大地的震动。想必妈妈在坟墓那里,一如她活着的时候一样,仍旧对我担心不已。她常盯着我的眼睛问我:

"你没隐瞒我什么吧,科斯季克?注意啊,别瞒着我。你知道,我随时准备到天涯海角去帮助你。"

田野上的寂静

一九二三年八月,当时我从基辅回到了莫斯科。

我剩下的钱仅够过一个月半饥半饱的生活。当时需要在莫斯科的报社找一份工作。但不久前被外高加索的酷暑折磨得筋疲力尽的我却没去找工作,而是梦想着见到俄罗斯中部潮湿的小树林和凉爽的河流,梦想着一定要去某个偏远的乡下,哪怕短期也好。此外,我想在开始人生新阶段时,与旧农村做个告别——现在已经永远地与它告别了。对于农村的了解,是我亲眼所见,而不是从契诃夫、布宁的小说中了解的。

一个偶然事件帮助我完成了这次告别。在莫斯科,我临时住在以前女房东的石榴小巷,住在一个租户的房间里,他出差去了外地。

我一九一七年住在这里时的邻居——脸上长着雀斑的学员莉波奇卡仍旧住在这里。她无论如何也无法从医学院毕业。

像五年前一样,梁赞乡下的老乡常来找莉波奇卡,给她带来蜂蜜和苹果,从莫斯科带走意外搞到的所有东西——甚至连麻刀和一包包卷纸烟用的旧报纸也带走。

莉波奇卡的父亲是梁赞附近的乡村神父。莉波奇卡严守这一隐情,不过我还是在一九一七年偶然得知了这一实情。莉波奇卡在我面前嘲讽地称自己的父亲是"我的小神父"。

在莉波奇卡的建议下,我去她父亲那里住了两三周。

奥卡河把梁赞州分成了独立的两部分:北部——多林和沼泽地区,南部——田野和峡谷地区。莉波奇卡的父亲居住的叶基莫夫卡村,位于南部地区,在一望无际的田野中。

我有点沮丧的是,我要去的那个地方没有森林。不过我刚在梁赞附近的斯捷尼基诺小站走出取暖车厢,便立刻忘记了自己的沮丧。

迎面朝我吹来一股暖洋洋的黑麦气息。田野上的寂静向我袭来,除了渐行渐远的火车遥远的汽笛声,这寂静没有夹杂一丝声音。

我在月台上的老榆树下略微站了一会儿,突然闻到早已淡忘了的马车车轮上的焦油味。一挂马车拴在一棵榆树上。灰色的骟马打着瞌睡,不时抖动着干燥的皮肤。

马车是莉波奇卡的父亲派来接我的。赶马车的是一个名叫弗拉斯的十二岁小男孩——他脸上长着雀斑,一副愁眉苦脸的样子,一路奋力抽打着骟马凹陷的两肋。对我提出的问题,弗拉斯只回答一句话:"我怎么知道?"

我们就这样沉默不语地走了很长时间。后来,弗拉斯终于鼓足勇气说:"我们的神父,彼得神父,是个鳏夫,上了年纪,耳朵有些背。而这匹骟马是主席借给他的,贫农委员会主席。"

不久,在沙沙作响的麦浪之上显露出白色的钟楼和教堂绿色的圆顶。圆顶上的十字架歪斜着,随时都可能掉落下来。十字架上挤满了互相啄来啄去的麻雀。

彼得神父家位于村子外的教堂附近。房子四周长满了接骨木和变成野生的丁香,只看得见台阶。

彼得神父身着一件神职人员穿的柞蚕丝长内衣走出来。他矮矮的个子,脑袋后面有几缕稀疏的白发,他用浅色的眼睛看着我的脸,口齿不清地说:

"谢谢,承蒙不弃,前来看望我这个老头子。我们这里生活简陋。不过,常言道:'哪怕是吃糠咽菜,我也不离开叶基莫夫卡村。'您休息吧。我们这里的空气很富足。"

于是我住进了老人家里,老人耳朵有些背,整天忙东忙西。

"我倒是不明白了,"他仿佛以阴谋家的语气说道,"为什么不动我这个上帝的奴仆?同情我年老了?还是因为这个教区太穷,无利可图?这是梁赞主教管辖区内最不中用的教区。我也只是靠果园和土豆生活。苹果树——全都老了。果实结得小,还生虫子。这种小苹果的价钱——一俄斗[1]只能卖两戈比。莉波奇卡一直帮我,不然我早就被送到乡村墓地去了。"

屋子里昏暗、阴凉。衰败后的整洁,看来早已在这里安家落户了。没上过漆、刮得平平的地面呈灰白色。

屋子里散发着灯油的味道。神龛里塞着几束风干的金丝桃。除一本《日课经》[2]和一本读破了的扎索基姆斯基[3]的长篇小说《斯姆林村纪事》

---

1 旧俄国容量单位,1俄斗等于26.24升。
2 东正教的祈祷书。
3 帕·弗·扎索基姆斯基(1843—1912),俄国作家。

外，没有其他书籍。小罐里的墨水长出了一层白霉。

如周边的田野一样，昏沉的寂静是盘踞在这所房子里的主要居住者。这寂静偶尔会被熊蜂信心十足的嗡嗡声所打破。它肆意在房间里盘旋，宛如房主，仿佛生够了气，唠叨够了，便轻松地从敞开着的窗户飞出去，飞向沉睡的田野，飞向酷暑中和蓝天里。

熊蜂飞走了，房子又重新归于沉寂。彼得神父轻轻地清了清嗓子，用颤抖的、不太高的男高音唱了起来："尘世间的痛苦包围着我，违背戒律的洪流令我恐惧。"但他突然想起来，便打住了，担心会惊动我。又重归寂静。只有风儿偶尔从花园里呼啸而过，掀起小窗户上的印花布窗帘。

我就在这简陋的住处休息，久久地思考着周围发生的一切。我因贴近大地、贴近俄罗斯而感到无限欣悦。那时我全身心地感到，俄罗斯真正是我的。伟大的前途和惊喜在等待着它。这一点大家都清楚，甚至连目光短浅的彼得神父也明白。我则深信，俄罗斯的田野、它的远方、它的天空的美将永远保持神奇的魅力，恒久不变。

房子周围是一片自然生长的花园，所以尤其显得风景如画。几株酷似大象耳朵的巨大牛蒡与一人高的荨麻并列生长着。

白天花园里的绿叶蔫头耷脑。八月天气炎热。高空中庄严飘过的如白雪一般巨大的云团所投射下来的一小片阴影都令我兴奋不已。但这里的炎热还算温和，不像外高加索那里那般毒辣得使人疲惫。

而到了黄昏时分，花园显得那么茂盛，绿树浓荫，像被施了魔法一般地美，野蒿的气息弥漫开来！午夜时分，那么清新的气荡漾在花园里，直到清晨才慢慢散去！

花园的尽头，落霞透过雾气映照着。拖长音调吹奏的牧羊人的号角声,消失在巴甫洛夫卡河的对岸。

彼得神父在小厅堂里点燃了一盏厨房用的灯,于是,白天变成了宁静的夜晚。

大概,在叶基莫夫卡最好的时光就是傍晚——它们仿佛是被刻意营造出来的,以展示妇女和儿童吆喝牛犊和鹅群那悦耳动听的声音。

每天傍晚,邻居家女孩卢莎都会把一头长着一双泪汪汪栗色眼睛的小公牛赶进彼得神父家的院子里。卢莎低声打过招呼后,便赶紧跑开了,她害怕被问长问短。但我每次还是会发现她泛起红晕的脸庞,发现她蒙尘的睫毛下像闪电一般转瞬即逝的好奇的目光。

当卢莎跑开后,彼得神父说:

"她是我的教女。像玛丽亚公主[1]一样,在这荒无人烟的地方长大。"

有一次,一个狡猾的监督祭司来到彼得神父家,他显然知道我来了。

他头发是橙红色的,大鼻子,说话声音嘶哑,假声假气,他肚子前及屁股处的教袍被撕破了。

他马上告诉我们说,他在自家花园的栅栏上搞了一个洞口,以便突然悄悄从后面进去抓住"偷苹果"的男孩子。但是洞口有些窄小,监督祭司在急急忙忙地钻进去时,扯破了衣服。

彼得神父看见监督祭司惊得说不出话来。他只是不断地点头,同意祭司说的一切。而后者解释说,需要巧妙的策略使神父们免遭各种不幸,并与政府之间搞好关系。

---

[1] 俄罗斯民间故事中的人物,生在荒野,会魔法。

后来彼得神父出去了一下,不久便带回来一瓶混浊的家酿白酒。白酒有一股煤油味和腐烂的辣根气味。监督祭司就着煮熟的土豆,用多棱玻璃杯喝了两杯这种液体,马上就醉了,开始东拉西扯,胡说八道。

"除我主耶稣基督和教堂里的圣徒外,"他打着响嗝说道,"我最敬重的就是布尔什维克了。我喜欢做事果断的男人。因为我自己就是因为勇敢而闻名整个教会管辖区。我随便举个例子吧。比方说,一个说话带鼻音的神父犯了教规,我一把抓住他的脖颈子,就这样一摇,他的脑子就被搅拌成大杂烩了。这时我再摇晃一次——他的脑子就恢复原位了!我不用别的办法,出于怜悯嘛。"

彼得神父瑟缩起来。他那几缕头发在脑后抖动着。

"瞧,比方说,这位有点儿耳聋的神父彼得神父!能从他这儿得到什么呢?腌黄瓜和褪了色的法冠[1]吗?"

彼得神父嘿嘿一笑。

"我是无罪的,"他小心地说道,"前几天我已经过了七十岁。"

"你没有罪过,自然是因为身体衰老、智力贫乏。"

"您没有必要这样说,"我对监督祭司说,"彼得神父是一个善良的人。干吗要羞辱他?"

"可他不会生气的,"监督祭司转向彼得神父,"您瞧,还点头呢。神父的谦恭指示他绝对顺从地忍受饥饿和耻辱。而您呢,年轻人,别在这儿,在叶基莫夫卡替神父们鸣不平,而要在那儿,在莫斯科,在克里姆林宫豪华的大厅里,那里新的君王们正在为人民的幸福而操心。布尔

---

[1] 东正教教士的帽子。

什维克的一切都好,我赞同他们的一切主张,除了禁止养马及举办马市。要说相马,从梁赞到利佩茨克地区,我是第一内行。哪一个马市上没有我都不行。只要我一走进马市,那些茨冈马贩子就像被牛舔了一样没影儿了。我总是狠狠地收拾他们!而您却说——布尔什维克!"

监督祭司突然不说话了,脑袋耷拉到胸前,打起了惊天动地的鼻鼾。这样过了几分钟。

"可耻!"彼得神父小声对我说,"布尔什维克会把他扫除的!哼,一定会扫除的!"

"不会扫除的!"突然监督祭司十分平静地答道,睁开眼睛,打了一个震耳欲聋的喷嚏。"别高兴,彼得神父!"他又打了一个喷嚏,"你当心自己可别被扫出叶基莫夫卡。"

监督祭司打了第三个喷嚏,然后接着打第四个,不久小厅开始发出颤抖声——由于他这种壮士般的喷嚏声而发出叮当的响声。

监督祭司终于打完了喷嚏,他从口袋里掏出一条巨大的红色手绢,仔细认真地擦了擦脸,用十分清楚的声音说道:

"打完喷嚏我的酒劲儿就过去了。无论我醉成什么状态,打到第二十个喷嚏时我的酒就醒了。脑子就像玻璃一样清亮!我有这样的一个特点!"

他起身告别,最后对彼得神父说:

"你待着!谁也不敢动你。无论是苏维埃政权,还是教会。基督,我们真正的上帝,以及圣母会听到你的哀号和呼叫的,彼得神父。"

监督祭司走了,而彼得神父拿起几把教堂的大钥匙,步履蹒跚地去做祷告,显然,也是因为正好摆脱了监督祭司。

我随他一起去看看教堂。我还没到过那里面呢。教堂分成冬季教堂和夏季教堂。冬季教堂在下面。严寒时节教堂会生火加热。夏季教堂在上面，位于二楼。它非常明亮，现在正是阳光普照。在阳光照耀下教堂浅色的壁画呈现出淡红色。

彼得神父披上长巾，开始做祈祷。由于他耳聋，听不见自己说话，因此他时而高声喊出祈祷文，时而又喃喃低语，声音勉强能听见，像是几乎睡着的样子。

我打开了干裂的、落满了灰尘的窗户，坐到了窗台上——我面前的天空仿佛被明亮的清水洗过一般。白云紧紧簇拥着，从大地的一端延伸到另一端。它们飘浮在凸起的高空中，被笼罩在一层灰蓝色的暗影下。

彼得神父祈祷了很长时间。在此期间，白云像塔楼一般层层堆叠，塔楼的基座开始变得暗淡起来。然后一道惨白的闪电在云层的最深处亮起来。一阵急促的风掠过田野，把黑麦吹得倒伏向大地。

但是大雷雨并没有来临。想必是八月的雷雨已经失去了威力。大雷雨已无法轰隆隆地滚过田野，卷起尘柱，也无法闪起不祥的光芒，以沉重而密集的大颗大颗的雨点封住道路。

教堂的台阶前，卢莎的父亲——一位瘦骨嶙峋的农民尼基福尔在等着彼得神父。

"一个能自食其力的求婚者来向卢莎求亲，"他看也没看彼得神父说道，"请恩准举行婚礼，神父。"

"他是谁啊？"彼得神父问道。他累了，当他摘下长巾时，双手抖得厉害。

"斯托罗日洛夫村的一个裁缝。"

"年轻人？"

"就那样吧……五十岁左右，不会更大。"

"人挺好的?"

"鬼才知道他呢。普普通通的人。有一点儿积蓄。不过脸好像不太好看,麻子。卢克里娅[1]又不用他的脸来喝克瓦斯。说真的,他是个鳏夫。两个孩子还得靠他抚养。"

"这么说是两厢情愿了?"

"天啊!"尼基福尔大喊道,"你自己明白,毁了她的一生我也会觉得可惜。只考虑一点吧——就是他挣工资。国营裁缝。我那个老太婆简直是在折磨卢克里娅:嫁吧嫁吧。你知道我那个老太婆是什么样的人。她看什么东西都眼馋。"

"我就知道是这样,"彼得神父无精打采地同意道,"这是你们做父母的事。"

我们走下了台阶。彼得神父拄着手杖,步履蹒跚,缓慢地走着。

远处乌云中又一次闪过一道惨白的光。

"您是怎么想的,"我问彼得神父,"卢莎爱他还是不爱呢?"

"哪来的爱啊!"彼得神父气呼呼地答道,"反正也该嫁人了。农民就是这样。"

沉默了一会儿,彼得神父说,很快就开始收割庄稼了。据说,从梁赞会来一批新式苏联收割机。它们会把一直到斯坚基诺的整片土地都收割完,据说,只需要一天的时间。上帝让人们见识了世上多么美妙的奇迹啊!

叶基莫夫卡村干活的几乎是清一色的妇女。男人到邻近的城市去打

---

[1] 卢莎是卢克里娅的爱称。

短工——去米哈伊洛夫、梁赞、普龙斯克、科洛姆纳,还有的直接就去了莫斯科。他们只有在农忙季节才回到叶基莫夫卡村。一些人给家里人捎回来小礼物。丈夫们回家休假后,女人们便穿上新的矮腰皮鞋,孩子们则从早到晚吹着玩具哨子,摇着哗啷棒。

农活对于妇女们来说过于繁重。革命之后份地增加了,地主和寺院的土地归农民所有,要干完所有这些土地上的活很难。机器当时几乎还没有启用。庄稼和干草都是手工收割。

整个农村生活是由贫农委员会管理,大家都绝对服从它。不过,还得和委员会主席对骂,主席是一位外号叫"一瞬间"的当过兵的人。对他来说不存在难事,任何事他都是一边快速解决一边说:"这事我们一眨眼就好!一瞬间!"

我拖延了很长时间不肯告别农村。我迟迟不回莫斯科,是因为担心未知的生活。

但是最终还是要走的。

卢莎和我一起乘车到梁赞——妈妈派她进城去买做婚礼头纱用的纱布。

我和卢莎穿过田野走到斯捷尼基诺小站,一路上我们都没有说话。卢莎在褪色的印花无袖长衫外面套上一件黑色紧身短上衣,淡褐色的辫子包在白色的三角头巾里,她腼腆得几乎不抬眼睛地走路。

空中单调地飘浮着青灰色阴冷的乌云。卢莎衣服的下摆蹭着秋天枯萎的野草。只有菊苣和像芥末一样发黄的艾菊还没有枯萎,安静而鲜亮地期待着阴雨天。

我努力记住一切:每一个收割完的麦穗,收割后的残株上像云母一样闪耀着的光泽,卢莎的每一个疑惑而胆怯的疾速一瞥。我似乎觉得,她想问我什么,但又不敢。而我不得不承认,她什么也不问我,我倒很高兴。

她能问我什么呢?她该不该出嫁?于是我开始劝她别嫁,大概会说出很多那种她理解不了的话。而如果她明白了,也会吓一跳。

在这位长着一双粗糙的小手的纯朴的女孩子身上,在她一闪即逝的微笑里,在她微微侧着的恭顺而温柔的面庞上,有着那么多对某个还很陌生的人的模糊的爱情期望——但绝不是她要嫁的这个人,因此和她并列走着,我感到既忧伤又喜悦。一路上我不知为什么想照顾卢莎,想遮住吹向她后背的疾风。我们越往前走,她就越经常地整理三角头巾下的一绺浅色的头发。

在取暖车厢里,我们坐到了木板座椅上。熟悉的田野不情愿地慢慢驶过。车厢的接合处不时隆隆作响。

一个戴着新便帽的小男孩刺耳地吹着口琴。

我的手被未刨光的座椅木板扎了刺。卢莎吓坏了。她小心地拔出刺,完全像孩子一样用舌头舔着伤口。

我们在梁赞的货运站分了手。每一条道路上都撒满了葵花子壳。浑身油污的司炉工边走边骂娘。道口椴树上的寒鸦尖声叫着。

我握了一下卢莎硬硬的小手,她便头也不回地走了。不过,她像走在田野里时那样,边走边一直神经质地整理着蓬乱的辫子上的头巾。

我想喊她,但是没有喊。后来我久久地等着去莫斯科的火车,吸着已经干透了的廉价卷烟。

多年之后,我又一次看见了卢莎——看见了她的脸和她酷似挺拔枝蔓的整个体貌。这是发生在离梁赞极其遥远的地方,在意大利北部,在阿尔卑斯雪峰四面环抱、鲜花盛开的奥斯塔山谷里。

卢莎站在十字路口高高的石座上，略微弯着身子，面带微笑地看着有人放在她脚下的鲜花。

无名的雕刻家用木头雕刻了这尊圣母像，在她的面颊略微涂了一些鲜红的颜料。圣母像的面部有着我常在卢莎脸上看见的那种羞怯的红晕。

山谷里的风吹着她的眼睛，拂动她的衣裙。她手上没有抱着圣子。她还是贞洁的少女。就是这种贞洁的魅力使意大利圣母成了梁赞州叶基莫夫卡村的农家姑娘卢莎的女友。

"第四版"

从叶基莫夫卡回来之后,我在莫斯科的各个编辑部里转来转去,找了很长时间的工作。

有一次,我在《汽笛报》编辑部遇到了维克多·什克洛夫斯基。他停在我面前,生气地说:

"如果您想写东西,那么就把自己用皮带捆到写字台上。要听长辈的话!"

"我没有写字台。"

"那就捆到饭桌上!"他大喊一声,随即消失在隔壁的房间里。

关于皮带的话什克洛夫斯基就是随便那么一说。我和他还不认识。

在什克洛夫斯基消失不见的那个房间里,在几张长长的编辑桌的后面,坐着当时莫斯科最快乐也最尖刻的几个人——《汽笛报》的撰稿人伊利夫、奥列沙[1]、米哈伊尔·布尔加科夫和格赫特[2]。他们俯身在桌前,不时笑着,快速地在窄窄的新闻纸条上写字。

编辑部的这个房间被奇怪地称作"第四版"。

在窗户之间的墙上挂着一张文笔尖刻的墙报《哭叫与鼻涕》。

这个房间负责《汽笛报》的最后一版,第四版(第四张)。这一版面上刊登的是读者来信,但是却以其他方式刊登出来,当然,就是为了不让任何一个读者能认出这是自己的来信。

"第四版"的撰稿人从每一封来信中提炼出一个简短的、巧妙的故事——有时是讽刺故事,有时是滑稽可笑的故事,有时是充满愤怒的故事,难得的是还有温馨感人的故事。一般人会对这些故事的标题大吃一惊:《盗颅骨的匪帮》《连驴也微微抖动耳朵》《梅尔夫车站——损害神经》。

没有特殊需要,《汽笛报》编辑本人不进这个房间。只有足智多谋的人才会肆无忌惮地出现在这个讽刺的巢穴里,而且顶得住由桌子后面射来的交叉火力。

当时谁也没有料到,这个房间里聚集着年轻作家的"强力大军"(他们如此自嘲),他们很快就赢得了广泛的声誉。

巴别尔有时会"顺便"进来坐坐。瓦西里·列吉宁会尾随他恭敬地走进来。当时列吉宁在新杂志《三十天》当编辑。列吉宁仿佛不敢进门似的站在门口,便开始快速地讲起最新的笑话。什克洛夫斯基常常会像飓风一般冲进来,猛烈而坚决地赞扬斯特恩[3]和韦列米尔·赫列布尼科夫。

---

1 尤·卡·奥列沙(1899—1960),苏联作家。
2 谢·格·格赫特(1903—1963),苏联作家。
3 劳·斯特恩(1713—1768),英国作家。

这个房间里的人远非对每一位都殷勤接待。做事马虎的人会遭遇可怕的沉默，而吹牛大王和夸夸其谈的人会遭到冷嘲热讽。

他们只对一位声音嘶哑、作风草率的老采访通讯员十分宽容，他的外号叫"铁脚船长"。他确实有一只铁脚假肢。有一次，他踩到了性情温和的作家叶菲姆·佐祖利亚的脚，后者住了近一个月的医院。因此，当船长走进来时，大家都立刻将脚缩到椅子下面。

我从叶基莫夫卡回来后不久，无意中来到了这个可怕的房间。大家平静地迎接了我，想必是因为我和巴别尔是朋友。对于"第四版"的撰稿人来说，他是无可争议的权威。

"创造前所未有的事业！"他们说，"从敖德萨来了一位卓越的佩列瑟普的作家和舍身忘我的红色骑兵伊萨克·居伊·德·巴别尔·莫泊桑！"

这种嘲讽隐藏着对巴别尔的爱，甚至以他为豪。有人认为，只有他能摸索出每一个词的分量。

巴别尔走进来后，久久地仔细地擦着眼镜，俏皮话如冰雹一般纷纷向他袭来，然后他泰然自若地问道：

"那好吧，我们谈点儿愉快的，还是怎么？"

于是就开始了滔滔不绝的谈话，《汽笛报》的撰稿人称之为"十日谈"。这就像是童话故事中的一条魔线（或许，没有这样的童话，也没有这样的魔线，但这并不重要）。要在一大堆其他各种不同颜色混合在一起的杂线中寻找这条魔线，拉住它——它开始扯出一会儿是红色的、一会儿是银灰色的、一会儿又是蓝色的和黄色的线，然后还扯出纠缠在线里的松果、生了绿锈的子弹、彩带、坚果和各种似乎无用却有趣的东西。

这条无形的、不存在的金线仿佛躺在《汽笛报》某个撰稿人——

伊利夫或奥列沙的抽屉里，一直躺到房间里出现一个有趣的交谈者。这时，它被从抽屉里拉出来，仿佛顺便就扯出了一连串取之不尽的故事。

遗憾的是，当时谁也没有想到把它们记录下来，哪怕是简短地记录。那是那些年冒着气泡咝咝作响的、鲜活的民间创作。

我认识口头故事大师——奥列沙、多夫任科[1]、巴别尔、布尔加科夫、伊利夫、波兰作家雅罗斯拉夫·伊瓦什凯维奇[2]、费定、弗拉叶尔曼、卡扎凯维奇[3]、阿尔多夫[4]。他们所有的人都很慷慨，甚至是挥霍无度。自己出色而机智的即兴创作消失得无影无踪这件事不会让他们伤心。他们太过富有，没必要惋惜这一点。

我们要想记录下这些意想不到的口头故事，还得用一昼夜再加上几小时。当然，是记录除我们"以自己的名义"写下的之外的东西。

最多产的作家（不算巴尔扎克）一昼夜间保持精力充沛、全力以赴的工作时间不会超过四五个小时。当然，不给作家提供延长生命的机会，是不公正的，应该让他们将生命延长到他能写完他所构思的一切。通常，作家只来得及写完他们可能写下的一小部分。

请原谅，我总是这样，又离题了。

我已经说过，从叶基莫夫卡回来之后，我开始常去《汽笛报》的"第四版"。那里为我提供了一些工作。

在那里我意外地遇到了叶夫根尼·伊万诺夫，我们敖德萨的热尼

---

1 亚·彼·多夫任科（1894—1956），苏联电影导演、编剧。
2 雅·伊瓦什凯维奇（1894—1980），波兰作家、诗人、剧作家。
3 埃·亨·卡扎凯维奇（1913—1962），苏联作家。
4 维·叶·阿尔多夫（1900—1976），苏联作家。

卡·伊万诺夫——《海员报》的前编辑。他仍旧戴着那顶揉皱了的、像海军上将纳希莫夫戴的那样的海军帽。他和我热烈地亲吻，告诉我说，他在莫斯科编辑一份新的海洋与河流报。报纸叫《在岗位上》，报社编辑部就在我们的楼上一层。

热尼卡马上建议我做这份报纸的秘书。我同意了，尽管我给伊万诺夫指出，我不喜欢报纸的名字。《在岗位上》《在望风台上》《在哨位上》《在托架上》，这都是些什么名字啊！

伊万诺夫没有生气。他把我的话当成普通的玩笑。

《汽笛报》和《在岗位上》的编辑部位于河口桥[1]附近的莫斯科沿河大街的劳动宫里。

革命前，劳动宫里有育婴堂——全俄孤儿弃婴院，这是著名的教育家别茨科伊[2]早在叶卡捷琳娜二世时期创建起来的。

莫斯科的长舌妇们称育婴堂为"幼婴堂"，他们这样说没有任何用意，只是莫斯科平民百姓的发音就是这样的。

这是一座空间如海洋一般广阔的楼房，有成百上千个房间，不计其数的通道、转弯和走廊，通透的铸铁楼梯，狭窄的过道，使人望而生畏的地下室，前厅，家用教堂和理发室。

要想沿着走廊走遍这座楼，几乎要花上一小时。劳动宫的居民把走廊当作散步的小路使用。

---

[1] 又叫乌斯季因斯基桥，该桥因位于亚乌扎河汇入莫斯科河河口而得名。
[2] 伊·伊·别茨科伊（1704—1795），俄罗斯教育家，曾任叶卡捷琳娜二世的私人秘书，俄罗斯艺术科学院主席。

劳动宫里和平共处着几十家各种专业的报纸和杂志，如今它们已经完全被遗忘了。

那些动作敏捷的年轻诗人一天能跑遍所有的楼层和编辑部。他们不用出劳动宫，就匆匆忙忙地写出诗歌和长诗，歌颂各种职业的人——缝纫女工、售货员、消防员、木工和记账员。他们马上就在编辑部里拿到稿费，然后在一层的食堂里把它们喝掉。那里出售啤酒。

在食堂低矮的拱顶下，总是飘浮着层层烟雾。我们当时吸的是一种廉价的"金币"牌香烟，烟卷细得像钉子。香烟的包装方式不同——有的烟丝塞得很密实，需要费大力气才能吸进空气，几乎吸到头晕，才能吸进最微不足道的一点儿烟。或者，相反，有的烟丝很松散，刚吸一口，烟卷就发出一下令人讨厌的啪嗒声，弯成小折刀那样了。这时干透的烟丝就会撒到啤酒里或者盛着混浊菜汤的盘子里。

食堂的桌子上摆放着绣球花——光秃秃的长茎上盛开着一朵朵淡粉色的球形花。这些花很像有些枯瘦，头上却长着一大把蓬松的浅色头发的德国女人。绣球花的花盆缠绕着淡紫色的烟纸，花盆里插满了烟头。

我们很喜欢这个食堂。我们一天要在这里聚会几次，喝凉透了的棕红色咖啡，吵吵嚷嚷，大发议论。

每逢清晨，食堂里空荡荡的，弥漫着刚刚清洗过的地板和蒸汽的味道。花盆里的烟头被清理走了。陈旧的暖气里发出咝咝的响声。窗外，莫斯科河南岸市区，雪花斜着飘洒下来。

有一次，就在这样的清晨时分，我坐在食堂里，写完小说《殖民地商品的标签》。突然巴别尔走了进来。我迅速用报纸盖住写满字的纸张，但是巴别尔已经坐到了我的桌旁，平静地推开报纸，说：

"喂，快拿来！我的好奇心可是到了不成体统的程度。"

他拿起手稿,因为眼睛近视,他把稿子紧贴着眼睛,大声读出了第一句话:"顺便说一句,您不觉得,这落日像灯一样照亮了远处的群山?"

他读手稿的时候,我羞怯得头皮发凉。

"这是写巴统吧?"巴别尔问,"是的,当然是亲爱的巴统。鹅卵石上轧坏了的橘子和排水管嘶哑的歌唱声……这个您这里有吗?还是将会有呢?"

我的小说中没有这些,但由于不好意思,我说,将会有的。

巴别尔的眼角周围堆积起很多细小的皱纹,他愉快地看了我一眼。

"将会有的?"他重问了一遍,"没有必要。"

我慌张起来。

"没有必要!"他重复道,"我认为,在这件事上不应该相信别人的眼睛。您有自己的眼光。我就相信自己的,因此我不会借用您一个逗号。您何必要写带有别人风格的小说?我们过于喜欢其他人的风格,特别是西方的。您有康拉德的风格,我有莫泊桑的风格。但要知道我们不是康拉德,也不是莫泊桑。是的,顺便说一句,您的第一句话里有三个多余的单词。"

"哪三个?"我问道,"指给我看看!"

巴别尔掏出铅笔,坚定地划去了下列的单词:"顺便说一句"、"这"(落日)和"远处的"(群山)。然后,他重新读了一遍改过的第一句话:"您不觉得,落日像灯一样照亮了群山?"

"这样好一些吧?"

"好一些。"

"灯有各种各样的,"巴别尔顺便说了一句,"而我们却缺少了巴统。您记得客轮代理处那个窄小的小吃部吗?来自敖德萨的轮船晚点了,我们就到那里去,一等就是几个小时。最后只剩下我们。为什么——却不知道。码头上胡乱堆放着松木板。做松节油用的。雨水噼啪地拍打着水面。我们喝着极浓的黑咖啡。脸颊被冬天海边的空气吹得通红。内心很忧伤。因为漂亮的女人都留在了北方。"

我们背后响起了晃动的玻璃门声。巴别尔回头看了一眼,惊恐地说道:"把小说藏起来!'强力大军'来袭。"

我急忙藏好手稿。格赫特、伊利夫、奥列沙、斯拉温、列吉宁走了进来。

我们把桌子移到一起,开始说起《星火》杂志决定出版敖德萨年轻作家的小说文集一事。收入文集的有格赫特、斯拉温、伊利夫、巴格利茨基、科雷切夫[1]、格列布涅夫和我的作品,尽管我不是敖德萨人,而且在敖德萨也只住过一年半。但是不知为什么所有人都认为我是敖德萨人,显然,这是因为我对敖德萨小说的偏爱。

巴别尔同意为该文集作序。

还在敖德萨时,我就认识这些现在并排坐在桌子旁的所有人。但在这里他们却似乎成了另一种人。黑海的喧嚣声已经退到几百公里外,晒黑的皮肤由于冬日的雾气而变得苍白。谁知道呢?如果他们不是从小就生活在海边,沐浴在海边的阳光下,为离奇的生活习惯所滋润,被南方人愉快的情绪所感染,那么,或许,他们就不会成为作家。

特别令我感兴趣的是伊利夫,一个沉默寡言、安安静静的人,他的脸颧骨略高,却很迷人。厚厚的嘴唇使他看起来像黑人。他如此高大和

---

[1] 奥·雅·科雷切夫(1904—1973),苏联诗人。

清瘦，酷似非洲最优雅的黑人——马里人。

但最让我吃惊的是他那双纯洁的眼睛，那炯炯的目光以及专注的神情。这炯炯的目光因无框夹鼻眼镜厚厚的小镜片而显得越发锐利。镜片亮晶晶的，仿佛是用水晶制成。

伊利夫腼腆、直率，说话一语中的，有时好嘲笑人。他憎恨那些盛气凌人的人，不让他们欺侮那些很容易蒙受屈辱的、胆小随和的人。有一次，当着我的面，在一大群人中他冷漠而鄙视地让几位知名的演员下不来台，这几位演员只对他伊利夫的存在给予特别关注，而没有注意其他人——普通的、地位不高的人。他们其实就是轻视这些普通人。这是在《十二把椅子》获得惊人的成就之后。伊利夫把这些演员的行为叫作卑鄙可耻。

他对鄙俗的行为当真有像显微镜一般极精细的观察力。因此，他能发现很多别人没有发现或是不想发现的东西，并对之加以否定。他不喜欢这样的话："这有什么不对的吗?!"这是逃避良知的人的挡箭牌，他们自己却藏在后边。

在伊利夫面前不能撒谎，不能胡作非为，不能轻易指摘他人，此外，不能粗鲁无礼。在他面前，无知的人也会醒悟过来。他的观点和行为朴实而高尚，他要求人们也要做到这一点。

伊利夫是一个常常带来意外的人。有时他的言论似乎过于尖刻，但它们却几乎总是正确的。

有一次，他在那些具有非凡敏锐目光的文学鉴赏家中引起了剧烈的慌乱，因为他说，维克多·雨果就其书写方式来说酷似被用坏了的厕所。常有这样的厕所，它们很长时间无声无息，然后突然兀自以可怕的轰鸣声放出水来，然后又无声无息了，随后又以那种轰鸣声放水。

"瞧,"伊利夫说道,"雨果和他这种意想不到就发出轰鸣声的、偏离了直接叙述的插叙,完全就是这样。叙述不慌不忙地进行着,读者什么也没料到,突然,如晴天霹雳,遭遇到极为冗长的一段插叙——关于拐卖儿童的人,关于大洋上的风暴,或是巴黎污秽场所的故事。想讲什么就讲什么。

"这些插叙雷鸣般地从惊呆了的读者面前疾驰而过。然后一切归于平静,叙事重又以平稳的语流流淌起来。"

我与伊利夫争论起来。我喜欢雨果的风格。

当时我想——我现在也这样想——叙事应该是自由的、果敢的,对于叙事来说唯一的铁律就是作者的意志。作家可以随意变换叙事的节奏、特性和色彩。我们在昏暗的食堂里谈论着这些以及其他的许多话题。

毛茸茸的、仿佛睡意朦胧的冬季来临了。下午两点已经亮起了电灯。窗外的白雪变成了蓝色。街灯变成了黄色,桌子上的绣球花恢复了活力,蒙上了淡淡的红晕。

列吉宁声称,如今的花,像人一样,变得神经衰弱。众所周知,神经衰弱者通常昏昏沉沉、精疲力竭地度过白天,而傍晚时分却快活起来,容光焕发。

一次,谢苗·格赫特一副意味深长、神秘兮兮的样子走进食堂。

我与他是在《在岗位上》编辑部里相识的。他给编辑部送来几篇关于黑海一些小港口的特写。不是写像敖德萨、赫尔松和尼古拉耶夫这种地方的,而是写诸如阿克尔曼、奥恰科夫、阿列什基、戈拉雅普里斯坦,还有斯卡多夫斯克这样的沿海城市。在那里,轮船总是停靠在破旧的木板码头上,于是这些码头就会吱呀作响,摇摇晃晃,并且沾满鱼鳞。

这几篇特写简洁、有声有色、画面生动，就像黑海沿岸人声鼎沸的集市。它们写得很朴实，如叶夫根尼·伊万诺夫说的，却"带有莫名其妙的秘密"。

秘密在于，这些特写对人的所有五种感官都产生强烈的作用。

它们散发着大海、洋槐、瓜园和晒热了的因克尔芒地区石头的气味。

您会觉察到自己脸上有各种海风吹过的气息，而手上——则有焦油缆绳的沉重感。在缆绳的大麻纤维之间，微小的海盐晶体不时发出淡淡的光。

您会感觉到些许发绿的、味道刺鼻的羊奶干酪和糙皮小甜瓜的味道。

您看见的一切都是立体的、凸起的——您甚至看得见遥远的金布恩沙嘴上空完全透明的云。

您还听得到见多不怪的，却充满好奇心的南方人那尖刻而动听的海岸方言——当他们吵架和对骂时，这方言显得尤为动听。

这种效果是如何达到的，我不清楚。

特写被忘得差不多了，不过它们至今仍给我留下那样深刻的印象。遗憾的是，格赫特没有继续写完关于这些小港口的非凡的旅行指南。

有些人，如果缺少了他们，人们就无法想象真正的文学生活。有些人，不管他们写的东西多少，就其本质，就其血液成分，就其对他人的极大关注，就其交际能力，就其生动的思想而言，他们就是作家。这些人的生活与作家的工作毫不间断地永远相连。格赫特就是这样一个人。

这一次，格赫特的神秘表情引起了大家的警觉。不过，仿佛大家约定好了似的，什么也没问他。那是逼迫他主动说出来的正确方法。

格赫特克制了没多久。他向我们递了个眼色，从口袋里掏出一张折成四折的纸。

"瞧！"他说道，"请接收巴别尔给我们文集写的序！"

"它比麻雀的鼻子还短！"有人说道，"简直就是敷衍！"

格赫特愤怒了：

"重要的不是写了多少，而是怎么写的。祖鲁人！"

他展开了这张纸，读了一遍序言。我们听着，笑着，为序言中轻松而迷人的幽默而高兴，这显然是世界上最简短的序言。

后来，文集一事没有搞成。文集没出版，序言也遗失了。直到不久前，巴别尔曾在文章中提到过的某个人在自己的纸堆中发现了它。

这就是那个序言：

"在敖德萨，每一个年轻人——只要他没结婚——都想做一名远洋轮船上的见习水手。驶进我们港口的轮船，激起我们敖德萨人心中对美好新大陆的渴望。这里就有七个这样的敖德萨人。他们既没有金钱，也没有签证。只要给他们护照和三英镑，他们就会立刻开拔去往人迹罕至的国度，这些国度的名字如同踏上异乡的黑人言语那般响亮而忧郁。

"就是这样七个敖德萨的年轻人，他们在傍晚时分阅读关于殖民地的小说，白天却在极为乏味的省统计局上班。他们既无签证，也无英镑。因此格赫特描写莫扎伊斯克县城时，把它写成了一个由他发现却不被其他人所了解的国度；而斯拉温在讲述巴尔塔[1]时，如同拉辛[2]。无意间来到佩列瑟普、万施泰因磨坊的帕乌斯托夫斯基则用真诚而纯粹的音调为他们伴唱，他异常动人地假装身处热带。不过，也没什么可假装的。我认为，我们的佩列瑟普好过热带。

---

1 巴尔塔，乌克兰城市。
2 让·拉辛（1639—1699），法国剧作家。

"第三个敖德萨人是——伊利夫。伊利夫认为,人都是独出心裁的演员,清一色的天才演员。

"然后是巴格利茨基,一个最贪婪的佛拉芒人[1]。他浑身散发着像我母亲刚刚用葵花子油煎出来的鲭鱼的那种味道。他浑身散发着鰕虎鱼汤的那种味道,就是小喷泉区的渔夫们在七月某天中午十一点多的时候,在沿岸芳香的沙滩上熬出来的鱼汤的味道。巴格利茨基充满了紫红色的水分,就像年轻时我曾和他在实用港口的船墩上打碎的那只西瓜一样,船墩旁停靠的是那些跑亚历山大里亚近海航线的轮船。

"科雷切夫和格列布涅夫比本书中的其他人都要年轻。他们有故事要讲,我们避不开他们。他们会达到自己的目的,讲述那些稀奇古怪的故事。

"这里所有的问题在于,敖德萨的每一个年轻人——只要他不结婚——都想成为远洋轮船上的见习水手。但我们的一个不幸是——在敖德萨,我们总是以惊人的顽强精神忙于结婚。"

---

[1] 佛拉芒人,比利时两大民族(佛拉芒族和瓦隆族)之一,居住在比利时、法国、荷兰。

夜行列车

我们大家当时都是走到哪住到哪，因此住得不太好。

奥列沙和伊利夫分到了一间像文具盒一样狭窄的房间，房间属于《汽笛报》印刷厂。格赫特住在马里纳小树林附近摆地摊的皮鞋匠们中间。布尔加科夫住在花园－凯旋大街上一处昏暗的、像旱冰场那般巨大的公用住宅里。

布尔加科夫的邻居从乡下带回来一只公鸡。公鸡在夜里不分时间地乱打鸣，搅得布尔加科夫不得安宁。城里的生活把公鸡彻底搞糊涂了。

我不得不搬出石榴小巷，因为我暂住房间的租户出差回来了。

《在岗位上》报的撰稿人，远洋船船长祖津科帮我在莫斯科近郊的普希金诺找到了栖身之处，就在他住的房子旁边。这个栖身之处是像板棚一样空荡荡的、冰冷的别墅。

我的房间里有一些落满了灰尘的家具。压瘪了的沙发床上蒙着一张用旧了的白熊皮。家具上的灰尘完全变硬了，用什么都无法将其擦去，除非用锉子才能将之清除掉。原木之间的缝隙处，老鼠吱吱尖声叫着。

关于祖津科我已经写得相当多了。但又不能不写这位固执而又善良的人，他的脸因为练拳击被毁了容。我们成为朋友，显然是因为迥然不同的性格。祖津科不知道什么叫怀疑，我则充满了过多的怀疑。祖津科有些粗鲁，且好嘲讽人，而我呢，令我伤心的是，甚至对无轨电车上的小偷都很有礼貌，不喜欢嘲弄人。

起初我喜欢住在郊区。当时，从梅季希到普希金诺还横亘着一片未开发的原始森林。每一天都必须乘车去莫斯科，去编辑部，然后半夜乘坐最后一班火车返回。

在从莫斯科开车之前，乘务员挨个车厢走过去，把所有的乘客都赶到一个车厢里——这是为他们本人的安全着想。当时近郊列车上的抢劫很厉害（当时叫"扒衣服"）。

乘客们神经紧张，一言不发。说话也很困难。小型车厢行驶起来轰隆作响，互相之间说话只能大声喊。

乘客多半总是这些人，彼此已经面熟。因此，对所有的新人他们都怀疑地打量着，并坐得离他们远一些。

从洛西诺奥斯特罗夫斯卡雅站到泰宁卡小站的路程被认为是最危险的区间。有经验的乘客说泰宁卡小站是"匪窝"。人们都同情地看着在人烟稀少的泰宁卡小站下车的旅伴，猜测他们是否能走到家。

过了泰宁卡小站，乘客们就安心了，一直打盹到普希金诺。

我和祖津科总是一起乘车。这对我来说有两个好处：一个好处体现在从莫斯科到普希金诺的途中，另一个体现在从普希金诺到莫斯科的途中。

从莫斯科到普希金诺途中的好处在于，和祖津科在一起我感到安全。他是一个力大无穷、勇敢无畏的人，能凭借某种第六感认出任何一个"流氓",并立刻转为进攻状态。发现车厢里有"疑似流氓的人",他会久久地、阴沉地看着对方,然后站起身来,恶狠狠地缓步走向他,说:

"第一站就滚下车去!不许尖叫!"

说这些话时,祖津科把手伸进大衣口袋里。

最令人惊讶的是,祖津科一次也没有搞错过,"疑似流氓的人"滚下车去时,甚至都没有骂娘。

不过,有一次祖津科慌了神。当时已经过了泰宁卡小站。大家都安静地打盹。在我们对面的长椅上,一个十四岁左右的小男孩蜷曲着双腿睡觉。他翻来覆去,甚至有时在睡梦中跳起来。

祖津科推测说,小男孩正受着蛔虫的折磨。火车猛地冲上了道岔,小男孩被颠起来,他醒过来,出人意料地开始射击。当时他大喊一声:"叔叔,救命啊!"他像一个经验丰富的匪徒一样,从自己的棉袄口袋里开枪射击。乘客们惊醒后,扑向车厢连廊的踏板处。

祖津科一把抓住小男孩的后脖领子,但随即松开了。

"怎么回事,他娘的!"他大喊一声,"他怎么开的枪!他的双手都在外面!"

这时,小男孩的口袋里自动发出一声——最后一次——震耳欲聋的射击声。小男孩号叫起来。他的口袋燃着了,里面冒出了令人窒息的烟雾。

"把棉袄脱下来!"小男孩绝望地喊着,"不然我就烧着了,叔叔!"

祖津科拽下了小男孩的棉袄。

"你口袋里是什么,倒霉的孩子?"

满脸雀斑、满面泪痕的孩子承认说,他口袋里是散装的玩具手枪打火纸。显然,由于火车的摇晃、颠簸,打火纸受热,长时间地来回移动、摩擦,终于在一个颠簸得最厉害的地方爆炸了。

棉袄上的火被熄灭了。乘客们照例把小男孩痛骂了一顿。祖津科哈哈大笑,笑得像做祈祷的阿拉伯人一样前仰后合。然后他突然说道:

"这是雅各布斯的故事情节。"

雅各布斯是美国幽默作家,是这种毫无意义的故事的爱好者。

和祖津科一起乘车的第二个好处与清晨乘车去莫斯科有关。在这乘车的时间里,我听到许多他生活中有意思的故事。

在普希金诺,祖津科一走进车厢,马上就开始给我讲这些故事。好奇的乘客也靠近坐过来。

不久,关于这些故事的消息就传遍了整个普希金诺。于是,祖津科坐的车厢里挤进了如此多的人,以至于无处可坐。为了听清故事,乘客们紧紧地挤在船长的周围,紧贴在我的后背上。我此后好长时间都缓不过气来。

乘务员来了,开始说火车这样载重是不对的。所有的车厢都是空的,而这一节车厢却挤不进来。它在被设计时没考虑到装载这么多的乘客。违反秩序!轴承箱大概会着火的。

每一次,祖津科及乘客们都与乘务员七嘴八舌地进行技术争论,并向他证明,车厢"不会下沉,轴承箱无论如何也不会燃烧"。

祖津科给《在岗位上》编辑部送来了自己关于航海的回忆。这些回忆他是使用老式的拉丁文铅字打印机打出来的。在那些拉丁字母与俄文字母不相匹配之处,祖津科用手写添进俄文字母。这份活儿过分繁重。

我喜欢祖津科审视交谈对象时嘲弄的目光和他仿佛行走在风暴中的甲板上的那种沉重而小心的步伐,以及有些粗鲁的幽默,还有为了可怜的薪水喜欢做些复杂而天真的事。

当时的俄国有很多失业的航海船长,原因是根本没有航海的船只。

祖津科的编制在苏维埃商船队的预备队。他在等待着,用他的话来说,等待着合适的"大木盆"的最终出现,那时他就可以航行了,即使不当船长,哪怕是三副也可以。在预备队期间,祖津科的工资微乎其微,因此他经常想去暂借一些钱。

当时是实行新经济政策时期。祖津科对耐普曼[1]和所谓"私营企业者"恨之入骨,而且这种憎恨是不可改变的。

那是些投机分子和诡计多端之徒。他们当中那些级别更高、更有钱的人,力图使自己具有企业家、大商人和生意人的模样。但他们也只是徒有其表罢了,所有的人都知道,这都是些"造假者"。

总之,我们对耐普曼持怀疑的态度。大家都知道,新经济政策——是暂时的,从诞生的最初时日起,它就奄奄一息,完成自己的任务后,它将被扔进历史的垃圾堆里。果然如此!

不过,耐普曼刺激了所有的人。他们野蛮地忙于致富。他们急得喘不上气来,他们因各种计谋和难以逃脱的恐惧而头晕目眩。允许做什么的界限并不明确。任何一步都可能是致命的。所有这一切都使耐普曼具有歇斯底里的性格。他们过着忙乱而挥霍一时的生活,开着油漆剥落的汽车,带着容颜衰退的美女,欣赏着餐厅茨冈人演唱的歌曲,这一切都酷似一场蹩脚戏。

西伯利亚及远东某处的矿井和金矿坑被租让出去,不过,这离莫斯科如此遥远,看起来似乎不现实,可能因此并没有引起恐慌。能和我们

---

[1] 耐普曼,指苏联新经济政策时期出现的私营企业主、商人。

发生碰撞的还只是耐普曼这样的"拟鲤"[1]。当然,在一楼自家窗口出售油炸包子及自制牛奶软糖、面带怨恨的太太和老太婆并不会使我们不安。

她们把自家诱人的商品摆在窗台上。那里,除馅饼和饼干外,还可以看见褪了色的瓷盘子(正宗的"萨克森瓷器")里堆成小山似的方糖、编织的领带、打火机、束腰紧身胸衣用的鲸须,以及装饰用的粉红色的和浅蓝色的女士吊袜带的松紧带,松紧带已经不适用了,因为皮筋早就失去弹性。我们主要是从日常生活及滑稽喜剧方面来理解新经济政策。

莫斯科当时特别出名的是"木炭大王"雅科夫·拉采尔。其企业位于马里纳小树林,在格赫特住的房子对面。每天清晨,天刚蒙蒙亮,雅科夫·拉采尔便走到自家凉台上,看着由跛脚的马匹拉着车的长长的矿工车队从眼前通过。拉采尔站在那里,俨然一位检阅自己"军队"的统帅。

检阅过后,矿工们四散到莫斯科的各个角落,于是各个院子里响起了凄凉的喊声:"谁要煤炭喽?"所有的矿工全身煤灰,他们酷似尼格利陀人[2]。他们灰蓝色眼皮下瓷白色的眼球让莫斯科人惊诧不已。

雅科夫·拉采尔不时在《消息报》上刊登广告:"雅科夫·拉采尔的煤炭有时分量不足,但雅科夫·拉采尔的煤炭绝对不会是潮湿的。"在茶炊木炭的包装袋上,雅科夫·拉采尔印上略显别致的、极文雅的广告诗:

查拉图斯特拉[3]如是说:

---

1 拟鲤以小的浮游生物为食,喻指较大的鱼。
2 尼格利陀人,又称矮黑人,是东南亚的半游牧民族。
3 查拉图斯特拉(公元前628—前551),即伊朗先知琐罗亚斯德,是琐罗亚斯德教(又称拜火教)的创始人。

夜行列车 41

"谁广告做得很活泼,
却不以商品俘获顾客,
那他的广告就是白做。"
需要木柴,还是煤炭,
拉采尔公司都是首选,
它不会被莫斯科忘记——
它并非徒有伟大声誉!

还有一位姓丰克的私营企业主也广为人知。他在莫斯科开办了一家生产鞋油的工厂。

丰克也明白广告的好处。

在每条街道的路灯上都挂着用马口铁剪成的小人。他们把讲究的黄色圆边小草帽举过头顶,跳着切乔特卡舞,牙齿和刚刚用丰克鞋油擦得锃亮的皮鞋同时闪闪发光。

小人热情地号召大家只用丰克鞋油擦鞋。但这一号召在当时看来很荒谬。流浪儿光着粗糙的双脚啪嗒啪嗒地走在大街小巷,而需要如此完美护理的皮鞋在莫斯科根本就没有。

莫斯科到处充斥着流浪儿。他们被抓到后就被送去教养院,不过他们会重新出现在街道和市场上,成群结队到处乱串,在偏僻的角落里打牌,在大门洞里和熬沥青的空锅里睡觉,偷窃,讨要香烟,在有轨电车上用木勺敲打着节拍,唱着窃贼们的歌曲。

我是在一次夜行的近郊火车上近距离遭遇流浪儿的。这事发生在一九二四年严寒到来之前的深秋季节。

有一次，我和祖津科走进一个光线昏暗的车厢里。只有月台上的路灯明亮地照着。这明亮的灯光透过溅满雨水的车窗照到车厢内。冰冷的大雨倾盆如注，下个不停，让人直打寒战。车厢的一角，一堆灰色的破布微微颤动着。

"大蝙蝠！"祖津科说。

这是几个流浪儿。他们胡乱躺在地板上，彼此紧挨着，用身体遮盖着一个最小的八岁左右的男孩。路灯灯光照着他，我首先发现的是他无泪的大眼睛，然后是他的颤抖，干瘦的小身体发出的可怕而难以抑制的颤抖。他抖得很厉害，也许是对他的颤抖做出回应，车厢晃动的玻璃窗不时发出叮当声。躺在他两侧的男孩把自己撕破的"短大衣"的前襟拉过来给他盖上。

"短大衣"或者"短上衣"是用来称流浪儿的衣服——从陌生的成年人身上脱下来的男短大衣或者女短上衣——长过膝盖，衣袖肥得晃晃荡荡。由于时间、灰尘与污垢的光顾，"短大衣"变成了同样的鼠灰色，而且像被抹上了油一样闪着光。

在这些"短大衣"被撕破的、耷拉下来的口袋里，存放着流浪儿的所有财产——"玛拉费特"[1]、刀、香烟、面包皮、火柴，沾满油污的扑克牌和肮脏的绷带碎片。"短大衣"下面甚至连一件破烂的衬衣也没穿，打着寒战的发绿的身体泛着黄色，身上被挠出一道道的血印子。

"不要发抖，王子，"年龄稍大一点儿的小男孩用嘶哑的声音说道，"在梅季希我们会暖和起来的。"

---

[1] 黑话，指"可卡因"。

乘务员走了进来，用灯照了照流浪儿，骂了一句，走过去了。

我们在稍远一点儿的地方坐了下来。车厢里，除了我们，几乎没有乘客。而进来的为数不多的那几个人，静静地坐在那里，仿佛什么也没有发现。

"喂，小家伙们！"祖津科突然说道，"想抽烟的人——都过来！"

只有那个年龄稍大一点儿的男孩站起身，走了过来。其余的——他们还有三个人——仍旧躺在那儿。

小男孩坐到了我们对面的长椅上，蜷起了一双赤脚，贪婪地吸起烟来，长长地吐出一口烟，不时地看着祖津科海军制帽上闪着微光的海军帽徽（所谓"蟹形徽"），说：

"你，海员，长得帅气……"

"闭嘴，小家伙！"祖津科打断他说。

但是小男孩看着一旁，突然用沙哑的童音高声唱了起来：

> 从青年时代，少年时代，
> 我就被遗忘，被抛弃，
> 于是我变得孤苦伶仃，
> 我哪里有幸福和运气！

"你别唱了！"祖津科又一次说道，"顾不上开玩笑了。你的朋友要没命了。"

"这是舒尔卡王子，"流浪儿解释道，"而我叫飞行员。"

"有个建议，"祖津科仍旧平静地说道，"不能让他这样。"

"啊哈！"飞行员漠不关心地答道，用像管道一样长长的黑袖子擤鼻涕,"已经烧了一天多了,简直都烧得发亮了。"

"那么,你们到我们的普希金诺来吧。我们有别墅。我们可以在一个房间里生火取暖,你们住几天,然后再说。接下来你们自己看着办。不能把这个小家伙给毁了。"

"你们不会把我们抓起来吧?"

"蠢货!"祖津科说道,他真的生气了,"我是远洋船长。明白吗?而这位是作家。"

"给吃的东西吗?"飞行员问道,"给所有人吗,四个人都给?"

"看来,你真的是傻瓜!"

"马上!"飞行员回答道,并坐到自己人身边。

他们嘀咕了很长时间,然后飞行员返回来,漫不经心地说道:

"弟兄们都同意。"

我住的别墅里空着五个房间。我房间旁边的那一间最大。那一间和我的房间是用同一个炉子取暖。不需要问任何人任何事——别墅的主人住在莫斯科,我也总共只见过他一次。

当我们把流浪儿领到别墅时,炉子因为早晨生过还温热。

储藏室里堆放着条纹布的旧床垫子。我们把它们铺到炉子附近的地板上。流浪儿们分别坐到不同的床垫上,他们抽起烟来,安静下来。我给舒尔卡王子送来了枕头和熊皮。男孩们默默地看着我。我安顿舒尔卡躺下来。这时飞行员说:

"会让这只熊生满虱子的。"

我没有开口。男孩们也没有说话,不知为什么他们有些沮丧。

祖津科从自己的别墅里带来了澳大利亚改进的煤油炉,用磕碰得坑坑洼洼的大茶壶烧开了茶水。祖津科低声和我说了句去找医生,便又离开了。流浪儿们起初有些不安,但我告诉他们说,船长去买吃的东西了。

舒尔卡呼吸时带有尖细的哮鸣音。我摸了一下他的额头——他冒出灼人的热。

一个小时后,祖津科领来一位亚美尼亚老医生。他无论如何也难以用冻僵的双手擦拭好玳瑁镜框的老式夹鼻眼镜,一直难过地重复着:

"哎哟,糟糕,糟糕!多么糟糕!"

在他来到之前,流浪儿们喝足了茶,便睡着了,全部都挤在一张床垫上。他们谁也没被惊醒。

医生给舒尔卡听诊后,皱起了眉头并宣布说,小男孩双侧肺炎,需要立刻送医院。

祖津科的别墅里有房东留下的一个很大的家用雪橇。船长用它们运木柴和水。

祖津科去取雪橇时,我给医生倒上了茶。他双手抱住杯子,想暖热手指,沉默良久。夹鼻眼镜在他的鼻梁上哆嗦着,常常滑下来,有几次差点儿摔到地板上。医生摘下眼镜,把它紧贴到老年人突起的眼睛前,问:

"这是怎么发生的?"

"什么?小男孩吗?"

"不是!成千上万的儿童像小猫崽一样被抛到街头,这是怎么发生的?"

"不知道。"

"不!"他坚决地说道,"您知道。我也知道。但是我们不愿意想这件事。"

我没有说话。说什么呢!这于事无补。说无聊的空话有什么用!

"这真糟糕!"医生重复说道,轻蔑地笑了一下,"需要管理。只要管理。而这些男孩子没有及时迁到南方去。应该明白,要把他们送到教养院去,不然他们就完蛋了。"

祖津科拖来了雪橇。我们给舒尔卡裹得尽可能暖和些,把熊皮也包上了,让他躺到雪橇上,小心翼翼地往医院拉去。

我想叫醒飞行员,但是,他像所有其他的男孩一样,睡得很沉,没有被叫醒,尽管他梦中一直翻来覆去,而且疯狂地抓挠胸口。

我们走了,不过别墅没有上锁,以免男孩们醒来时吓着。

黎明时分,我们返回来了。雨停了。从森林里冒出水汽很浓的刺骨的寒冷。

别墅里空空如也。流浪儿们消失不见了。桌子上放着一本鲍里斯·皮利尼亚克[1]的《荒年》,书的封面上,歪歪斜斜地写着几个大字:"舒尔卡·巴拉绍夫,父亲死了,母亲不见了。"

"那怎么办呢!"祖津科叹了口气,"黄雀飞走了。从自己的好心人身边飞走了。我始终认为,自由比对死亡的恐惧更强大。小家伙们也明白这一点。"

舒尔卡·巴拉绍夫死于四天之后。他死后好长时间,我都难以摆脱对他的罪恶感。祖津科说我没有任何过错,说我是颓废的知识分子和神经衰弱病人,不过,船长颧骨的皮肤下面长了硬硬的肿块,他不停地吸烟。

小男孩被埋在了墓地边一个浅浅的墓穴里。雨一直下着,打落了腐烂的树叶,低低的坟丘上铺满了落叶。现在,我当然已经找不到它

---

[1] 鲍·安·皮利尼亚克(1894—1941),苏联作家。

了，但隐约知道，这个无助的小生命埋在哪里，他完全孤独地面对自己的痛苦。

普希金诺的生活让我不愿待下去。整整一天直到深夜我都在《在岗位上》编辑部里度过。近午夜时分我来到车站，回到普希金诺，在那里立刻沉入了密林深处，在一片漆黑和荒无人迹的空间，快速地入睡。而清晨，当周围还是一片黑暗时，就不得不起身，生炉子，然后赶火车去莫斯科。

同样的事情轮流交替，让人生厌，使人疲惫，我有时挨饿，或许因为这样，我有过几次——总是在深夜——晕倒。

有一次，我跌倒在北站的石板地上，在车站的急诊室里苏醒过来，脑袋摔出了血。最让我震惊的是，帮助我恢复了知觉的、睡眼惺忪的护士，竟怀疑我喝醉了。

我一气之下，摇摇晃晃走出急诊室，离开了。我错过了末班车，没有遇到祖津科，便在车站附近轨道上的空车厢里坐了一夜。我脑袋痛得要命，头晕目眩，我觉得遗憾，身边没有流浪儿。和他们在一起毕竟会轻松些。由于身体虚弱，我感觉自己像他们一样流离失所。

严寒

一堆堆篝火上升腾起散发着树脂香味的滚滚黑烟,黑烟中夹杂着暗红色的火光。

篝火的烟雾和一月份的寒气低悬在莫斯科的上空。吱吱呀呀的电车缓慢穿过烟雾,不时响着铃声。车厢里结满了一块块霜冻,好像成了一个冰雪洞穴。

成堆的篝火是用整根的圆木和旧电线杆点燃的,堆放在各个广场上。火堆旁,戴着红顶羊羔皮灰色帽子的警察们——"红腹灰雀"——在烤火。当时人们是这样称呼警察的。

警察们牵着挂了霜的、不耐烦的马。

红场方向传来了强烈的爆破声。那里正在开挖冻硬的土地,准备建列宁墓。

篝火和烟雾使莫斯科沉浸于黑红色的哀悼氛围。人们衣袖上戴着黑红两色的哀纱,随着无尽的人群,朝停放着列宁遗体的圆柱大厅缓慢走去。

告别的队伍始于很远的地方,从莫斯科的各个边缘地区开始。我午夜两点在库尔斯克火车站附近加入到这个队伍中来。

还在卢比扬卡广场就已经隐约听得见圆柱大厅方向传来的《葬礼进行曲》。每前进一步,哀乐的声音就更大一些,人群中的谈话声平息了,人们嘴上哈出的热气越来越急剧,越来越短促。

别了,弟兄们!你们已光荣走完
自己一生英勇而高尚的道路。

有人低声唱起了这些歌词,不过随即又停了下来。在这个极地之夜任何声音似乎都是多余的。只有成千上万的人踏着雪地的吱嘎声和沙沙声有规律地、不间断地、庄严雄伟地响着。在伸手不见五指的黑暗中,人们从城边、从莫斯科郊外的村镇、从田野、从停工了的工厂,走向灵柩。人们从四面八方走来。

寂静凝固在城市上空。甚至在遥远的铁路线上,机车都停止了往日的叫声。

全国人民都走向高高的灵柩,在鲜花和红旗的掩映下,难以立刻看清那个人疲惫不堪的面容,他那宽大苍白的额头,以及似乎眯缝着闭起的双眼。

所有的人都走向这里。因为国内没有一个人,他的生活不受列宁存在的影响,没有一个人未曾亲身感受到列宁的意志。列宁推动了生活。这种推动犹如巨大的地质断层的形成,震撼到俄罗斯最深处。

在冻透了的圆柱大厅里凝结着成千上万人哈出的热气。

乐队平缓的乐声不时被酷似尖利哭喊的军号声打断。不过,它们很快就平息下来，乐声又重新有节奏地响起，为哀伤增添了庄重的色彩，却不曾减轻这种哀伤。

祖津科和我一起走在人群中。

人们久久沉默地走着。后来祖津科冻得瑟缩一阵，生气地说：

"真是冷啊！像在北极喀喀响的食人国！（他这样嘲讽地称呼所有极地国家。）眼皮都冻住了。大规模的酷寒！"

他沉默了一会儿，又接着说道：

"现在一切都是大规模。就拿列宁来说……他是一切卑劣污浊的大规模的摧毁者，也是大规模的缔造者……您隔着围巾呼吸，不然您会冻坏支气管的……可惜啊，我没有机会和他谈谈世界海员联盟。不然我们的谈话也一定会是大规模的！"

我们缓慢从灵柩旁走过，走出圆柱大厅的脚步更慢。所有的人都频频回头张望，并放慢了脚步，力求在最后一瞥中记住看到的一切——列宁的面容、他突起的额头、闭着的双唇和一双不大的手。

他死去了，这个迅速重新划分世界的人。我们每个人都在思考，我们从现在起会怎么样。

"我们的孩子们，"当我们走出圆柱大厅时，祖津科说道，"将会羡慕我们，如果他们长大了不是白痴的话。我们闯进了历史的最中心。您明白吗？"

我非常明白这一点，像所有生活在那个动荡而又快如闪电的时代的人一样。哪一代人也没有经历过像我们所经历的事情。没有经历过那样的热情，那样的希望，那样的恐怖不安，那样的失望与胜利。只有对未来必胜的坚定信念引导着那些饿得脸色发青和作战中浑身熏黑了的胜利者。

我当时三十岁，不过，经历过的生活在我那时看来已经是如此丰富，以至于回忆起它时都感觉可怕。甚至心底掠过一丝凉意。

"你确实是时代之子吗？"我想。我全身心都明白，我与时代，与国家的命运，与我的人民经历过的如此罕见的欢乐是分不开的，与不公正地毫无保留地落到人民身上的痛苦也是分不开的。

我和祖津科沿着严寒笼罩的街道朝北站走去。严寒在我们的脚下疯狂地低声嚎叫着。

"时代庄严地走过自己钢铁的道路。"[1]我默默地说。这些词语那天一直萦绕在我的脑海里。

"您在嘟哝什么？"祖津科问道。

"没什么……没嘟哝什么……"

黑铁时代！突然从记忆深处升腾并响起那些久远的词语：

是谁在雪地上种下忒奥克里托斯[2]温柔的玫瑰？
在黑铁时代，请问，是谁推测出了黄金时代？[3]

"时代庄严地走过自己钢铁的道路。"不过，时代的道路当然通向黄金时代，通向和平，通向理性。通向黄金时代！要坚信这一点。不然无法生存！

后来，我和祖津科坐车回普希金诺，车开了很长时间。空荡荡的近郊列车隆隆作响，在蒸汽中摇摆颠簸着。车厢下的车轮清脆有力地击打

1　引自叶·阿·巴拉丁斯基的诗《最后一个诗人》(1835)。
2　忒奥克里托斯（公元前4世纪末—前3世纪前半期），古希腊诗人。
3　引自普希金献给诗人杰利维格的无题诗 (1829)。

着铁轨的接缝处。车轮声引起了夜的回声。仿佛回声也被酷寒冻僵了,并因此发出如石块击碎薄冰的清脆声。

由于严寒,普希金诺的一切都笼罩于雾气之中。

"四十度[1],甚至更低,"祖津科说,"去我那儿吧。一起暖和一下。"

我喜欢去祖津科那儿。他小别墅里的积雪一直堆到窗户下面。

祖津科点起了蜡烛。在原木的墙面上用图钉钉着几幅国外的轮船宣传画。宣传画已经很旧了,被撕破了,却很有意思。特别是有一幅,上面画着白红两色条纹状的沙岸上的灯塔,油光闪闪的大海和盛开着鲜花的夹竹桃灌木。简直难以相信,世上还有红色的鲜花与浅紫色的大海这样大胆的组合。

祖津科这里向来很冷。窗户上蒙着一层冰——那年冬天的雪几乎下个不停。宣传画似乎是被那个冬天冻得瑟缩着,而且颜色很快暗淡了。我喜欢仔细端详宣传画,清楚地知道,我永远也去不了这些宣传画上画的任何一个壮丽的地方。

除了宣传画,祖津科还有《圣经》《大西洋航海图志》,几本马克思主义方面的书籍和一卷翻破了的《布罗克豪斯-埃弗隆百科辞典》,这一卷是字母"H"。

原来,祖津科在澳大利亚住过几年,为了和那里基督教会的神父们进行激烈的辩论,他研究《圣经》。这是他喜欢的工作,如果不算航海和经常与各种人进行交锋的话。他常与妥协主义者、官僚主义者、苏联新经济政策时期的私营企业主、意志薄弱的人和颓废的知识分子进行争论。

---

[1] 指零下四十摄氏度,寒冷地带的人们的表述习惯。

祖津科点起了自己澳大利亚的煤油炉子。炉子就像过热的蒸汽锅炉,发出呼呼的响声,仿佛每一秒钟都要爆炸。屋内暖和起来了。

我们就着黑面包干默默地喝茶。后来,祖津科问道:

"明天您去参加列宁葬礼吗?"

"当然。"

"穿什么呢?寒气越来越重了。您这件秋天穿的破大衣——是纯粗麻布的,狗屁不顶。现在您都在发抖,可惜没有体温计。"

"我有。"

"您量一下吧。明天早晨我顺路找您。早一点儿。"

我走了。从祖津科家通往我住处的雪地上,已经踩出来一条小路。浓密的云杉向小路垂下了毛茸茸的、被雪压得沉甸甸的枝条。我稍微碰到它们,雪有几次飞落到我的后脖领子里。每一次我都会打着寒战,仿佛被刀砍了一般。

我常会失足踩到深雪中。周围的森林噼噼啪啪、吱吱呀呀地响着。

我的房间里也很冷,犹如封闭的冰窖。我常在小凳子上坐一坐,好喘一口气,避免头晕。我生起了炉子,然后马上和衣而卧,裹着那张熟悉的熊皮。小男孩舒尔卡·巴拉绍夫就是死在这张熊皮下,后来熊皮便从医院回到了我这里。窗户上的窗帘冻到玻璃上了。原木之间的细缝处,老鼠吱吱尖声叫着。

甚至在熊皮下我都会闻到老鼠屎令人作呕的臭味。尽管我的思路一分钟一分钟地变得越来越不连贯(思路像腐烂的纺线一样破碎),我仍在思考自己未安顿好的生活,思考不仅应该在房间里,也应该在生活中做一次大扫除,把一切都擦洗干净,让一切都通通风。但这件事不知为什么无论如何不能在冬天里做。仿佛我生活的混乱状态已经冻在了我身上,我根本扯不掉它——力气不够。

我明白,我生病了,并冲着整个房间,整个空荡荡被冻住了的别墅大声地说:

"人不可能独自一人生活。如果他独自一人,那么只是因为他个人的过错。只能是这个原因。"

我头晕目眩。我想,现在,在这样的日子里,根本不能屈服于模糊而忧郁的思想,不能让忧伤支配自己。

世界被震惊了。葬礼的篝火在莫斯科熊熊燃烧。人们渴望摆脱千百年来无奈的痛苦。知道怎么办的人走了。

他知道。明天他就要被放进经历过严寒的大地。第一个夜晚就会在墓地撒满雪,它还将冷漠地继续那注定要走的道路。

我探身去看表。炉子燃尽了。在煤炭的火光中我看到,已经六点了。同时夜色仿佛更浓了。

墙里的老鼠跑得更忙乱,叫得更起劲了。我感到又热又闷,尽管严寒以其冰冷的手紧紧挤压我的额头,因此引起了头痛。

早晨我苏醒过来,如果从窗户慢慢渗进房间里又随即落到黑暗中、落到地板上的灰蒙蒙的昏暗可以叫作早晨的话。雪已经停了。

该收拾收拾去莫斯科了。

当我用解冻的冰水洗脸时,昏暗中已开始有了蓝色。不久,太阳橙色的斑点照到了黑乎乎的墙面上和勃洛克的照片上。勃洛克的脸上略微显露出天才的傲慢。

祖津科敲了几下我的窗户,把手掌紧贴在玻璃上,喊了一声。严寒变得穷凶极恶,肺部冻得发疼。

"您去莫斯科是不可能的,"他大喊着说,"您留下吧。不许起床,不要给我开门。我马上就回来,给您讲述一切。"

我既无力气,也说不出话来,无法与他争论。他走了。我还是费劲地穿上了大衣,用旧围巾围上了脖子,把便帽使劲拉下来盖住耳朵,出了门。

当我勉强走到铁路道口时,去莫斯科的最后一列早班车正好驶过去。我没能赶上。

当时我沿着铁路路基朝莫斯科方向走去,不过没走两公里就头晕目眩。我想到被雪覆盖的边坡上坐一会儿。不过,我知道,在这样的严寒天气里不能这样做。因此我一直走啊走,跌跌撞撞,我明白,继续走已经毫无意义,应该返回。

根据自己荒谬的习惯,我一直预计——就走到那根电线杆子,然后就转身。

电线杆子耽误了我好长时间。我靠在它上面,回头看,看见普希金诺所有炉子的烟囱冒着污浊的浓烟,冒着桦木烧出的烟。烟雾在寒冷的阳光照耀下闪着红光。

再往前面,克利亚济马也像普希金诺一样,烟雾弥漫着整个大地,雾气腾腾。

森林冻得像燃烧的木材一样噼啪作响,常常会从树梢上抖落掉鱼鳞一般晶莹的雪花。被积雪压着沉甸甸往下坠的每一棵云杉,如这寂静的冬日冰雪的守护者,巍然屹立。

我站在那儿,期待着。我坚信,在这易被打破的寂静中,我一定会听到灵柩放到墓地里时莫斯科所有工厂的汽笛混合成一片的嗡嗡声,即使很遥远。或许,甚至可以听得见排炮隆隆的叹息声。

但是,一片寂静。只有森林噼啪作响的声音越来越大。

从普希金诺方向开来一列火车,不时冒出股股烟雾。听得见它不断增强的轰鸣声。

驶过来一列西伯利亚特快列车。它总是在这个时间驶过普希金诺,不停,也不减速,拖着一节节沉重的普尔曼式车厢[1]驶过一个个道岔。一切都似乎让人觉得,车厢想脱节,想停下来,但机车无情地拖着它们向前飞奔,不让它们喘息。

火车驶近了。它突然抖动了一下。火车的制动器哐啷啷、吱嘎嘎响起来。车轮的轰鸣声突然中断,火车即刻在森林中间停了下来。机车像患气肿病的马喘着粗气。

它停在了那里,因为正巧赶上了葬礼的时间。

立刻有一股蒸汽从机车内部冒出来,机车吼叫起来。

它不改变声调连续不断地吼叫着。在它的吼叫声中听得出绝望、愤怒、召唤。

这强劲有力的机车汽笛声在周围地区的上空飞扬——飞到森林里,飞到严寒中,飞到积着厚厚一层白雪的、一望无际的田野上。

过了一分钟,两分钟。机车仍是那么令人难受,那么忧郁且不间断地吼叫着,仿佛向人们宣布,此时此刻在莫斯科红场上正在安葬列宁的遗体。

火车穿越了几千公里伟大的俄罗斯大地,不过,来迟了。只差四十分钟。

我似乎感觉,我不仅听到了西伯利亚特快列车的汽笛声,还听到了

---

[1] 即卧铺车厢。

整个莫斯科的号啕痛哭。生活就在这一刻停止了,甚至连海轮都操帆停泊下来,汽笛的哭泣声响彻了铅灰色的海域。

汽笛声一下子停息下来,火车慢慢地开走了,向烟雾弥漫的远方,向莫斯科近郊开去。

一切都结束了。我蹒跚着向家的方向走去。

别墅区毫无生气地悬挂着哀悼的旗子。

在返回的路上,我没有遇到一个人。我似乎觉得,整个世界空寂无人,生命枯竭了,如同这个一月份的一天里最后一道令人沮丧的光线,连同它不被任何人需要的严寒和苦涩的烟雾味道。

傍晚祖津科回来了,正好碰到我在发烧,说梦话。我病了一个多月。

雪帽

有一次，临近春天时，在一个静悄悄的雪天里，布尔加科夫为了找我来到了普希金诺。他当时在写长篇小说《白卫军》，为了写这部小说的一个章节，他必须得看一下"雪帽"——漫长的冬季里堆积在屋顶上、栅栏上和粗树枝上的那些小雪堆。布尔加科夫把一件脱了毛的两面毛皮旧大衣裹在身上，在那年空无人烟的普希金诺转悠了一整天，在各处久久地站着，观察着。他高高瘦瘦的，表情忧郁，长着一双灰色眼睛，眼神专注。

"好！"他说，"这就是我需要的。这些雪帽里仿佛聚集了整个一冬的寂静。"

"颓废派！"祖津科这样说起布尔加科夫，"不过，看得出是一个极富天才的家伙，一丝不苟地锤炼自己。"

他想以此说明什么呢？我不清楚。于是祖津科同样不清楚、不情愿地解释说：

"训练自己的观感。是个高手!"

也许,在这一点上他是对的。布尔加科夫对周围生活中突出的一切都很贪心,如果可以这样说的话。

突出在生活平面之上的一切,无论是人还是人的某一属性,一个惊人的动作,异乎寻常的想法,突然被发现的琐事(比如剧院舞台上被过堂风吹弯成直角的蜡烛的小火舌)——所有这一切他都能毫不费力地抓住,并且运用到小说、剧本和日常的谈话中。

或许正因为这样,没人会像布尔加科夫那样能够给别人起尖刻而能"打下烙印"的绰号。这一点特别突出地表现在他与我们一起在基辅第一中学读书的时候。

"您有恶毒的眼睛和有害的舌头,"学监博江斯基伤心地对布尔加科夫说,"您就是拼命胡闹,虽然在德高望重的教授家庭里长大。这让人怎么想得到呢!交给我们校长负责管教的学生,却骂这个校长本人为榨油工人!简直不成体统!可耻!"

博江斯基说这些话时,眼睛却是笑着的。

布尔加科夫一家在基辅广为人知。他们是个大家庭,根系庞杂,是纯粹的知识分子家庭。

这个家庭里有点儿契诃夫式的成分,类似《三姐妹》,带有戏剧化的成分。

布尔加科夫一家住在安德烈耶夫教堂对面,往波多尔方向走的斜坡上——基辅一个风景如画的小巷里。

在他们家的窗外常会听到钢琴的演奏声,甚至是刺耳的圆号声,年轻人的说话声,奔跑声和笑声,争吵声和歌声。

这种有着丰富文化和劳动传统的家庭是外省生活的精华,是一种先进思想的中心。

我不知道，为什么至今没有研究者（或许是因为太难了）仔细研究这类家庭的生活，并揭示他们哪怕对某一个城市的重要性，比如说萨拉托夫、基辅，或者沃洛格达。那不仅会成为一本有价值的，而且会是极有意思的俄罗斯文化史方面的书。

中学毕业后，我再也没见过布尔加科夫，直到现在我们才重又相逢，在《汽笛报》编辑部。

那个冬天，布尔加科夫写了几篇尖刻的短篇小说，其中的嘲弄与怪诞达到了惊人的力度。

我记得布尔加科夫的那几篇短篇小说所引起的震动，如《袖口上的笔记》《不祥的蛋》《魔障》《乞乞科夫奇遇记（带有序幕和尾声的两段长诗）》。

艺术剧院建议布尔加科夫根据他自己的长篇小说《白卫军》写一个剧本，布尔加科夫同意了。就这样，《图尔宾一家的命运》问世了。

这部剧本多灾多难，却卓越辉煌，经历了很多周折、禁演，却以其出众的才华与戏剧艺术的力量而获得胜利。

在这部剧本的排演过程中产生了很多怪诞的，几乎令人难以置信的细节。霍夫曼[1]风格伴随了布尔加科夫一生。

难怪布尔加科夫喜爱的作家是果戈理。不是官方解释的那个果戈理，那个我们直接从校园带到生活中的果戈理，而是那个用各种方式——时而用自己的狂喜，时而用尖酸刻薄的哈哈大笑，时而用吓得人

---

[1] 恩·西·阿·霍夫曼（1776—1822），德国作家、作曲家，浪漫主义运动的重要人物。

手脚冰凉的奇异的想象力——把人吓得魂飞魄散的狂热的幻想家。

果戈理仿佛总是站在读者和自己的人物的身后，定睛看着他们的后背。于是大家都回头张望，害怕他穿透一切的目光。而回头看了之后，突然放松下来，他们发现了果戈理眼中因慨叹某种美好的事物而涌出的泪水，这如此美好的事物仿佛罗马上空闪耀的意大利蓝天，或是俄罗斯三驾马车沿着羽茅草原的奔驰。

布尔加科夫的命运奇特而沉重。

莫斯科模范艺术剧院只上演他的旧剧本。新剧本《莫里哀》被禁演。他的小说也不再出版。

他为此十分痛苦，受尽折磨，最终他忍不住，便给斯大林写了封信，信中充满了一个俄罗斯作家高贵的自尊。在这封信中他坚持作家唯一而神圣的权利——发表作品，以此与自己的人民进行交流并全力为之服务的权利。

他没有得到答复。

布尔加科夫愁肠百结。他无法遏止自己作为一个作家的各种念头。无法将自己的想象力扔进垃圾堆。对一个写作的人来说，没有也不可能有比这更糟糕的折磨了。

他被剥夺了发表作品的机会后，开始为亲朋好友杜撰神奇的故事——既忧伤又幽默的故事。他在家里喝茶的时候，就会讲述这些故事。

遗憾的是，这些故事只有很小一部分保留在记忆中。大部分故事被遗忘了，或者按照老式的说法——沉入忘川[1]。

---

[1] 忘川，希腊神话故事中的勒忒河，冥府的河流，亡灵喝了该河水就会忘却人世间所受的苦难。

小时候，我特别清楚地想象过这条忘川——缓慢流动的地下河，河水是黑色的。人，甚至人的声音，在这条河里久久地沉下去，一去不复返，仿佛消失了。

我记得一个这样的故事。

据说，布尔加科夫每天都要给斯大林写神秘的长信，署名为"泰山"[1]。斯大林每次收到信都很惊讶，甚至有些害怕。他像所有的人一样很好奇，并要求贝利亚马上找到这些信的作者，并把他带来见自己。斯大林生气道：

"机关里到处都滋生寄生虫，却连一个人都抓不到！"

布尔加科夫终于被发现并被带到克里姆林宫。斯大林专注地甚至带有几分仁慈地审视着他，叼着烟斗，不慌不忙地问道：

"是您给我写的这些信吧？"

"是的，是我，约瑟夫·维萨里奥诺维奇。"

沉默。

"有什么事吗，约瑟夫·维萨里奥诺维奇？"不安的布尔加科夫问道。

"没什么。写得很有意思。"

沉默。

"那么，就是说，您就是布尔加科夫了？"

"是的，是我，约瑟夫·维萨里奥诺维奇。"

"为什么裤子是织补过的，鞋也是破的？哎呀，不好！非常不好！"

"是这样的……挣的钱好像很少，约瑟夫·维萨里奥诺维奇。"

---

[1] 指人猿泰山，美国作家埃德加·赖斯·巴勒斯最早于1912年开始创作以之为主人公的系列小说。

斯大林向供应部人民委员转过身去：

"你坐在这儿看什么？不能让人家有衣服穿吗？在你那里，可以偷盗，却不能供给一个作家衣服？你干吗脸色煞白？害怕了？马上给人家衣服。换成华达呢的！而你坐在这儿干吗呢？捻着自己的小胡子？瞧你穿着多好的靴子！马上脱下靴子，送给人家。什么都得跟你说，自己也不动脑子！"

就这样布尔加科夫有衣服穿了，有鞋穿了，吃饱了，开始出入克里姆林宫。他突然和斯大林结交上了。斯大林有时愁眉苦脸，这种时候，他便向布尔加科夫抱怨说：

"你明白吗，米沙？所有的人都对我高喊——天才的，天才的。可我甚至连个一起喝白兰地的人都没有！"

就这样慢慢地，一笔笔、一句句地，布尔加科夫塑造出了斯大林的形象。布尔加科夫天才的善意的力量就是这样，他塑造的这个形象不仅人性化，甚至在某种程度上讨人喜欢。你会不由自主地忘却布尔加科夫曾讲述过的，谁给他带来如此多的痛苦。

有一次，布尔加科夫疲惫不堪，心情忧郁地来找斯大林。

"请坐，米沙。你怎么闷闷不乐？怎么回事？"

"瞧，写了一个剧本。"

"整部剧本都写完了，这样该高兴才对啊。为什么闷闷不乐啊？"

"剧院不给演啊，约瑟夫·维萨里奥诺维奇。"

"那你想在哪儿演？"

"当然是在模范艺术剧院，约瑟夫·维萨里奥诺维奇。"

"剧院总是做些不成体统的事！别急，米沙，坐下。"

斯大林拿起话筒。

"接线员！喂接线员！请给我转莫斯科模范艺术剧院！莫斯科模范艺术剧院，请给我转一下！你是谁？经理？听我说，我是斯大林。喂！听我说！"

斯大林生起气来，用力朝话筒里吹气。

"通讯人民委员会那里都是些傻瓜。他们的电话总是出毛病。接线员，再给我接一遍莫斯科模范艺术剧院。再接一遍，我是用俄语跟您说！是谁啊？莫斯科模范艺术剧院？听我说，别再扔话筒！我是斯大林。别扔！经理哪儿去了？怎么？死了？刚才？怎么搞的，人民怎么变得那么神经质啊！"

欢送教练舰

挪威的一艘铁甲帆船——一艘美丽的远洋轮船——在第一次世界大战期间,在白海海口撞上了礁石。

俄国政府从挪威手里买下了这艘轮船。革命后给它取名为"同志"号,把它改成商船队的教练舰,并于一九二四年夏天派它从列宁格勒出发做环球航行。

《在岗位上》编辑部开始紧张起来——派谁作为通讯员去列宁格勒欢送"同志"号呢?

这是第一艘去做如此诱人的远航的苏联帆船。我当然不指望去欢送"同志"号。我明白,有这个权利的首先是我们的海员撰稿人诺维科夫-普里博伊[1]与祖津科。

---

[1] 阿·西·诺维科夫-普里博伊(1877—1944),俄苏作家。

热尼卡·伊万诺夫为此召开了会议。会议上意外地出现了亚历山大·格林。

我当时是第一次也是最后一次看见他。我看着他，仿佛在我们编辑部，在尘土飞扬且混乱无序的莫斯科出现了"飞翔的荷兰人"号船长，或史蒂文森本人。

格林身材高大，阴沉忧郁，沉默寡言。偶尔他会不易觉察地有礼貌地笑笑，但也只是眼睛在笑——疲惫而专注的黑眼睛在笑。他穿着一件紧领的、旧得发亮的黑色西装，戴着一顶黑色礼帽。那时没人戴礼帽。

格林坐到桌旁，把双手放到桌子上——一双水手和流浪汉的青筋突起、强劲有力的大手。他手上粗大的静脉鼓鼓的。他看了一眼它们，摇了摇头并握紧了拳头——静脉立刻消退了。

"这样，"他低沉而平静地说道，"我给你们写短篇小说，当然如果你们能给我一点儿钱的话。预付款，明白吗？我的状况毫无疑问是悲剧性的。我需要马上返回我的费奥多西亚。"

"亚历山大·斯捷潘诺维奇，您愿不愿意代表我们去一趟彼得格勒欢送'同志'号？"热尼卡·伊万诺夫问他。

"不！"格林坚定地答道，"我生病了。我只需要一点儿、很少的一点儿钱，买面包和烟草，做路费用。走进费奥多西亚的第一家咖啡馆我就会缓过来。只要闻到咖啡的香气，听到台球的撞击声就缓过来了，只要闻到轮船烟雾的味道。而在这里我就完蛋了。"

热尼卡·伊万诺夫立刻下令给格林开出预付稿酬。

大家不知为什么都沉默不语。格林也沉默着。我也没说话，尽管我特别想告诉他，他是如何以自己自由奔放的想象力充实美化了我的少年时代，在他的小说中，有多么神奇的国度，鲜花盛开，从不凋谢，有多么广阔的海洋,波光粼粼,喧嚣奔腾千万海里之远,海浪拍打着无畏的、年轻的心,使之安然入睡。

还有那些多么狭小拥挤、人声鼎沸、乐声悦耳和清新芬芳的港口城市,它们沉浸于奇美的阳光里,变成一大堆非凡的童话,并向远方奔去,如梦,如女人渐渐平息的脚步声,宛如只有他——格林发现的、极幸福的、鲜花盛开的国度那醉人的气息。

我思绪纷飞,脑子里混乱一团,我沉默着,时间却在流逝。我知道,格林马上就会起身离开。

"您现在在做什么,亚历山大·斯捷潘诺维奇?"诺维科夫-普里博伊问格林。

"在费奥多西亚郊区的草原上,在萨雷戈尔那边,用弓箭射鹌鹑,"格林笑了一下,回答说,"为了糊口。"

难以理解——他是在开玩笑还是认真说的。

他站起身来,道别后走了出去,身体笔直,表情严厉。他永远地走了,我再也没有见过他。为了感谢格林无私地留给幻想家和诗人的慷慨的礼物,我只是在思考他,在写他,我意识到,这对格林应得的感谢来说过于绵薄了。

"一个伟大的人!"诺维科夫-普里博伊说,"神奇的人。他哪怕能出让给我几句话也好,我也会高兴的!我的写作,说实话,就像是给地板打蜡的工人一样。而如果你吸入他的一行字,你就会激动得喘不过气来。那么美好!"

诺维科夫-普里博伊非常激动,他也拒绝去欢送"同志"号!

"只能是扰乱自己的内心。"他气呼呼地说。

轮到祖津科。他冲我眨了眨眼睛说,要是去"同志"号上当船长,他就同意。他，一个老练的水手，只作为"耍笔杆子的"去船上不合适。大家没有他也能对付过去。

这时热尼卡·伊万诺夫建议我去。他自己也表示愿意去。

我们第二天出发。

我是平生第一次去北方。火车刚过特维尔，我已经感觉到北方的森林、阴沉的天空和苍白的阳光照耀下广大平原的庄严雄伟。

小时候，我读过普希金的作品，他说，"彼得城"兴起于黑魆魆的森林之中，在楚赫纳人[1]的沼泽地里。后来这一概念被淡忘了。它被复杂的城市历史、宏伟建筑、不断涌现的许许多多优秀人物代替了。

我还不了解彼得堡，却已经通过这些优秀人物的眼睛在看它了。

一代代作家、诗人、画家、科学家、统帅、海员和革命者，美好的姑娘与卓越的女性，为午夜的首都平添了浪漫而又近乎虚幻的风貌。仰赖作家与诗人，彼得堡似乎栖息着无数的幻影。不过，对我来说，它们却如身边的人一样真实。

我从内心深处相信，叶甫盖尼·奥涅金、纳斯塔西娅·菲利波夫娜[2]、陌生女郎[3]和安娜·卡列尼娜实际上都在这里生活过，并以此丰富了我对彼得堡的认识。没有这一大群复杂而魅力十足的人物，我难以想象彼得堡是什么样子。

我深信，彼得堡的现实生活和想象的生活是密不可分的。

我隔着遥远的距离已经感觉到它的吸引力。仿佛在清新的空气和午

---

[1] 楚赫纳人，对居住在彼得堡郊区的爱沙尼亚人、芬兰人的旧称。
[2] 陀思妥耶夫斯基的长篇小说《白痴》(1868)中的女主人公。
[3] 勃洛克《陌生女郎》(1906)一诗的女主人公。

夜的光华中，我也一定会经历各种各样的事件，就像在这座城市里真实发生过且永远被人们铭记的那些事件。

因此，当列车驶近列宁格勒时，我是如此激动，耳朵仿佛聋了，听不见别人问我的问题，简直像得了病一样。

城市出现了，有如雾气构成的幻象。它远处的大街云雾弥漫。海军部大楼传奇的尖顶透过薄雾闪着苍白的光。涅瓦河上空摇曳着云母般的太阳光泽，从海滨掠过阵阵轻柔的风。

宏伟建筑的轮廓（我立刻明白了，世界上任何地方都再也不会有这样的建筑奇迹了）被北方的空气冲得模模糊糊，它们因此具有了一种特殊的表现力。

涅瓦大街上，在潮湿的铺路木块之间，冒出了鲜嫩的小草。列宁格勒那一年完全没有烟雾，清新干净。它所有的工厂几乎都停产了。

我和伊万诺夫从火车站乘坐一辆老旧的"福特"轿车来到瓦西里岛。我担心，伊万诺夫会开始唠叨个没完，我不得不听他的话，然后对它们做出答复。不过，他可真行！他沉默不语，只是眯缝着眼睛看着四周。

此前我几百次读过并听到过"在涅瓦河畔"这几个词。而我当然不明白，这意味着什么，直到雄伟的宫殿转弯处从飞架的长跨桥上映入眼帘，被风吹皱了的涅瓦河蓝色的水面闪烁出光芒。

在威严广袤的大地上空，烈日闪耀，一片静穆。那甚至不是静穆，而是某种超越静穆的东西——这种壮丽景象的伟大的缄默。

呼吸轻松自如。或许，是由于空气不断接触铺路松木块上的松脂、不断和椴树的香味相融合的原因吧。这里的椴树似乎颜色发暗，世界上任何地方都不是这样。特别是夏花园[1]里的椴树。

我们在海军学院附近下了车。沿着因时间久远而歪斜、沉淀的巨大的石板登上了学院主楼，走进了冰冷的正厅。那里正在召开与"同志"号开航有关的海员会议。

伊万诺夫低声对我说了一句，这个大厅是世界上独一无二的大厅，因为它是用巨大的船链吊在墙上的。我不相信他的话。我没看见任何船链，不过我仍试图捕捉到镶木地板勉强能觉察得到的摆动。如果大厅确实是被吊起来的，那么它就一定会摆动。

不过，大厅稳定地屹立着，一动不动。

热尼卡介绍我认识了一位棕红色头发的、快活的老人——著名的帆船船长和海军作家卢赫马诺夫。他证实了，海军学院大厅确实挂在船链上，并且漫不经心地说，这一点没什么可奇怪的。

对于我来说，周围的一切都是令人惊奇的——无论是大厅，大厅墙上的海洋图标，还是沿着墙边停放在支架上、闪着干漆的巨大的轮船模型。

我坐在一艘旧战列舰模型的不远处，我非常仔细地看着它（模型所放位置与窗口同高），大概正因为这样，我的眼前突然有什么东西移位了，抖动了一下。于是，这艘战列舰已经驶出窗口，停泊在涅瓦河上。舰旗随风飘扬。轮船用从舱口露出旧式大炮——卡伦炮的炮口，来向大家致意。

一艘拖船从旁边经过，冒出的黑烟暂时遮住了战列舰。战列舰在拖船激起的波浪中摇摆起来，船首的斜桅于是在空中画出曲线——时而高

---

[1] 彼得堡的皇家园林，彼得一世的夏宫即坐落其中。

过河对岸的伊萨基辅大教堂，时而又低于它。这种视错觉使我兴奋，仿佛我童年的感觉不期而归。

我满怀深深的遗憾，甚至是懊恼。我深信，我无权独自一人目睹所有这伟大的景象。

我一生都感到无法弥补的遗憾是，当我独自一人置身于爱琴海群岛炎热的岛屿之间，在撒丁岛海岸，在黑暗且波光粼粼的第勒尼安海边，在曼妙的、灯火闪烁的巴黎午夜的林荫道上，在让·雅各·卢梭去世时所在的、雾气弥漫、凋萎的梧桐树叶纷飞的埃尔芒翁维尔，在克拉科夫"普兰提"城市公园，在保加利亚散发着无花果和"清澈的"葡萄酒芳香的渔人小城，我却远离了那些我心爱的人。

伊万诺夫叫了我一声。该去"同志"号上了。它停在花岗石堤岸边，挂满了五彩缤纷的旗子。

在它甲板上的几条长桌上，摆好了午饭。桌面上撒满了野花和普通的小草。

饭前，卢赫马诺夫把热尼卡·伊万诺夫和我叫到了一间低矮昏暗、四壁为橡木材质的船舱里，从小柜子里取出一个绿色的大肚瓶子，给所有的人倒上了某种可怕的液体。它灼痛了我的喉咙。我全身立刻浸透了苦涩的味道。

因此，当我走出船舱时，涅瓦河摇晃了一下，差点儿把我摔倒。彼得保罗要塞的尖顶在空中划过一条辽阔的弧线，而我似乎觉得旁边驶过的汽艇是一只海豚。它激起浪花，潜下水去，吹响了号角，它的船舷边如瀑布般飞舞着道道彩虹。

我只喝了一小杯这种液体就醉了。

"可是您已酩酊大醉了，"伊万诺夫对我说，"就像在敖德萨科索霍多夫船长的别墅那次一样。记得吗?"

我当然记得,不过,现在我可不想回忆敖德萨。列宁格勒就够我享受了。我因它而开始心跳过速。

伊万诺夫为敖德萨抱屈,不过,依我看,完全没有必要。敖德萨是敖德萨!就让它过它自己的生活吧,就让它码头装卸工起桁索的声音轰响着,港口的水面到处都漂浮着西瓜皮,人们说着俏皮话,哈哈大笑,炒西葫芦时冒出股股油烟。各有特色!

现在一个全新的魔幻世界进驻了我的身心。我需要去习惯它,让失去的安宁重新返回。

免费的烟草

生活中有一段段你不愿意回忆的时期。之所以如此，不是因为我们的某些失误、不幸或失败与其联结。正如我父亲所说，在失败中也常会有好的一面。

不，有时我不愿意回忆过去，并不是因为这些原因。不想忆起某些岁月，是因为这些岁月不会为我们每个人都有的那个真正生活的概念做任何补充。相反，却会削弱这个概念。

一九二四年夏天，我离开《在岗位上》编辑部，调到罗斯塔电报通讯社工作，就是这样一段糟糕的时期。把我强拉去那里工作的是从梯弗里斯调到莫斯科的弗拉叶尔曼。

刚开始，我在罗斯塔挣的工资很少。我仍住在普希金诺，无论如何也无法将自己的生活安排得更惬意。每个月距离领工资之日还有十天时，我的钱就已经花光了。买食物的钱还勉强够用，不过，买香烟的钱分文没有。

不停地向朋友和熟人"射猎"香烟会让我不好意思，归根到底，我也不可能这样做。凡事都有个限度。

当时我完全意外地发现了一个简单的免费获得烟草的方法。

在普希金诺，我朝铁路路基走去，沿着轨道走过去，捡拾所有被乘客从车厢窗口扔出来的烟头，即所谓的"小牛犊"[1]。在从普希金诺到克利亚济马大约三公里的沿线上，我通常能捡到二百个烟头。

渐渐地，我既对烟头也对吸烟者们积累下了宝贵的观察成果。

我瞧不起一些吸烟者，而对另一些，的确不多的一些人，抱有好感和心存感激。

我不喜欢一直把烟吸到烟的硬纸嘴儿的那些人。显然，这是些节俭且吝啬的人。

我对神经质和任性的吸烟者持赞许的态度。他们从不把香烟抽到最后，而常常是吸了一两口就把它们扔了出来。

刚开始，我一个人捡烟头，而且躲着祖津科，不让他知道这件事。不过没多久，敏锐的船长就猜到了我的不同等级的烟丝的储备来自哪里，他对我的发现赞叹不已，于是我们开始一起捡烟头。

这样更开心，收获也更多一些。

收获之所以更多，是因为祖津科有着锐利的船长眼力。而之所以更开心，是因为烟头助长了我们共同的想象力、吹毛求疵和讥讽嘲笑的欲望，也有难得的时候——会使我们欣喜若狂。

例如，当我们在铁路上发现塞满了柔和烟丝的橡胶烟荷包，和一

---

[1] 指烟蒂。

根粗大的雪茄烟——全黑且烟味刺激，仿佛在硝酸钾里浸泡过，这时候我们就会感到欣喜若狂。雪茄应该是某个外国人——西伯利亚特快列车上的乘客掉下来的（"资本主义的马大哈"，祖津科这样称呼这位乘客）。

偶尔我们会发现带有口红痕迹的烟头。在女人嘴唇的印记上总是会有轻微的纵横交错的纹路。

祖津科肯定地说，所有女人唇边纹路的图案都是完全不同的，如同人的拇指纹路各不相同一样。那样的烟头会引起船长想象力的迸发。他认为，根据唇边的纹路可以找到失踪的人或是找到女罪犯。

口红的颜色，依船长的看法，与女人的性格相符。鲜红的口红暴露了涂口红的人那热情的南方女人的身份，粉色的则属于叽叽喳喳说个不停的天真女人，有些发黄的属于神秘而专断的女人，浅蓝色的则属于邋遢的女人。

我们很快便发现，普希金诺—克利亚济马区间的烟头变得越来越少。于是我们开始从普希金诺乘车到泰宁卡站台，然后从那里沿着铁路步行到洛辛卡，就这样发现了丰富的、撒落的新烟头。

回到家后，我们剪下烟头上烧焦的一端，抖出干净的烟丝，对它进行仔细的搅拌，用水把它喷湿，再用小铁炉子把它好好烘干——即"发酵"，正如祖津科的郑重说法。混合的烟丝因此会失去苦味，自卷的烟卷抽起来柔和而好闻。

祖津科甚至提议我们两个人合写一部关于没抽完香烟的烟丝储备和加工的指南。他认为，这可能会是一本有益的书，书中将会插入有情节的短篇小说。书将会获得巨大成功，不会比芝加哥出版的、在美国家喻户晓的《邮政列车抢劫指南》差。

祖津科读过那本书并且坚信，它充满了理性的建议。笑话归笑话，不过这种烟丝储备在我们的困难时期帮我们解决了一个很大的难题。

捕鸟人

莫斯科有三条"寻常"小巷。这些小巷的名字会使人产生误解。它们毫不寻常。相反,这些小巷具有一些令人愉快的品格。它们都通向莫斯科河,一直抵达荒无人迹的滨河街。春天时节,这些小巷的两边盛开着蒲公英。

我从普希金诺搬到了莫斯科寻常小巷,搬到了一幢旧的商人公馆的地下室里。窗户开得比地面还低,朝向花园,花园被高高的砖墙包围着。围墙的上空,救世主大教堂暗淡的金色圆顶及其沉重的十字架不时闪着微光。那时候还没准备拆除这座教堂[1]。

在一个雾蒙蒙的冬日里,爱德华·巴格利茨基突然出现在寻常小巷。

---

[1] 莫斯科救世主大教堂1812年为纪念反法卫国战争胜利开始提议修建,直至1883年竣工,1931年苏维埃政权为修建苏维埃宫而将其拆除,但苏维埃宫并未建成,教堂于苏联解体后重建。

他是第一次来莫斯科。格赫特从车站直接把他送到我这里。

巴格利茨基有严重的哮喘，他的水泡音和腼腆的笑声使我想起了敖德萨和《海员报》编辑部。

巴格利茨基解开绿色的旧式男大衣，似乎是要证实他此前读过的和了解的莫斯科的一切，他说：

"金顶之都！帝王之都！亚洲！不过，总之您要知道，我不是'住'在您这儿，像人们对这个词的粗俗理解。不！我是借住。"

他明显是装成勇敢的样子。同样明显的是，他在莫斯科觉得没有信心。

朋友们简直是强迫他来莫斯科。别再一动不动地待在敖德萨了，那里的报社为巴格利茨基卓越的诗歌只付三卢布，而且不是一行诗，而是整整一首诗（或者按会计的叫法是"包干价"）。

别再挨饿了，别再变卖仅剩的一点儿东西，幻想一包马合烟和"砖头"一样潮湿的黑面包了。

巴格利茨基来了之后，敖德萨的文学学徒们马上成群结队地拥进我的地下室。当时他们整个团体都移居到了莫斯科。

学徒们抢光了巴格利茨基带来的诗歌——所有这些从咆哮的黑海带来的盐水，所有散发着在手掌上碾碎的海藻味道的、歌声荡漾的诗句。

学徒们把那些在色带已经干透、字母残缺不全的打字机上打印出来的诗歌抢到手，奔跑着分送到各个编辑部。

巴格利茨基本人一生都不会这样做。他害怕走上莫斯科街头。莫斯科黄色的解冻天气让他喘不上气来。由于犯支气管炎，他喉咙里呼噜呼噜响，整天盘腿坐在沙发床上，缓过气来后，他便朗读谢尔文斯基[1]的《乌利亚拉耶夫性格》。

甚至是透过关闭的窗户，他那富于旋律的、不断变调的声音和熟悉的词语都能传到院子里：

呀——呀——哥萨克策马飞奔，呀——呀——呀——哥萨克策马飞奔——

额发已飘落到唇边！

巴格利茨基每次都以全新的方式来朗读《乌利亚拉耶夫性格》，用自己交响曲的旋律演绎出这首长诗的各种节奏，或是某一个自己喜爱的段落：

乌利亚拉耶夫是这样：眼皮外翻，

下巴上有洞，耳环还在耳朵上挂，

这样的人你一定是前所未见，

像这位"耳环乌利亚拉耶夫"老爸。[2]

我请巴格利茨基给我朗读他自己的诗歌。当时这些诗歌缓解了我对自己不久前刚离开的黑海的思念，对敖德萨槐树阴影中酷热的空气的思念。不过，他不听我的话，仍是忘乎所以地唱：

---

1 伊·利·谢尔文斯基（1899—1968），苏联作家。
2 原文为乌克兰语。

走吧——走吧——走吧——走吧——嗨——达拉拉伊达！……

最终他可怜我，给我朗读了他自己的诗歌，不过不是关于大海，而是略带忧伤且明快的关于不可战胜的青春的诗歌：

即使悲哀的阴影已经铺展开来，
即使忧伤的风在我们头顶扩散——
我们轻快的脚步依旧整齐协调……

我当时不知道，这首诗并非巴格利茨基所做，而是另外一个诗人的。不过，巴格利茨基显然认为这种情况无关紧要，因为对此他什么也没对我说。

他对诗歌属于哪一位诗人有自己的理解。显然，对他来说，诗歌如空气，如温暖的太阳，是公共的财产。

我甚至感觉，比如，勃洛克关于骑士的诗歌，或者彭斯的《快乐的乞丐》，或是德·科斯特关于蒂尔·艾伦施皮格尔的传说——所有这些作品他仿佛认为不仅是勃洛克、彭斯还有德·科斯特写出来的，也是他巴格利茨基写的。哪怕是因为他善于发现其中未被发现的丰富的音响、形象、色彩与魅力，所有这些作品也应该是属于他的。

有一个小寓言，说的是，有人拿到手的可能只是一个花蕾紧闭的骨朵，但他们手心的温暖却会使花骨朵尽情地、充满生机地绽放开来。

别人的诗歌就仿佛这样在巴格利茨基的手里绽放开来。他是诗歌王国里快乐的王侯。他从这一王国的草地上经过，边走边敲打着已经盛开过的高大花朵上的花粉,阳光照得他眯缝起眼睛,他用宽大的手掌播撒着财富。也许,"歌手"一词比"诗人"更适合他。

巴格利茨基来了之后,我生病在家,几乎一周没去罗斯塔上班。我宁愿一整天与巴格利茨基聊天,凑合做一点饭菜,听他读诗。

有一次,我很幸运。我搞到了一条冰冻的梭鲈鱼。巴格利茨基决定按"黑海-希腊烹饪法"把它煎一下。为此需要一公斤黄油,一公斤黑李干和一个柠檬。这种花销在那个时候是不可思议的,但为此我并不后悔。

巴格利茨基挽起袖子,系了一条毛巾,将一把座椅上已经露出麻垫的旧圈椅(圈椅我是在柴棚里发现的)移到烧得通红的小铁炉附近,把平底锅里所有的黄油熔化,搓着手等油发出噼啪响声,爆出暗金色的气泡。

这时巴格利茨基把一块块滚上面粉的鱼投入沸腾的油里,然后庄严地,几乎用浑厚的假嗓吟唱起陌生的诗句:

> 啊,被油炸透的梭鲈鱼!
> 在通红滚烫的小铁炉上
> 蒙上一层深棕色的焦皮!

炉火的反光映照在巴格利茨基黝黑、粗犷的面孔上。当时他还很瘦,看起来像发黑的意大利壁画上的青年。

一块一块的白色的梭鲈鱼噼啪作响,被炸得金黄,锅里冒出团团浅蓝色的油烟,巴格利茨基馋得吸着气说:

"瞧,您马上就会知道,这是什么样的美味!在希腊,您上哪里也吃不上这样的梭鲈鱼,即使在米蒂利尼岛上。世界级美食!"当我们吃着这一确实美味的、放有煎炸黑李干的梭鲈鱼时,他重复说道:"简直是提坦神和卡律埃女神[1]的食物!"

后来我们抽起了"伊拉"牌香烟,开始做起了白日梦。我觉得梦想十分幼稚,当然,也是荒谬的。我对它们持宽容的态度,不过在内心深处还是相信巴格利茨基的梦想。他不知为什么说话总是用复数人称,却十分认真:

"我们会收到稿酬的。嗯,多少呢?您想会是多少?平均算来——一千卢布?还是可能再多一些?"

"可能再多一些。"我说。

"一千五百!"巴格利茨基激动地叫道。"还是两千?"他问道,被自己的大胆吓了一跳,并期待地望着我。

"再多一些!"我随意说道,"甚至可以再多一些,三千。什么事都可能发生。"

"三千就三千!那么就这样,"巴格利茨基说着,屈起左手的一个手指头,"一千——电汇给敖德萨的利达和谢瓦(妻子和儿子)。他们连一勺素油都没有。另一千我们在管子街买鸟。什么样的鸟都行。此外,我们用五百卢布买鸟笼子和喂鸟的蚂蚁卵,还有喂金丝雀的草籽,以及最容易消化且热量高的小鸟鸟食。剩下五百卢布,用作在莫斯科今后的生活费和回故乡敖德萨的返程路费。"

这些梦想每天都在变化,但变化没有很大。时而会增加图书的费用,因此寄给敖德萨的一千卢布缩减到了七百,时而又多出一笔买气枪的费用。

---

[1] 即希腊式建筑中作为圆柱的女神雕像,得名于卡律埃城节庆时的女性舞蹈。

捕鸟人　83

巴格利茨基用这些充满神奇故事的计算结果来开心消遣。我和他一起参与到游戏中。只有买蚂蚁卵和金丝雀草籽的五百卢布让我困惑不解。

我想象着像恰特尔达格山[1]那样高的成堆蚂蚁卵。据巴格利茨基说，蚂蚁卵需要在一定的温度下妥善保存。不然，在一个美好的日子里，这些卵就可能变成凶猛的红蚂蚁。它们会四处逃窜，半小时之内会把所有砂糖一粒不剩地搬出家门。

我认为，用五百卢布来买蚂蚁卵，大概有些多。

"就算多吧，"巴格利茨基承认道，"不过，您想象过敖德萨的养鸟人和捕鸟人将会怎么样吗？还有那个可恶的老头儿，他在进货场卖给我蚂蚁卵时，几乎按个儿计价，榨尽了我最后一分血汗钱。我现在倒要看看这个老头儿怎么办！"

这时，来了一个名叫谢玛的敖德萨文学学徒。他听了巴格利茨基的疯狂计划，吓得不知所措。他脸上现出了恐怖的神情。坐了五分钟，谢玛干脆就跑掉了。

巴格利茨基给我讲了很多关于他自己在敖德萨养鸟儿的故事。不过，我自己也知道这些。我有一次去他在斯捷波瓦雅街的家里，记得高高挂在棚顶的鸟笼子里一刻不停发出噼啪声、叽喳声、啁啾声和唧唧声。鸟儿在锌盆里拍打着翅膀洗澡，溅起的水花从笼子里飞到人的脑袋上。

据巴格利茨基说，所有这些都是最稀有和最珍贵的鸟儿，尽管它们看起来平平常常，而且相当可怜。

---

[1] 位于乌克兰南部克里米亚。

这些鸟儿有的是他在郊区的市场上买来的,有的是在喷泉区那边的草原上捕到的,还有的是用盐和烟草换来的。

他有捕鸟的蛛网、各种不同的小哨子和碎麦米。

用网捕鸟是很细致的事。捕鸟人不仅要了解鸟儿的叫声和习性,而且还得具有装饰师的技巧。他选择一个像小打谷场那样平坦的地方之后,在上边撒上黄米或面包屑,在几根高高的小木桩上拉上网,用草(杂草和鲜花)把网遮蔽起来,把某个驯化好的"叛徒"——一只金翅雀或者黄雀——放进打谷场,把它的腿用钓线绑在木桩上,然后他就藏在附近。

"叛徒"在打谷场上跳来跳去,啄食谷粒,叽叽喳喳叫着,欺骗自由的鸟儿,然后它们就无所畏惧地飞落到打谷场上。这时,一动不动地躺在隐蔽处的捕鸟人拉动绳子,网掉落下来,罩住了不幸的小鸟儿。

不过,梦想归梦想,而在地下室的墙外,在莫斯科的编辑部和出版社里发生了在巴格利茨基看来仿佛奇迹般的事情。

巴格利茨基的诗歌被报社和杂志社争先抢用。出版社开始和他签订出书合同并预付稿费。受巴格利茨基委托的学徒们把钱送到地下室来。他们仔细地重新计算一遍后,把总数记录在小铁炉附近的墙面上。

巴格利茨基不数钱。他只是不时看着墙面上的数字,说:

"而鸟儿的数量也在悄悄地增长!我们还可以用这些钱再买一艘性能良好的机帆木船。按传统我们叫它为'杜霞',我们将用它把最好的修道院种的西瓜从赫尔松通过第聂伯-布格溺谷[1]运送到敖德萨。我们会

---

[1] 溺谷,海滨或湖滨处的河谷或山谷,由于侵蚀基准面上升或地壳下降,或由于海平面上升时被海水淹没而形成的漏斗形的狭长三角湾。

晒得像黑小鬼一样。您对在溺谷那里晒黑皮肤有概念吗？这是世界上最好的一种日光浴皮肤的颜色，带有金色白兰地的颜色。这种颜色的形成不仅源于太阳，还源于静静的溺谷水反射的阳光。溺谷风平浪静。反射阳光的热度是如此灼人，如同直射的阳光。它，这热度，摆动摇曳着，耀眼炫目。"

有时候，无关紧要的、似乎是顺路听来的话会被铭记在心里，而且开始折磨人，时间越长折磨得越厉害。巴格利茨基关于溺谷特别耀眼炫目的阳光的话就是这样的——那里有辽阔的溺谷，水并不深，有浅绿清澈的海水和艾蒿丛生的低海岸。

从那时起，见到溺谷并在其岸边生活一段时间的愿望，被添加到我的许多其他愿望中来，它们尽管充斥着我的生活，实际上却是同样毫无益处的。

在和巴格利茨基的这次谈话后的第一个夏天，我去了赫尔松和第聂伯-布格溺谷。

关于这些浸透了小鲭鱼味和炎热的远古气息的地方，我会单独写。甚至用与这一溺谷相连的名称串起来的花环都让我激动不已——所有这些金布恩、奥利维亚、奥恰科夫、坚德拉、别列赞、因谷尔和亚戈尔雷克。

这些名称就像草原上比较粗硬的野花，就像那些刺实植物的干花束。这些干花束本身散发出有些苦涩而又甜美的味道，与此同时又染上了渔民家白灰粉刷的简陋旧屋的味道。这些干花束在陋屋墙面生锈的钉子上一年一年地挂着——从一个春天到下一个春天。

俄罗斯富于诗意的思想偶尔会以莫名其妙的方式接近溺谷两岸、村庄及水域:"然而,但丁笔下的奥恰科夫是多么清新"[1],"白帆沉没在溺谷,它见识过很多海洋和河流"[2]。

在这里,从这片烧焦的土地上,庄稼人有时候会翻耕出响声清脆的古希腊花瓶。在这些花瓶的图案上,几千年前吹过的黑海的风,吹拂起古希腊女人轻薄的衣襟。这些女人中的每一个人,在我看来,都像是流放时死在此地的伊菲革涅亚[3]。

死去的时间越久远的人,就变得越栩栩如生,而且最终他确实变成了永垂不朽的人。

不久前的夏天,我去了另一个溺谷——德涅斯特溺谷。无法用手去触碰溺谷黏土质的岸坡:它们被晒得滚热。但是在佩列瑟普那边,阵阵凉风吹来,泡沫飞溅的颗粒状的绿色海水,沿着沙滩漫出了岸边。

沙博村小铺子里温热的葡萄酒让我的脑袋昏昏沉沉。舒适的,仿佛是在永久和平年代建成的阿克尔曼小城(别尔哥罗德-德涅斯特罗夫斯基)由于盛开的烟草花和淡紫色的紫罗兰的香气而令人窒息。小渔船划着桨去溺谷捕捉鰕虎鱼和黑海鲽。市场上出售家织的羊毛地毯,地毯上编织有热情如火的玫瑰和翠绿的葡萄叶,令买主不胜惊讶。

就在那儿,在市场上,在一篮篮葡萄和李子上面,仿佛把腰束起来的黄蜂高声单调地嗡嗡唱着,飞来飞去,一个戴着墨镜的老头儿信誓旦旦地说:

---

[1] 引自帕斯捷尔纳克的长诗《施密特中尉》(1926)。
[2] 引自布宁的诗《歌》(1903—1906)。
[3] 古希腊神话中,阿尔忒弥斯女神拯救了被献祭的伊菲革涅亚,并把她送到陶里斯半岛担任当地的神庙祭司。但是,伊菲革涅亚并非死于"流放",而是后来返回埃拉多斯,她在那里成为阿尔忒弥斯的祭司。

捕鸟人

"买黄香李子喽！纯粹的葡萄糖！买吧，在槐树的荫凉下放开吃吧！特别能强壮血管！"

整个小城全都沉浸在花园浓密的阴影里，仿佛它的上空延伸着一块绿色凉爽的帆布。而在这块帆布以外，溺谷在太阳的照耀下熔化了，似乎把人的面孔和脖子烧成了灰烬。

关于这些溺谷水域的事我第一次是从巴格利茨基那里听到的。他是顺嘴说到它们的，或许，他并不认为自己的话有什么意义，除了开玩笑。但是溺谷水域稍纵即逝的形象，显然，落到了肥沃的土壤上，落到了我的意识中，我热衷于研究自然界中被匆匆发现的、几乎总是顺便提及的一切。

每天随着小铁炉附近墙面上稿费数字的增长，巴格利茨基的梦想就变得更为复杂。木帆船和蚂蚁卵对他来说已经太少。他梦想旅行，而且说起旅行时，总是气喘吁吁的。为了缓解气喘，他抽起了哮喘粉。于是地下室里发出烧焦的野草和缬草酊的味道。

巴格利茨基迅速征服了莫斯科。他的诗歌获得了狂风暴雨般的全面成功。每逢傍晚，地下室里由于人多和烟雾弥漫而难以呼吸。

通常，意想不到的成就也会带来不安。成就似乎被夸大了，显得摇摆不稳。不幸的预感使巴格利茨基惶惶不安。他开始常常说起，文学学徒们过于热心，在各编辑部内大概已经堆起了抨击他诗歌的文章，而且像大多数这类文章一样，写得放肆无礼，语气狎昵。

他发誓说，人们将会指责他"腐朽的个人主义""模仿性艺术"，并称他为"好动的中学生"。

巴格利茨基对出现在地下室里不多的几个评论家持一种戒备态度。

不过，明显使他生气的只是其中的一位，一个胡搅蛮缠、态度放肆的人，他把我们整个南方诗歌称为"茄子泥"。

当时有种情况使巴格利茨基十分痛苦，那就是，陌生人纠缠不休地烦扰他，劝他去喜欢他本来不喜欢的东西，让他反对他从小就喜欢的东西。首次以判决书的语气针对他宣布的词语是"浪漫主义作家"，不过有保留条件，说是对他可以从宽处理。

但是所有这一切与巴格利茨基死后发生的事情相比都显得相形见绌，当时是战后年代，有人提出荒谬的指控，似乎是说巴格利茨基嘲弄乌克兰人民。

这是愚蠢的无中生有：因为《奥帕纳斯之歌》的每一行诗都充满了对乌克兰、对乌克兰的诗歌、对舍甫琴柯的热爱。

巴格利茨基的武器，除他真正的诗歌之外，还有他尖锐的话语。他用这些词语，如同用花剑一般，击退了那些令人讨厌的导师。有时，由于他的自制力和宽容心，他隐藏起残酷的讽刺。只有为了诗歌的尊严和自由，他才诉诸这一武器。

当时我刚写完一部标题华丽的中篇小说——《法尔西斯坦大地上的尘埃》。

我似乎觉得这一标题很吸引人，尽管它并不确切。问题出在，小说的故事情节发生在波斯的最北端（我在那里待的时间不长），而法尔西斯坦却正好是这个国家南部的称谓。那里我从未去过。不过，"法尔西斯坦"这个词语的发音我很喜欢，于是我决定忽视其准确性，把称谓从南方移到北方。我安慰自己说，波斯语被称作"法尔西"，因此说这种语言的国家的所有地区都可以统称为法尔西斯坦。

巴别尔得知这部小说后，请我把小说给他读一读。起初我着实很害怕，努力让巴别尔相信，小说还没有写完。不过，巴别尔不容商量地请求。

"两天后，"他说，"我会再来，那时小说就要乖乖地放在这儿，放在桌子上。"

他同时用手掌拍了拍桌子的边缘，巴格利茨基给这张桌子起了个外号叫"帝国残余"。

桌子确实很破旧，是用乌木做成的，以前镶嵌过珠母。显然，几代孩子长时间坚持不懈地抠出了镶嵌的珠母，如今它只残存碎片了。

然后巴别尔微笑着久久地研究小铁炉旁边墙上收到稿费的记录，甚至还把总数摘抄到一张纸上。

"我替您感到高兴，埃佳，"他说，"利达终于可以缓一口气了。您过上了安定的生活，就一定会写出美妙的长诗。"

巴别尔走后，巴格利茨基用令人不安的声音说道：

"大祸临头了！他有孟加拉虎那种咬住死死不放的劲头和气息。因此最好现在就把手稿放到桌子上，以便手稿随时都在那里，即使他来时您不在。否则，他会把您折磨得精疲力竭。"

"为什么？"

"我怎么知道为什么？他只要不把我折磨得精疲力竭就好。"

"您这又是为什么呢？"

"您看见了吧，他从墙上抄下了数字？"

"他只是抄下了总数。"

"抄它做什么！您不知道吧？问题就在这儿！永远也猜不出这个人想什么。可怕的性格！"

巴别尔如他承诺的那样，正好在两天后来了。

在他擦拭蒙上了水汽的眼镜,用近视眼凑近看着镜片时,巴格利茨基把双脚从沙发床上拿下来,扣上了制服上衣的纽扣。

巴别尔坐到巴格利茨基对面的椅子上,并开始笑眯眯地看着他。巴格利茨基坐立不安,扭过脸去。

"别紧张,埃佳!"巴别尔说,"我走之后,您再紧张吧。"

"我为什么要紧张?我总是很高兴见到您,伊萨克·埃马努伊洛维奇。"

"那要看在什么情况下。"巴别尔回答说,仍旧专注、愉快地望着巴格利茨基。

巴格利茨基没有说话。走廊里,邻居家的残疾女孩站在电话旁,倒拿着话筒,没完没了地重复着:

"请讲,请讲,请讲……"

她可以这样重复到一百次或二百次,直到有人将脑袋探出走廊,大声喊道:

"马上挂上话筒!"

父母给这女孩起了一个华丽的名字——埃沃柳齐娅[1]。不过,后来他们突然想起来,去掉了名字的开头,于是女孩永远变成了柳齐娅。

无论如何,柳齐娅长期如怨如诉地喃喃低语——"请讲,请讲,请讲"——为地下室的生活增添了一丝不祥的色彩。

"这样,埃佳,"巴别尔终于说道,"您准备做什么呢?"

巴格利茨基保持沉默。门后的柳齐娅不停地喃喃低语。

---

[1] 俄文的意思是"进化"。

"当然了，"巴别尔忧伤地说，"您用全部稿费足够在基什尼奥夫买到一车厢金丝雀草籽，然后撒满公爵花园。"

"这有什么不好的呢？"巴格利茨基虽小心翼翼却暗含挑衅地问道，"也就我俩之间说说，基什尼奥夫没有金丝雀草籽。只有莫斯科和卡卢加出售。"

"不好的是，"巴别尔回答说，"您把所有的钱都拿出来，放到这个地方！"

巴别尔用手敲了敲"帝国残余"。

"那么，好吧。那以后怎么样？"巴格利茨基已经胆怯了，试探着问道。

"以后要没——收一定金额，"巴别尔一字一顿地说道，"寄给敖德萨的利达买日用品。"

"您太好啦，"巴格利茨基礼貌地说道，"您这么关心我的家庭。不过，给敖德萨的钱我今天就亲手去汇。而这个爱传谣的谢玛我——也要亲手——扇他一耳光。这是他向您告密，说我想花两千卢布去买鸣禽，并且把敖德萨的进货场堆满大麻籽。您是世上最敏锐的人，伊萨克·埃马努伊洛维奇，却上了谢玛的当——他是个十足的说谎大王和小跟班。"

顺便说一句，谢玛既不是个爱撒谎的人，也不是个无耻的人。那是个瘦弱的、满脸雀斑的青年人，想象力稍差了些。因此，所有我们的谈话，他都信以为真，害怕了，就立刻跑去通知某个熟人，所以会引起不必要的惊慌。

"十足爱撒谎的人是没有的，"巴别尔坚定地说道，"甚至马克·吐温都不是绝对爱撒谎的人。他深谙此道，有时却也露出破绽。当代作家中没有人会真正地撒谎。他们是充满灵感地、崇高地、可笑地或漂亮地撒谎。撒谎的艺术很快就要失传了。当七岁的男孩下棋已经能赢下卡帕布兰卡[1]并且能看懂矿石收音机电路时,您还想怎么样呢?而您的谢玛撒谎,只是把事实夸大了四倍,不会再多。"

"就算是吧。"巴格利茨基表示同意。

"既然这样,那么您,埃佳,至少,如果决定买鸟不是花两千卢布的话,而是比如说,少五分之四——花四百卢布。"

"正确。"巴格利茨基证实道。

"这一点是不允许的,"巴别尔冷冰冰地说道,"无论如何也不行。您出二百卢布足够了。我给您开个实价。"

"最后的价格,"巴格利茨基说,"四百卢布,一个戈比都不能少!"

他用手掌拍了一下"帝国残余"。

"您在说什么呀,埃佳?"巴别尔用投机倒把商贩的语调喊了一声,"要敬畏上帝呀!四百卢布!哪个白痴会给您四百卢布!"

巴别尔也同样用手掌拍打了一下"帝国残余"。

"三百卢布——就此结束这个谈话!"

开始了一场游戏。这是巴别尔为了不使自己陷入尴尬的境地,闪电般顺带想出的一个游戏。

他把一场令人不快的谈话转变成一个玩笑。巴格利茨基敏锐地理解了这个玩笑并接受了它。它出现得正是时候。它使巴别尔免于与巴格利茨基公开争吵。

玩笑扭转了尴尬的局面,但还不足以缓解窘境。而且通常在这种情况下,人们因为试图改变话题,总会转向他们随手碰着的第一件东西。

---

[1] 何·拉·卡帕布兰卡(1888—1942),古巴国际象棋手、外交官。

捕鸟人

不幸的是,随手碰到的是我的手稿《法尔西斯坦大地上的尘埃》。

我英勇地接受了巴别尔和巴格利茨基就这一手稿匆忙间想出来的、然后向我同时猛烈发射来的问题和意见。

最终,巴别尔拿走了我的手稿,我们一起出了家门。巴格利茨基去邮局给敖德萨汇款,我陪他一起去,而巴别尔朝我使了个眼色,便礼貌地消失了。

在一个阴沉的初春的早晨(地下室的每个早晨似乎都是阴沉的),巴格利茨基起床后大声地呼出一口气,说道:

"借宿即将结束!后天我去敖德萨。"

他像个孩子似的对即将返回敖德萨感到高兴。他的支气管看来缺少了黑海的盐分。在莫斯科他的气喘越来越严重,但他并不抱怨。感觉越糟糕,他就越经常自嘲。

我半夜醒来,看见他坐在沙发床上,双手抱着膝盖,喘不上气地咳嗽,咳嗽带有哮鸣音,然后他好长时间张着嘴,痉挛地喘息着。

我起身,把一张纸卷成漏斗形,往里撒上某种干草和硝酸钾,放到盘子里,再把这些都点燃。然后我在小铁炉子上烧水煮茶。热茶和呛人的烟雾同样缓解了巴格利茨基的咳嗽,就像他所说的,帮他"喘一口气"。

他久久不能入睡(他半坐着睡觉)。每次这样夜间喝茶之后,我们都会闲聊到凌晨。

有一次,巴格利茨基对我说,哮喘——这是犹太贫民的典型病,犹太集镇的住房拥挤、狭窄,那里充满了圆葱、干辣椒和某种腐蚀性强酸的味道。它,这种酸,没有名字。据巴格利茨基说,它是在简陋的手工作坊的空气中自动产生的，散发着如甲醇一样令人厌恶的味道。所有的东西都彻底浸透了这种酸味——老头儿带补丁的常礼服，老太太火红色的假发，所有摇晃的家具，所有套着污迹斑斑的粉色枕套的蓬松闷热的枕头，所有的食物。甚至连茶都散发出这种酸味，仿佛是铜茶炊氧化的味道。

巴格利茨基说，只要他一碰到这种手工作坊的油烟味，吸进皮革、棉布和喷灯的气味，他马上就会犯严重的哮喘。

只有在海滨，在暖和的时候，哮喘才能彻底好。在这种暖和的天气里，手放到海水里感觉不冷，而且人可以连续几个小时趴在晒得滚热的大块的停泊场防波堤上，彻底晒透——上面是太阳晒着，下面是介壳灰岩烤着。

他怀着思念之情说起宁静的敖德萨夏天那些最细小的特征，这些特征总是会引起人强烈的幸福感。

他叫我夏天去敖德萨，答应带我去苏霍伊溺谷和德涅斯特溺谷附近的一个特别好的渔村——卡罗林诺-布加兹。我夏天去了敖德萨（关于这件事我晚些时候再讲），并且看到了这一切。

但是不久巴格利茨基彻底搬到了莫斯科，并住到昆采沃，住到了有些潮湿且颇为凄凉的别墅区和矮小的白桦林中间。

我一向认为他搬到北方是个错误，却不敢对他的亲人或朋友说起这件事。

我之所以认为这是个错误，是因为我们不能让诗人脱离其生命之根，脱离有着对他来说简单的、他心爱的各种现象的综合环境。诗歌就是以人所不知的方式在这些现象中诞生的。确切些说，诞生的是他诗歌的意蕴——那个起初听不到的超声波，但它或早或晚都将穿透缄默的外壳，出现在我们身边——忧伤，喜悦，而又激昂。

我常去巴格利茨基的昆采沃，每次都感到惆怅和局促。他酷似一只竖起羽毛的大鸟，还是那样盘腿坐在沙发床上，就像坐在我寻常小巷潮湿的地下室里时一样。

他坐在那里，总是开着玩笑，总是笑着，尽管他的眼里不时闪现出无法排遣的思念之情，他思念草原上在苍茫晚霞之中远去的道路，思念沙滩上无数海浪的互相追逐、快乐奔跑，思念闪烁的阳光和葡萄叶，思念清晨时分洒满了水的敖德萨的街道。

当然，还有在海岸悬崖上的红柳和槐树树根下筑巢的鸟儿每天清晨叽叽喳喳的叫声。

并不轻松的事业

从在罗斯塔工作时起,我便开始顽强地保护自己,抵御可能搅乱我拥有的、并试图转达给别人的内心世界的一切。

我最怕沾染上那种陈词滥调式的、平庸乏味的语言。而在那些年,这种语言却无情而迅速地四处蔓延。

我几乎不知不觉地忘记了语言的这种残疾状态,显然,这一情况为我后来在某种程度上成为作家提供了可能。

我对被扭曲的语言产生了一种厌恶感,这种厌恶感又转化成了对它的痛恨。

我如同痛恨流氓一般,痛恨诸如"欢迎一下""有点儿战斗性的"(还可以举出很多这样的例子) 这类表述,并非只因为它们违背了俄语的特点,还因为它们表现出无知而且缺乏民族素质。

语言永远应该与国家相适合。它应该鲜明直观地确定国家的面貌,确定它的美、它的特点,就像一个国家的风景,比如,黄昏时分一条令人怦然心动的可爱的河上雾霭弥漫,而通往这雾霭之中的某个高岗就能确定全部这些特征。不需要很多,就应该能猜出你是在俄罗斯。只要看见山雀抖掉岸边山杨树上柠檬色的树叶,这就足够了。

可能,我对语言的态度过于苛刻与敬慕,但对待它也不可能是另一种态度。不然,我就应该去做会计或其他这一类的工作。

俄语就像最伟大的诗歌的总汇,是如此意想不到地富有和纯洁,宛如林木茂密的荒野上闪烁的星空。

在罗斯塔工作之前,我已经发表过几篇短篇小说,多半是仓促间写成的。我一两个晚上就能写出一篇,而且对它们的态度相当轻率。

这些短篇小说是对我童年的献礼,主要是献给那种对大海以及海员的朦胧向往,这种向往在我还在基辅时就深深吸引了我,当时我在马林斯克公园第一次看到走下"方位角"号战舰的海军士官候补生。

的确,我已经写了中篇小说《浪漫主义者》的初稿。不过,我认为它还不值得发表。它在我手里一动不动地放了很多年——放得太久,以至于手稿有些破旧,开始泛黄。

那些或多或少比较成功的字句和思想已被分别用于不同的小说并消失在里面了。

我知道,真正的作家在自己的事业中应该做到明确、自然,应该全力以赴、勇气十足地表达自己对生活及他人的态度。在这里,仅凭个别精彩的片断根本敷衍不过去。况且我也不太相信我自己的这些精彩的片断。凭一时的冲劲儿我会喜欢它们,不过很快就厌烦了,而且似乎感觉它们毫无生气,甚至开始为它们感到羞愧。

不过,在最初几年,主要不是这一点让我担心。研究语言和最初取得的成功,这一切都是顺其自然的。最糟糕的是只成功一半。我开始渐渐地认为,几乎我所有最初写下的短篇小说,如上所述,都是只成功一半。

没有比在墙上钉弯的钉子更让人不快的了。你不能再相信它。

我的那些略显成功的短篇小说,说不清哪里有时像一堆钉弯得很厉害的钉子,有时又像勉强能觉察出钉弯的钉子。矫正它们是没有意义的——早就知道,无论把钉子如何弄直,它反正还是弯的,哪怕弯度不大。

短篇小说便是如此。有些短篇小说写得很好,不过内容空洞无物,如同被虫子蛀过的苹果。说它们空洞无物,是因为它们是虚构出来的,或者更确切些说,是凭空臆想出来的,它们当中仅有一鳞半爪是来自真正的生活,而其余的一切均是东拼西凑,而且是靠并不牢固的线索匆忙间连接起来的。这些线索随时可能断开,小说也会分崩离析成碎片。

我的作品越来越经常地给我留下这种感觉。这使我心情抑郁。

每当我坐下来写一部新的小说时,我都下定决心要无情地对待自己,不许自己逃避真实而走向矫揉造作的艺术世界。不过,某种盲从的内心惯性每次都会强迫我避难就易,选取外部题材,对自己偏爱的非凡的状态、人与环境做出让步。

重新阅读刚刚写好的短篇小说——《荷兰女王》、《黑色的网》或者《倾盆大雨中的谈话》时,我发现,它们都是用某个我当时喜欢的作家,其中包括约瑟夫·康拉德(是巴别尔第一次给我指出这一点)的边角料拼凑而成的,尽管是质量上好的边角料,但毕竟是边角料。但是,总的来说,小说"经受住了考验",有时读起来很轻松,甚至很有趣,这也给了我一种虚假的安慰。

"怎么回事?"我问自己,"为什么我下不了手完全勾掉这一切并将

并不轻松的事业

其扔到废纸篓里?"

　　当我在写一部新小说时,仿佛一切都很好,但是后来,特别是每逢夜里,想起它,我便无法入睡,发现其中有很多考虑不成熟的地方,结果还拿出去发表了,因此而责骂自己。

　　我那时主要还是在报纸上发表作品。报纸要求在规定的期限内把小说写出来!

　　从那时起,我对快速发表作品始终怀有一种恐惧感。

　　于是这样一条规则自然而然就开始生效——不让作品固定成形,就不能发表它们,如同一种溶液,要等到沉淀物沉淀下来,液体呈现出水晶般的清洁才可以。这一简单易懂的规则被许多作家的经验所证实。

　　我明白了普希金所说的要让自己心爱的思想尽善尽美的意思。仅仅几个单词却给出了极其清晰而明确的忠告,或者也许是对写作者的命令。

　　就这样展开了一场斗争,目的是让我所写的一切都源于真实的生活,让真实性和自由的想象力牢不可破地融为一体。

　　当时,除巴别尔之外,我还有了一位新的导师——米哈伊尔·米哈伊洛维奇·普里什文。我读了他的短篇小说《皮鞋》,是关于马里纳小树林冷漠的"小狼"[1]鞋匠们的故事,他们试图为未来的女人缝制鞋子。整部小说完全立足于现实生活,甚至是日常生活,但与此同时小说又遵从着难以觉察的虚构原则。

　　这样对我来说第二条规则产生了:一篇小说,不管写生活中的什么事件,不管写人的什么品质,一旦与现实经验并同时与想象力和灵感联

---

[1] 20世纪初,俄国有一类鞋匠被称为"小狼"。这些鞋匠在很小的作坊里用绣针缝制靴子,他们远离人群,像孤独的狼,因此得名。

系起来，就会成为真正的艺术。

我深信，我发现了一条通往对我而言总是十分美好，但又繁重的作家劳动的正确道路，而这条道路我早就梦寐以求却往往在追寻它时无功而返。我几乎是本能地找到了它，因为我从来不善于进行长期连续的思考。

道路找到了，它引导我写了我的第一本，正如朋友们所说的，"真正的"书——《卡拉-布加兹海湾》。

森林猎手

我从远处关注普里什文已经很久。我害怕与他见面,与这个我似乎觉得是巫医与智者的人见面。他身上似乎有一种冰雪融化时的气息,有欧白芷汁液刺鼻的味道,有森林的霉湿味,有沼泽地上空晚霞的气息。

他一直隐身在某个地方,在俄罗斯的密林深处,像一个乡下的森林猎手,他无比狡猾,又是如此敏锐,鸟儿的任何一个狡猾伎俩都逃不过他的眼睛。

后来我们相遇了,却没能成为亲近的朋友。他有一种并非总是有助于与人接近的气质——他用自己独特的、别人有时听不明白的语言来表达自己完全独特的思想。

他身上有某种老茨冈人的气质,这不仅体现在外表,而且体现在他对某些地方多方面的了解上,这是只有天生的流浪者才具有的特点。

有一次,普里什文告诉我说,所有他发表的作品,如果与他的日记、他每天所做的笔记比起来，实际上都不值一提。他一生都在记笔记。这些笔记他主要是想为后人保留的。

普里什文死后，这些笔记中的一部分被出版了。从中可以看出，这些出版的笔记乃是惊人的巨著，充满了诗意的思想和意想不到的近距离的观察。普里什文日记中用两三行字写出的观察，如果被加以扩展的话，足够别的作家写出整整一本书。

如果说文学中有潜台词——作品的第二含义，第二次幻象，像回声一样反映出主要声音，并在我们的意识中将其强化——那么普里什文所揭开的就是俄罗斯大自然中的潜台词。

这一潜台词的秘密在于，他对矮树林、动物、云彩、河流、偏僻的小灌木林和某种沙棘的次生开花都有很亲密的感觉，他的这种个人感觉与自然融为一体，并赋予自然以特殊的、普里什文式的面貌。

普里什文本人就如同俄罗斯大自然的一种现象而存在。

就他对我们大地的热爱和了解而言，他有权成为我们这片大地的主宰，如同所有的主宰者一样，他带有"私有者"的通性，不过是指这个词语的某些特殊含义。

他像私有者一样爱惜并保护大地，但不是为自己，而是为艺术与后代。他之所以要这样做，是因为他知道，一片保持童贞的大地具有使人高尚的力量。

他想将这片太初时期的大地哪怕保留下一些碎片，好让人们能够呼吸到未开垦的角落里的空气，能够看见大地的那种清新容颜，因为这种清新在层层灰尘与烟雾的遮蔽下很快就将暗淡枯萎下去。

因此，他对我很生气，因为我写了一本书——《梅晓拉地区》，而且以此吸引了人们对梅晓拉森林不懈的、（令人遗憾的是）致命的关注，并导致了不可避免的沉重后果——成群的游客彻底践踏了这些曾经清新洁净的地区，一队队讲求实际的人们立刻开始开发这一地区，以便从中获取更大的利益。

"您知道，您以自己的欣喜为梅晓拉惹出了什么后果！"他像责备一个疏忽大意的孩子一样责备我，"在你们安静的索洛特恰，已经在为梁赞的居民建几百套别墅。您现在去草地上，看能不能找到哪怕是一朵盛开的翠雀花。您找找看！您根本就找不到它！美，只要你漫不经心地一碰，它就永远地消失了。当代人或许会感激您，而您子孙的子孙未必会为此向您致敬。而正是在梅晓拉这儿，蕴藏了多少发扬民族精神、民间诗意的力量的源泉！您是个不谨慎的人，亲爱的。没有保护好自己的别连杰耶沃王国[1]。"

是的，如今在梅晓拉地区，翠雀花恐怕是白天打着灯笼也难找了。

"白天打着灯笼"——多好的词语啊！为了子孙。因为只有孩子才能相信，白天会有怪人在茂密的灌木丛里徘徊游荡，用强光灯照进草丛深处，以便在僻静的阴影里找到蓝色的——比天空还要亮两倍和暗两倍的小花。

起初普里什文的愤怒使我大为吃惊，甚至有点儿气愤。他说我一切都是为了自己，一点也没有为他人着想。可是把美藏起来，不让人们知道，又有什么好，又有什么值得这样做呢？

不过，很快我便确信，米哈伊尔·米哈伊洛维奇这样说，是因为他

---

[1] 别连杰耶沃位于俄罗斯雅罗斯拉夫州，周围是一片湿地，普里什文1926年曾来此地进行创作，在其后来的许多作品中出现了"别连杰耶沃王国"的形象，喻指原生态的大自然。

关心人们的幸福,是为了让他们的生活不至于陷入贫困。他考虑的是遥远的将来,我们则习惯于思考今天——我们的自私就在于此。

铜鞋掌

马雅可夫斯基躺在作家之家大厅里低矮的木板台上。作家之家位于院子的深处，掩映在丁香灌木丛中。据说，托尔斯泰把这一古老的府第描写成《战争与和平》中罗斯托夫的家。

大厅里的窗户打开着。前厅里矫揉造作的美第奇的维纳斯雕像蒙上了黑色的盖布。盖布下面露出维纳斯冰冷的大理石膝盖。

马雅可夫斯基躺在木板台上的棺材里，仿佛躺在石棺里——他的身躯笨重，魁梧，仿佛还在思考。他脚冲着入口，冲着围在棺材周围的人群躺在那里。因此，首先映入眼帘的是他鞋跟上钉着铜鞋掌的结实的皮鞋。鞋掌在阳光下闪闪发光，已经磨损得很厉害。

诗人曾阔步走在地面上，且走得有些漫不经心。因为这样的步态，铜鞋掌很快磨损了。

大概，很多人当时都会产生一个想法，这些毫不值钱的鞋掌永远不会腐烂，然而诗人的尸骨却会消失。但要知道人们需要的不仅是他的诗歌,还有他本人——一个朝气蓬勃、情绪激昂的人。

他去世的那一年[1],莫斯科的四月异常温暖。窗外房前小花园潮湿的土壤里雾气腾腾,雾气轻轻拂动着去年的落叶。

落叶黑乎乎的,发出酸溜溜的葡萄酒味。无法用它们给诗人编花环。

有人在棺材里,在诗人的脚边放了几枚那样的叶子代替了花环。这些叶子在温室种植的菊花和石竹中间,在绸缎的黑纱中,在侧柏枝和散发着松节油气味的云杉针叶中同样很显眼。

叶子理应躺在那里。其中一枚粘在马雅可夫斯基的鞋掌上,然后随他一起在难以忍受的下葬的火焰中被烧掉了。

对于那些仍然活着的人来说,死亡中最艰难的,是他们没来得及对死者说出那些重要的话,即他们感觉和认为他是一个怎样的人。爱他的人总是来得太迟。莫明其妙的腼腆使他们双唇紧闭。当然,现在他永远无法得知,他们的爱是多么无私。也许,这无私的爱能够拯救他?

而他临死前沉默不语,没有在任何人面前说出自己最后的痛苦。他躺在那儿,微蹙眉头,对谁也没有说出生活带给他——一个精神强大且自信的诗人的那些委屈和痛苦。

是的,他踩上了自己诗歌的咽喉[2]。为了自己国家和人民的幸福,他完成了一种诗意的自我牺牲的苦行。

他做过勤杂工、宣传员、战士。他肩负着将革命与人的日常生活嫁接在一起的任务。软弱是不合时宜的。

周围有太多的懦弱。应当抨击平庸、愚蠢、迟钝的脑筋和脑勺。要

---

[1] 马雅可夫斯基去世于1930年4月14日。
[2] 语出马雅可夫斯基的长诗《放开喉咙歌唱》(1829—1830)。

对人们大声疾呼，让他们清醒并爬出自己温暖的安乐窝。

应当直接把人们从这些安乐窝里赶到刺骨的革命寒风中去，特别是应当把诗人赶过去。

无怪乎1921年他写下：

> 苏维埃的烂摊子蒙上了一层青苔。
> 从俄联邦共和国的身后面
> 露出一张
> 丑陋的嘴脸
> 一个市侩。[1]

他写诗时就如同锤工一样——要卷起袖子。

叶赛宁说："此世间，死不算新鲜事，可活着，也并不更新鲜。"[2]

这些话的绝望似乎令马雅可夫斯基特别愤怒。但叶赛宁死后也只有五年——他便亲自给自己唤来了死神，彻底了结了一生。

为什么？谁又知道？

人们抬着马雅可夫斯基的遗体经过沃罗夫斯基大街，经过外国使馆大街。使馆上空降下半旗。甚至连敌人都赞赏他诗歌的威力、他作为演说家的直率、他的政治气质。

既然他死了，那么他们显然安心了，也不再重视他话语中惊人的力量。他们只不过不知道，词语常常是越久远就越有威力。你不可能让语

---

[1] 引自马雅可夫斯基的诗《败类》(1920—1921)。
[2] 引自叶赛宁的诗《再见吧，我的朋友，再见》(1925)。

言失效,哪怕把它沉入大洋底部,就像人们企图使核废料不能产生危害一样。语言总会突破将生活覆盖住的那层保险薄膜,时而在这里时而在那里爆炸。

我几乎不了解马雅可夫斯基。

在从南方漂泊返回莫斯科之后,我整整一年住在北方铁路线上的普希金诺。关于这一点我已经写过。我别墅的后面是一片寂静的松树林,而松树林后面伸展着一片沼泽低地,小河谢列布里扬卡总是雾气缭绕,漫出河岸。

整个冬天,我一人住在这个别墅里,而夏天阿谢耶夫[1]带着妻子和她那些快乐的乌克兰姐妹住进了别墅。后来最善良的谢苗·格赫特(姐妹们把他的姓说成了"赫赫特")租了一间空荡荡的顶层阁楼,那里是房东的山羊夜里住的地方,于是喧闹而自由的别墅生活开始了。

马雅可夫斯基当时住在阿库洛夫山,经常来阿谢耶夫这里下象棋。

他手里转着一根榛树削成的手杖,迈着大步,穿过森林。

我似乎觉得他很忧郁。我尽量不让他看见我。我过分腼腆。我似乎觉得,马雅可夫斯基根本没有兴趣和我说话。

我能告诉他什么新鲜和有意义的事儿?一切都已经说过,世界文化全都被他研究过,而且在激烈与巧妙的争论中被洗净了。我之所以知道这一点,是因为所有的谈话都从阿谢耶夫的房间里传到我这里。

有一次,阿谢耶夫去了莫斯科,马雅可夫斯基敲了我的房门并提议

---

[1] 尼·尼·阿谢耶夫(1889—1963),俄苏诗人。

我下象棋。我下得不好。我没有预见棋步的能力。不过我还是同意了，于是我们就去了阿谢耶夫那里。

在那里，阿谢耶夫的妻子——披着一头金发的奥克萨娜，蜷起双腿坐在沙发床上。我很喜欢阿谢耶夫献给她的诗歌：

> 奥克萨娜！世上的珍珠！
> 我，把空气击碎成浪花，
> 从小俄罗斯海底挖出你，
> 并把你镶嵌进我的歌曲。[1]

这首诗歌根据第一行的缩写叫作《奥克热米尔》。人们也这样称呼奥克萨娜。

奥克热米尔说，她看到棋盘边上无精打采的男人就恶心想吐。马雅可夫斯基只是嘿嘿一笑，而我没有作声。

应该说点儿什么。随着时间一分一秒地过去，沉默变得越发令人难堪。我的脑海里多半是各种愚蠢的思想片断疾速滑过，我想不出如何切入话题。

马雅可夫斯基嘴角叼着烟，沉默不语，看着棋盘。不知为什么奥克热米尔也不说话。于是，我无奈之下讲起了在谢列布里扬卡小河钓虾的趣事。那里确实有着大虾——真正的河里的鳄鱼。

"无聊乏味的事儿，"马雅可夫斯基说道，"我不明白，怎么可以做

---

[1] 引自阿谢耶夫的诗《生锈的竖琴》(1920)。

那种微不足道的小事。"

我脸红了,到这盘棋结束时再也没说一句话。令我感到幸运的是,阿谢耶夫回来了,于是我跑回了自己的房间。

从那以后,我开始害怕名人,直到现在也怕。我向来只有在最普通的人群中才感到自由和踏实。

作家当中这样的人并非那么多。的确,伊利夫很朴实而善良,安德烈·普拉东诺夫[1]朴实而忧伤。

当普拉东诺夫的一篇短篇小说第一次落到我手中,当我读到"俄罗斯的小县城静悄悄的"这句话时——我的喉咙里感到一阵窒息:这多好啊。

普拉东诺夫的作品几乎没有发表过。如果在少有的情况下,哪里发表了一篇他的小说,荒谬的指控便会如山崩般向他猛烈袭来。

普拉东诺夫有一篇很短的短篇小说《七月的雷雨》。我好像不知道,在我们当代文学中,还有比这更清晰、更经典、更有魅力的作品。一个人,只有在他将俄罗斯视为自己的第二生命,视为父亲的老屋,细细琢磨过它的每一颗钉子时,才会以那般苦楚和亲切的心情来书写它。

他病情严重,吐血,整月躺在那里一动不动,却一次也没有违背过他作家的良知。

在革命的最初几年里,马雅可夫斯基和谢尔盖·叶赛宁控制了年轻人的头脑与心灵。

---

[1] 安·普·普拉东诺夫(1899—1951),苏联作家。

我无法了解生活中的叶赛宁——我是在他去世[1]前不久返回莫斯科的。

我第一次看见叶赛宁，是在尼基塔林荫道上记者之家的棺材里。一条黑色的悼念横幅挂在林荫道上。上面用白色的字母写着："伟大的民族诗人的遗体安息于此。"

天色阴暗，低沉的乌云静止不动，一片令人感到压抑的寂静。这样的白天，家里通常会提前点灯。灯光酷似蛋黄一般。

安放叶赛宁的大厅里点着枝形吊灯。在灰暗的灯光下，叶赛宁的面孔显得极其美好。眼睫毛浓密的阴影凸显出他的美。

他躺在那里，像一个熟睡的孩子。女人们的号啕痛哭声似乎过于响亮且不合时宜——它们会把他惊醒。但不应该惊醒他——在经历了乱七八糟的日常生活、快速成名带来的混乱、对自己梁赞故土的思念之后，他饱经磨难，如今他才如此安详地熟睡了。

很久以后，在一九六〇年，我看到了一帧照片，照片上是叶赛宁刚刚从绳套上被取下来[2]时的形象。他蜷缩着双膝，侧身躺在沙发上，满面泪痕。泪水还没有干。

这张面孔上那种孩子般的委屈令所有的人都不忍心看这张照片。大家都移开目光，转过身走开。

我的很多成绩都应该归功于叶赛宁。他教会了我看清虽不富饶却广袤自由的梁赞大地——它沿河两岸辽阔无边的蓝色的远方，光秃秃的爆竹柳，在柳丛中不时轻轻呼啸吹过的十月的微风，些许干枯的荨麻，不时落下的小雨，村庄上空乳白色的袅袅炊烟，目光惊异的湿漉漉的小牛

---

1 叶赛宁死于1925年12月28日。
2 叶赛宁是自缢身亡的。

犊，还有那荒无人迹、不知通向何方的大路。

我在叶赛宁的故乡奥卡河附近住过几年。那是个忧伤而安静的宏大世界，那里阳光微弱，是一个森林里常有盗匪出没的地方。

森林里，隔几天才会有一辆大车从腐烂的沼泽小路上隆隆驶过，守林人低矮木屋的窗口偶尔会有少女的面孔闪现。

真该停下脚步，走进木屋，看一看那双腼腆的眼睛里闪出的朦胧眼神——然后在松林的喧闹声中、在秋日白杨的颤抖声中、在散落到车辙下粗粒沙子的沙沙声中继续前行。

还应该看看一队队的鸟群，它们翱翔于低地沼泽林之上的天幕中，一只接一只地向温暖的南方飞去。因对这片密林地区怀有一种骨肉相连的深挚亲情，会涌起甜蜜的乡愁。在那里，沼泽地流出清澈的泉水，令人不由自主地感觉到，每一股这样的清泉都是诗意的源泉。事实也的确如此。

您用洋铁杯舀上一杯这样的泉水，把越橘微红的小叶子吹到一边，痛快地喝个够吧，因为这水会为你提供故乡的青春、清新、永恒的魅力。于是，您会深信不疑，只有一小部分这样的诗意在像叶赛宁这样的诗人的诗歌中被表达了出来，它不可计量的财富仍深藏不露并且等待亮相的时机。

不久前，我读了在今天已被淡忘的女诗人罗斯托普钦娜[1]的诗，她与普希金和莱蒙托夫是同时代的人，我注意到她的两行预言一般的诗：

1　叶·彼·罗斯托普钦娜（1811—1858），俄国女诗人。

铜鞋掌　113

俄罗斯诗人正在结束自己的命运,
虽然尚未完成自己的天鹅绝唱……[1]

这些诗句只是坦白地说出了已经发生的一切。

侮辱、决斗、诽谤、嫉妒、难以相处的性格——这一切都是那些悲剧的表面现象。

有一点很清楚,人会因为绝望和疲惫而离开人世。不过,也会有这种情况,一个人意识到了内心的完满,当这种完满的感觉彻底实现,则此后的每一天都是衰退和损失,而这时候人选择离开人世,似乎也没什么可奇怪的。我们不记得有这种情形,不过我假设,它们可能存在。

……荒凉的冬日,雪夜,暗淡烟雾中的田野,窗外冻得硬邦邦的橡树叶子沙沙作响——他独自一人,独自一人,在这些夜里,没有睡梦,没有灵感。活着的只有回忆——徒劳无益的、令人厌倦的回忆。一切都一去不复返,难以挽回。

突然,远处传来了马蹄声。有人从远处疾驰而来,朝他奔来。带来了什么消息?

骑马者在台阶前跳下马来,片刻之后,普希金手上出现了一张字条。她来了!她在三山村的奥西波夫家等他!安娜[2]!

仿佛所有这些风折木和枯死木,所有这些歪斜的木屋和狼嚎的夜晚都被瞬间的流星照亮了。

瞧,他已经骑马疾驰穿过黑夜,他只看见黑暗中她的眼睛——她闪

---

[1] 引自罗斯托普钦娜的诗《致我们未来的诗人》(1841)。
[2] 安娜即凯恩,普希金《致凯恩》(1825)一诗的主人公。

着泪水和爱意的、微带绿色的、深邃的双眼。

他可能跌落马鞍，由于心脏的致命一击而死。在这里的某个地方，在马列涅茨湖畔的三棵松树旁，或者在沙坡附近。就在这死亡的千分之一的瞬间，他都会感到真正的幸福。

这个关于普希金的梦，或者像古人所说的"幻象"，如此强烈地印入我的身心，我常常并非于梦中而是真实地看到它，能够描写出它所有简单的细节——从吹在普希金眼睛上的冬日寒风，到奥西波夫家结上一层冰的窗玻璃上闪现的灯光。

泥盆纪石灰岩

我是在窸窣作响的融雪边缘发现第一朵雪花莲的,融雪的边缘已经流出一股股融化的雪水。这一股股雪水冲出了一些种子和沙粒。

几乎透明的雪花莲的白色花瓣,冬眠之后皱巴巴的,如今在太阳的照耀下舒展开来,颤颤巍巍。

初春!Prima vera[1]!当我们在中学痛苦地死记硬背拉丁语时,只有这两个悦耳的拉丁单词第一次使我们——即使这样也不是很多人——迁就了这种语言。"普里马维拉"[2]就是早期的、有点儿孩子气的春天,是那个草茎还没有钻出地面,并且只有在潮湿的细缝中才能发现它们的春天。草茎还要在细缝中躲避夜晚的轻寒。

静悄悄的太阳在完全无风的天气里温暖着大地(这是在奥廖尔州利

---

1 拉丁语"初春"之意。
2 拉丁语"初春"的俄语音译。

夫内小城附近），并在广袤的——当时还是个县，如今已经是区了[1]——俄罗斯大地上空闪耀着祥和的光芒。

城郊的峡谷里，河水已经开始发怒，低声絮语。远处，在郊区集镇——斯特列列茨卡雅和亚姆斯卡雅镇的炉烟里，集镇上勇敢的公鸡总是扯开嗓门儿拼命地鸣叫，愚蠢得叫哑了嗓子。它们对温暖天气的回归感到高兴，并对自己的长寿欢呼雀跃。公鸡可能以为，它们在这片大地上是永生的，就像人是不朽的一样。

我向罗斯塔告假几天，到利夫内我妈妈的老熟人那儿去。我倒没有什么事，只是随便看看。我想在经历了普希金诺艰苦的生活和莫斯科漫长的冬季之后出去缓口气。

在利夫内住着一位老太太，是地方自治局派任的医生沙茨基的遗孀，她和女儿、儿子住在一起，女儿也是医生，儿子是地质学家。在到里海东海岸考察之后，地质学家阿列克谢·德米特里耶维奇患上了严重的神经衰弱，现在他在利夫内的母亲和姐姐这里休养。沙茨基一家人住在铁路附近的一座旧木房里。

地质学家不喜欢静坐。他总是在城市及其周边的田野里漫步，并带上机车司机的女儿塔娅和我同行。

有时候他姐姐尼娜·德米特里耶夫娜也和我们一起去，她是一个眼睛近视、外表严厉却很善良的四十岁女人，在自己的医学事业上坚决果断，她热爱自己的这项事业，就像她父亲对它的热爱一样。

她父亲是一位大公无私、富有自我牺牲精神的治病救人的医生，他

---

[1] 县为旧俄行政区划，1923年后逐渐改为区。

死之后，其声誉在利夫内、叶列茨和奥廖尔城里还流传了很久。

医生的遗孀及子女对他心怀景仰。他们纪念他，不仅因为他身为医生的才华，还因为他是民粹派成员，而且他崇拜车尔尼雪夫斯基。我被安排睡在医生书房的沙发上，他的书房里挂着一些照片，照片上的一个青年人酷似作家迦尔洵[1]，留着长发和卷曲的大胡子，照片上的姑娘们则身穿打褶的黑色紧身丝绸胸衣，头发梳得溜光。

所有的姑娘都长着一副表情坦率的典型的俄罗斯人的面孔和灰色的眼睛。当然，照片上无法辨别眼睛的颜色，但我似乎感觉就是这样。这种眼睛的颜色特别适合姑娘们嘴唇上一丝勉强可以觉察出的微笑，也适合她们亲切的面孔。

我自己是在一个过着不稳定的、担惊受怕的日常生活的家庭中长大的，遭遇过形形色色住房中的各种各样的居住环境，可能因此感觉异常喜欢像沙茨基家这样的房子。

在这些房子里，正如古人所说，可以"让心灵得到休息"——偶尔被年轻人的笑声和说话声点缀的寂静，节日里轻松的忙碌，映着橡胶树影子的旧沙发，煤油灯傍晚发出的、说不清为什么有抚慰人心之感的吱吱声，许多的旧书和杂志，医生家里应有的那种淡淡的药味。窗外是花园，花园那边是铁路，车站道口，难得会有货车撞击铁轨的声音和老机车巨大的喷气声。我一直认为，机车在车站附近故意如此紧张地喷气，如此匆忙地运转连杆，目的是显示，它们是多么勤奋的、无法替代的工作者。晚茶混合着茶炊冒出的淡淡热气，散发着亲切的

---

[1] 伏·米·迦尔洵（1855—1888），俄国作家。

味道，总有些特殊的果酱（"你们一定不会相信，塔娅在奥廖尔搞到了十公斤砂糖"），时而是中国苹果酱，时而是山莓果酱——所有这一切再加上千百个零七碎八的小物品，营造出一种舒适感，而缺少了这种感觉，人就会生活得很糟糕。这种舒适感在某些时候会遭人诟病——说它"蒙蔽人，给人安慰"。

"真是谢天谢地，它如果能给人安慰，"老太太瓦尔瓦拉·彼得罗夫娜说，"至少人有时间思考一下，便可恢复知觉。不然生活在您的这些问题和那个叫什么来着，那个难题中间，要不了多久连健康都会失去。最好就着樱桃酱喝点儿茶，然后去看电影。那里据说正在上映一部关于托尔若克一个裁剪师的好电影[1]。塔娅简直笑坏了。"

从医生书房的窗口，可以看到那么辽阔的远方和一座座那么柔和的圆形山丘，看到这些景致，心脏甚至会停止跳动。在这辽阔的远方、缓坡、峡谷和高地的山脚下，贝斯特拉雅索斯纳河[2]像一条宽大的（在春天）带子一般从铁路大桥下面流过。

大河确实水流湍急，蜿蜒曲折，裹挟着最后的褐色冰块奔腾，哗哗作响，特别是夜里声音巨大，河水每小时都在抬高水位，摇撼着柳丛，将其淹没。

柳条枝上密密麻麻落满了毛茸茸的蓓蕾——"柳絮"，像一个个挺着黄色胸脯的小麻雀。这些嫩芽正好在复活节前的星期天之前出叶。

沿岸积雪已经融化，不过稍远一点的地方，田野的边缘依然覆盖着厚厚的积雪。

---

1 这里指的是雅·亚·普罗塔扎诺夫导演的电影《托尔若克来的裁剪师》（1925）。
2 河流名字的俄文字面意思是"快速的松树"。

泥盆纪石灰岩　119

地质学家解释说，这是因为贝斯特拉雅索斯纳河流经利夫内时，正好赶上很厚的泥盆纪石灰岩层，而这一石灰岩仿佛体内保存着遥远的数百万世积累下的热量。这种热量不断地从地下冒出来，毒害着利夫内的居民。

因此，据地质学家说，至今已是革命后的第七个年头了，在小城里，还有许多荒唐的迷信传说。他讲了一件事，说是利夫内不孕的妇女在渔夫那里买来活的狗鱼，把它们放到盛有水的大木盆里，然后要久久地——不少于两个小时——目不转睛地盯着狗鱼凶狠的黄眼珠看。据说，这样就有效。而如果老太太们牙痛，她们就嚼一小块从圣愚彼季卡-佩图绍克墓地上取来的石灰石，据说，也有效。

塔娅只是大叫着，害怕地看着我，担心我会相信这个。

当地质学家说起泥盆纪石灰岩时，尼娜·德米特里耶夫娜对我做出不易觉察的手势，让我只是听，不要反对。而瓦尔瓦拉·彼得罗夫娜开始用她那颤抖的手抚平餐桌上的桌布。

认为泥盆纪石灰岩会释放出有害气体——这成了地质学家所患的那种轻微而又不伤害人的妄想症的表现。

此外，他尽管不很坚定，但让我相信，以字母 r 开头的一切——德国、霍亨索伦家族[1]、希特勒、戈培尔[2]（当时德国的法西斯已经开始盛行）——都会给人类带来诸多不幸，甚至有可能是彻底的毁灭。

不过，总的来说，地质学家是一个好心肠的人，沉默寡言，不妨碍任何人。

1　霍亨索伦家族，为勃兰登堡-普鲁士及德意志帝国的主要统治家族。
2　这些词的俄文都是以字母 r 开头的。

我来后的第二天,家里卸下了玻璃窗扇。晒热了的潮湿花园往房间里吹来阵阵香草的淡淡清香,仿佛提醒人们,复活节正在临近。

居民小屋里的窗台上,小碟里的燕麦长满了绿油油水灵灵的小穗。

老太太们拖着慢腾腾的步子朝墓地走去,手里拿着染了色的刨花做成的纪念小花圈——还没有鲜花,鲜花还没有开。

利夫内的女工匠们做的花和刨花花环很精致(特别是大朵闪光的玫瑰)。这些女工匠甚至以此闻名周围地区。她们给刨花涂上苯胺——颜色鲜亮,只是味道令人不快。

地质学家每天都带着塔娅和我去市郊散步。

塔娅是个跛脚的女孩子,很可爱,扎着淡褐色的粗辫子,长着一双明亮的圆眼睛。她有某种甲状腺疾病(据地质学家的说法,她这病当然是由于泥盆纪石灰岩的辐射而得)。尼娜·德米特里耶夫娜早就给她治疗了,希望能最终治愈并安排她去叶列茨的医校读书。

塔娅胆怯地仔细问过我(她有些怕地质学家)关于莫斯科、黑海、克里米亚的情况,问我那里生长着什么样的树木,以及登到山上就可以进入云彩里,这是否真实。

有时她问我是否见过列宁、列夫·托尔斯泰、高尔基、马雅可夫斯基和夏里亚宾。

我杜撰说我见过,尽管我既没见过托尔斯泰,也没见过高尔基。我喜欢她眼中欣喜的眼神——她甚至因此窒息并开始激动得喃喃低语。我总是用她喜欢的方式给她讲述一切。

幸运的是,散步时地质学家不关注我们的谈话,而尼娜·德米特里耶夫娜听不见我们的谈话,否则我会因骗人而被好好训斥一顿的。

尼娜·德米特里耶夫娜是最严厉的真理捍卫者,她会为此不惜任何代价。

"我有医学头脑,"她说,"我不明白,杜撰对人会有什么好处,即使是最令人愉快的杜撰。任何真理都要好于它们,而且更人性化。"

我没有和她争论,不过当然认为自己是正确的。

周日散步时,我们在郊区的贝斯特拉雅索斯纳河边遇见一位年轻的红军战士。他坐在干燥的圆木上,把一段柳树枝刻成扎列卡[1]——一种普通的牧笛。

当我们走到他跟前时,他站起身来,像在长者面前那样,挺直了身子。

"瞧!"他不好意思地说,脸红了,"你们好!我在这里刻这个……消遣一下……"

我们坐到圆木上,抽起烟来。红军战士仍站在那里,不敢和我们一起坐下,直到塔娅拉着他的大衣袖子强迫他坐下来。他把扎列卡和小刀急忙藏到大衣的口袋里。

利夫内驻扎着一支军队。红军战士应该是这个军队的。

"是新兵吧?"阿列克谢·德米特里耶维奇问他。

"正是!"红军战士很乐意地答道,"卡西扬·兹沃纳列夫。我是奥洛涅茨人。不久前才来这里。"

奥洛涅茨地区长期以来吸引着我。我迷恋俄罗斯地理的念头总是不断涌现:我时而拼命地阅读我能搞到的关于白俄罗斯的所有的书,然后

---

[1] 扎列卡,俄罗斯、乌克兰、白俄罗斯、立陶宛的一种用牛角或桦树皮做喇叭口的民间木管乐器。

是关于里海东岸草原的,而有一段时间醉心于北方,对马克西莫夫[1]的《北方的一年》这本结构严谨、叙述从容的书,以及有关北方修道院的文字都很入迷。

"有过一个好人——美丽的梅恰河畔的卡西扬[2],"阿列克谢·德米特里耶维奇说,并微笑了一下,这对他来说是少有的情况,"而你将是我们贝斯特拉雅索斯纳河的卡西扬。你同意吗?"

"不很同意,"红军战士回答,"我,确切些说,是来自外奥涅加湖地区的卡西扬。或许,您听说过那地方吧?"

"听说过。一个出产花岗岩的地方!"阿列克谢·德米特里耶维奇说。

"对,对!花岗岩在我们那儿很多。湖泊也很多。我们的厉害之处不在于此。"

"那在哪儿?"我问。

"在木工活儿上。我们建造木房不用钉子,全靠榫卯。用圆木建造的教堂——数不胜数。学者来到我们那儿,数啊,数,数糊涂了——数不过来,就只好走了。我爷爷是木匠,我父亲是木匠,我自己是木工学徒,我奶奶在木工活儿上是我们男人的第一帮手。"

"难道老太太也做木匠活儿?"塔娅吃惊地问道。

"不,不是那个意思。我们的所有木屋都带有花边,就像是披着小披肩。明白吗?带有木质花边。每个人都尽力使自己的木屋具有和邻居家不一样的华美、不同的花纹。而用木头拼花纹,需要有天赋,极高的天赋。我奶奶就有这个,有这种天赋。她刻出的那种花纹,不是每个人

---

[1] 谢·瓦·马克西莫夫(1831—1901),俄国作家,民族志学家。
[2] 屠格涅夫《猎人笔记》(1847—1851)中同名短篇小说的主人公。

都能锯出来的。哪怕是大工匠也退却了，不敢去做这些花纹。"

"她是怎么工作的呢？"塔娅问。

"刚开始她发愁。有时她在台阶上，在通往木屋的楼梯上坐到半夜，一直煎熬着。我们那里夏天的夜晚总是亮的，都是白色的。在那样的夜晚，人的呼吸轻飘飘的，就像梦境一样朦朦胧胧。奶奶就这样坐着，发着愁，然后低声唱起某个特别古老的、拖着长音的歌曲，不是教堂里唱的圣歌，而是普通的过去的老歌，从诺夫哥罗德时代流传下来的。唱完了，她便拿起一小块煤，随便在什么东西上画花纹。所有这些花纹都有名字。一个叫'卷'，另一个叫'草药女医生'，第三个叫'公鸡此起彼伏的呼应声'。"

他停住不说了。

"哎呀，我说个没完没了，请原谅。"

"泥盆纪散发毒气，"阿列克谢·德米特里耶维奇突然严肃地说道，"而花岗岩、片麻岩和所有这些大粒的岩浆岩会释放出力量、敏锐、顽强。其关键全在于此。"

"我们那里的人确实敏锐，"卡西扬表示同意，"因此，我们的人都被选去做海军，去航海。我是屈指可数的几个，被错派到这田野和大峡谷里来的之一。这里的河水浑浊，黏土很多。"

"您最好吹个曲子，卡西扬，"塔娅央求道，"用您的笛子。"

"好吧，如果您想听的话。"

红军战士掏出扎列卡，仔细看了它好久，在手指上转来转去，然后放到唇边吹起来，委婉的笛声如泣如诉，仿佛是某只偶然飞来的鸟儿召唤某人，请他倾听它诉说鸟儿的不幸。我们坐着，听着。

后来卡西扬把我们送到铁路道口，他沉重的皮靴踏在路上发出很响的声音，他道了别，不知为什么还感谢了我们，然后就走了。

"可怜，"塔娅突然说道，"他还完全是个孩子。脸色也很苍白。"

"这是因为春天的缘故，"地质学家回答说，"利夫内春天的空气中泥盆纪散发的毒气尤其多。"

我似乎觉得，这个北方小男孩身上的一切都源于春天——苍白源于此，羞怯温存的目光源于此，而且主要的是，扎列卡的吹奏也源于此，仿佛是春天纤弱的草茎与从冬眠中醒来的各种植物汁液在悄悄地浅吟低唱。

不久，我离开了利夫内，但是春季里的这几天我久久难以忘怀。有"明媚"这样一个词。你们记得丘特切夫的诗句"秋天黄昏时的明媚中……"[1]吧，利夫内的所有日子都充满了这种太阳般的明媚。

有一天，阿列克谢·德米特里耶维奇走进书房，当时我正躺在书房的沙发上，他把很多照片从一个纸盒子里倒到书桌上。

"您想不想看看那些地方，"他问道，"那些您永远也去不了的地方？"

"为什么去不了？"

"因为以您眼睛和头发的颜色，您如果去纬线低于四十五度的地方会有危险。我是地质学家并且很清楚这一点。您看，这里有那种显而易见的岩层、褶皱、层系和悬崖，这是任何地方都没有的，无论是欧洲还是亚洲。您安心地看吧，不要害怕。如果您愿意，我可以给您做些解释。"

他神秘地笑着走了。我起身坐到桌子前，拿起第一幅大大的照片。

照片的底部写着："乌斯秋尔特山垭。西北面，曼格什拉克方向视图。"

---

[1] 引自丘特切夫的诗《秋天的傍晚》(1830)。

我凝视着照片，不由得慌张起来。

在异常清晰的空中，在布满了干燥石粒的黏土荒漠之上，矗立着高达二三百米的陡直的黑色墙体——仿佛被巨人的刀切割过的光滑的山埂。

我似乎觉得，在这个地方，荒漠被劈开了，一种神秘莫测的力量用巨大的千斤顶把一半荒漠推上了高耸的云霄。

在这面陡直的墙体上，没有裂缝，没有水沟的痕迹——它完全是一堵仿佛刚刚现身于此的处女墙，尽管自形成以来无疑已经历过千百万年的风雨。

就这样有时在大地的上方，在万里无云的晴空里，在纯净的蓝天里，升腾起如宇宙洪荒之夜一般漆黑的、密不透气的、强劲而沉默的、酝酿雷雨或飓风的——乌云，这乌云与世界的其他部分被截然分开。

但在这凝固的乌云里，既没有闪电和隆隆的雷声，也没有远处旋风的征兆，而这旋风通常是一团团伏向地面、向四周飘散的突起的尘土。

乌斯秋尔特！我知道，这一难以抵达且充满致命危险的高原坐落于里海东岸，高原酷似方圆几百公里的墓石。没有任何路通往那里。

尽管阿列克谢·德米特里耶维奇说了那些话，但我并未感到可怕。相反，我充满了极大的好奇心、强烈的愿望，想亲眼看到这些地方，我感觉到的不是恐惧，而是某种欣喜，看到这些被太阳晒得滚烫的岩石令人恐惧地孤独地立在那里，我反而会产生莫名其妙的欣喜。

显然，只有当人看到瞬间改变地球面貌的社会剧变、宇宙的灾难、火山喷发和肆虐的飓风时，他才会陷入这种状态。

这种景象就是凝固的灾变。

用放大镜细看，可以发现，在这堵墙的边缘，在悬崖之上有白花花的骆驼骨架,而且没有一棵小草,甚至连芨芨草——这一沙漠里久经考验的干枯植物也都不生长,无论我怎么找也找不见。

"地狱!"我想,"恐惧和孤独。"

在这一景象之中有某种宏伟壮阔、耐人寻味的东西,我仿佛站在深渊的边缘。

我回忆起不久前与伊利夫在《汽笛报》"第四版"里的谈话。谈到旅行,伊利夫顺便说道:

"要想从旅行中得到可以获得的一切,必须有强大的心理承受能力。"

"我喜欢格言!"奥列沙说道,"特别是从伟大的旅行家詹姆斯·库克和伊利亚·阿诺尔多维奇·伊利夫口中说出的。"

伊利夫没有生气。

"尤拉,"他坚定地说道,"您不会准备一生都戴着巴拿马草帽漫步于西西里岛的酸橙林里,或在凡尔赛郁郁葱葱的皇家花园里采摘百合吧?如果您不得不踏进像南极或者戈壁滩那样该死的地方,您怎么办呢?七十度[1]的酷寒,或是可恶的针扎一样连续几昼夜抽打着您的脸的尘暴,您要看到、承受、记住这一切,而不要请求准假回家找妈妈。伟大的性格与英勇的品性就是这样诞生的。否则不配拿羽毛笔。"

我回忆起伊利夫这些玩笑话并想,我一定要去里海东岸,并亲眼看看这片仿佛被世界大火烧成灰烬的空寂无人的大地。要承受得住,并要将之写下来。

然后我会更强烈、更忠诚地热爱我们中部俄罗斯阴沉的每一天——

---

[1] 指零下七十摄氏度。

就是那不时下起淅沥的小雨和散发着潮湿的牛蒡草气味的每一天。

我似乎觉得,在刚刚对这些不适合人类生活的荒芜空间感到绝望之后,我一定会加深并增强对平凡土地的旧爱,并使其达到极限。

我仔细看了其他的照片。所有这些照片都很富有表现力,甚至很壮观。那是里海卡拉-布加兹海湾两岸的照片。

关于它我什么也不知道,甚至想象不出它位于何处。但它却以自己隐藏于烟雾弥漫空间里的野性及秘密难以遏制地吸引着我。秘密是有的。我感觉到了这一点。

后来阿列克谢·德米特里耶维奇吝啬而又奇怪地给我讲过卡拉-布加兹。在他的讲述中,现实混合着些许梦呓。不过,这也许更增加了我对这不为人知的地区的兴趣。在他讲述之后,神秘的云雾在一些地方变得稀薄了,而在另外一些地方却变得浓厚密集起来。

我得知,这个海湾酷似特大的盐水冷凝器,而且它周围整个地区尚未被任何人研究过。

就这样,在一座外省寂静的房子里,在窗台上羞怯地盛开着凤仙花的屋子里,我第一次产生了写一本书的想法,一本完全取材于严峻甚至是残酷的现实生活的书。我开始更多地思考这本书,并准备去一趟曼格什拉克和卡拉-布加兹。

三年之后,当我成功地实施了这趟旅行并着手写这本书之后,我第二次来到了利夫内。为什么,我不知道。或许,是因为利夫内地区与里海东岸的荒漠正相反。利夫内的所有人都还在原地——无论是瓦尔瓦拉·彼得罗夫娜,还是尼娜·德米特里耶夫娜,无论是地质学家,还是塔娅,甚至来自外奥涅加湖地区的卡西扬也在。

卡西扬留在利夫内超期服役,我似乎感觉,是因为塔娅,他长成大人模样了，晒得黝黑，不再像瘦弱的北方牧童。

在老房子昏昏沉沉的睡意状态下，伴随着集镇公鸡此起彼伏的呼应声，伴随着从屋顶流入旧木桶的雨水匀称的叮咚声，我感觉写起卡拉-布加兹来更轻松。我不时朝窗外看几眼，不太炎热也不伤人的太阳偶尔透过云层照射下来。

"小科诺托普"

偏僻的科诺托普小城我只是从车窗里见到过几次。爱伦堡[1]虚构的一个主人公胡里奥·胡列尼托[2]就死在这座小城里,除此之外,我对它一无所知。

据说,"某个时候"这座小城以多水洼而驰名。科诺托普饱尝苦难的马匹每年都陷在里面。"某个时候"这一说法似乎很神秘。"某个时候"是什么意思呢?显然,是繁荣时期,尽管就各个时期来说,科诺托普根本谈不上有什么繁荣时期。

这些水洼早已干涸。今天,科诺托普仅以多层的肉馅发面馅饼著称。它们在科诺托普火车站的小食店里有售。

在每一列客车到来之前,小食店的柜台上就会端上来几大盘这种烤

---

[1] 伊·格·爱伦堡(1891—1967),苏联作家、社会活动家。
[2] 爱伦堡的长篇小说《胡里奥·胡列尼托及其门徒奇遇记》(1922)中的主人公。

热的馅饼。对于每一位乘客来说，挤到柜台前哪怕只吃到一个多汁酥脆的馅饼，都是一件很荣幸的事，即使把手指烫伤。

科诺托普本身连同那些干净的小房子、篱笆和一片片杨树似乎让人感觉是个足够舒适的小城。这里的杨树是在从莫斯科去基辅的路上会遇到的第一批杨树。乘客们总是满怀喜悦地看到它们，因为它们是南方的象征。

不明白为什么，莫斯科的一个作家团体竟在起名时用了这个小城的名字。

几乎每一天，弗拉叶尔曼位于大德米特罗夫卡街的小住宅都会聚集着一群朋友：阿尔卡季·盖达尔，亚历山大·罗斯金——研究契诃夫的专家、作家和钢琴家，年轻的特写作家米哈伊尔·洛斯库托夫，儿童出版社编辑、心地最善良的瓦尼亚·哈尔图林，以及我。

不知罗斯金为什么把这种聚会称作"科诺托普"。

他傲慢地拒绝了解释这一称谓的由来，托词是，普希金时代就有一个文学小组"阿尔扎马斯"，而且没有人真正知道，为什么它被用这个像科诺托普一样偏僻的小城的名字来命名。

我们每个人关于这一点都有自己的考虑。不过，也许盖达尔是最敏锐的人。（总之他是一个极其敏锐和狡猾的人。）

有一段时间，弗拉叶尔曼的妻子瓦连京娜·谢尔盖耶夫娜招待我们吃多层馅饼。因为科诺托普以此闻名，而且罗斯金也知道这件事，所以盖达尔认为，罗斯金因此而为这个团体想出了这么个奇怪的称谓。

我们几乎每天都聚会，互相朗读所有我们新写出来的作品，争论，吵闹，讲各种各样的故事，喝廉价的格鲁吉亚葡萄酒和伏特加酒，每次都会一口气吃掉三大罐黄豆猪肉罐头。

我们仿佛无忧无虑而又逍遥快乐，显然，是因为文学计划不仅使我们充实，而且在逐渐地实现。在这里，正如常言所说，"眼看着"盖达尔写了他那杰出的《蓝色的杯子》，弗拉叶尔曼写了同样优秀的《野犬京戈或者初恋的故事》，罗斯金以其一丝不苟的才能致力于写作一本关于契诃夫的书，洛斯库托夫仿佛对自己的观察力感到不好意思，他在讲述中亚的故事，我则满脑子都是关于未来的《卡拉-布加兹海湾》的计划。

关于盖达尔和弗拉叶尔曼我写了很多，不想再重复。不过关于"科诺托普"的其他几位参与者我需要说几句，特别是罗斯金。

无论就其广博的知识，还是机智而善于嘲讽的智慧来说，罗斯金都是一个复杂而杰出的人物。

他钢琴弹得很出色，温和地鄙视我们缺乏对音乐的敏感性。

当他心情忧郁之时，会演奏起《霍万斯基之乱》[1]的片段，最经常演奏的是占卜场面，并且唱起"巨大的哀痛"和"遥远边陲的幽禁"等令人心情压抑的歌词。

他一向稳重，像大多数孤独的人一样有些内向，他既能表现得态度生硬，也能表现出非凡的温柔。在我们中间，他被认为是最成熟、最认真的人，而且无论我们写什么，他对一切都持苛刻态度。他对我们丝毫不留情面。他评论作家的文章与当时那些不成熟的批评文字是如此不同，他因此被视为最优秀的苏维埃文学研究者中的一员，被列入文学行家之列。

---

[1]《霍万斯基之乱》(1872—1880)，穆索尔斯基的歌剧，这里援引的是玛尔法在占卜这场戏中的咏叹调。

他是第一个开始写超短篇幅的——只有一两页——关于西方作家事迹的随笔的人。很遗憾,这些随笔被淡忘了。

我记得他关于福楼拜的一篇随笔,作家、人与时代几乎只用一页纸就表现出来,他以简洁凝练与正确无误的细节将其再现于读者眼前。比如说,罗金斯并非依照惯例详细地讲述福楼拜疲惫不堪简直如苦役般的写作工作,而只是报道了一个细节。

众所周知,福楼拜在克鲁瓦塞写作,在自己塞纳河畔的小房子里工作。他通常伏案工作到天明。桌子上点着一盏绿色灯罩的台灯。在那里,只有福楼拜书房窗口的灯光会亮整整一夜。

窗口的灯光长明不熄,因此顺着塞纳河从勒阿弗尔逆行到鲁昂的海轮船长们,都把福楼拜家的窗口当成可靠的灯塔,根据它来确定方向。海员中有一个规则:"朝福楼拜先生家亮灯的窗口方向行进。"据说,这一规则甚至被写进了塞纳河下游的航行指南里,只是在作家死后才被删掉。

一九六二年冬天,我当时在法国并决定从巴黎去一趟克鲁瓦塞——这一福楼拜书信中提到的不朽的栖身之地,到那座河岸边的小屋去拜访。来福楼拜这里做客的有屠格涅夫、乔治·桑、龚古尔兄弟、莫泊桑——所有当时从事文学创作的优秀人物几乎都来过。

不过,就在约定好去克鲁瓦塞的当天,我们接到鲁昂那边的通知,说是从英国通过拉芒什海峡飘来一股浓重"斯莫克"[1]——密不透风的、致命的浓雾。诺曼底方向的所有道路交通都停止运行,行程不得不推迟。

---

1 英文"烟雾"的俄文音译。

安排这次行程的法国评论家皮孔很伤心。他试图用一个令人伤心的消息来安慰我，他说，尽管福楼拜被炸毁的房子在战后已经被修复，但已不是那个声音洪亮的旧主人在世时的模样了。花园几乎什么也没有留下。此外，鲁昂在城市扩建的同时，用工厂及新建的楼房把福楼拜的庄园团团围住，使其失去了原有的乡村魅力。

罗斯金讲述福楼拜的这个情节只需要一个段落，而我，正如你们所见，却不得不写满整整一页。显然，我们因此称罗斯金的文章"钢铁般有力"——就是因为它们的简洁、笔锋锐利，似乎闪烁着微微的寒光。

罗斯金留下了为数不多却很宝贵的文学遗产。

他写了一本关于我们卓越的植物学家瓦维洛夫[1]的书（《驮运队，道路，麦穗》）。瓦维洛夫给自己提出的任务是"调动整个地球的植物资本"，把几千年来由自然与人类创造出来的全部高级种子储备都集中到苏联来。

瓦维洛夫凭借着充沛的精力及其渊博的知识完成了这一巨大的任务。

那些年，我们痴迷于保罗·德·克鲁伊夫[2]那有趣却有些花哨的记述创新学者的著作。罗斯金关于瓦维洛夫的书要比德·克鲁伊夫的著作严肃生动。德·克鲁伊夫说起当代最伟大的学者时语调不够庄重，而在罗斯金的书中则看不到这种狎昵的语气。

罗斯金的这本书现在完全被遗忘了。他是为青少年写的这本书。这本书当然应该再版。书是在了解专业知识的基础上撰写的，因为罗斯金当年在帮助自己的哥哥即生物学家格·约·罗斯金时，精心研究过生物

---

1 尼·伊·瓦维洛夫（1887—1943），苏联植物学家。
2 保罗·德·克鲁伊夫（1890—1971），美国微生物学家。

学和植物学。后者因探寻癌症治疗方法而闻名遐迩。

除有关瓦维洛夫的这本书外,亚历山大·罗斯金还写了一本非常好的契诃夫传记和几篇文学方面的文章,主要的,如我已经说过的,是关于年轻苏维埃散文的评论文章。

他对我的帮助在于,尽管我们很要好,但他警告我有陷入书面语的异国情调和华丽"做作"的风格的危险。他在自己的一篇文章中写到过这一警告。

幸运的是,对我来说,这篇文章正好与我那时对自己最初的("年轻的")短篇小说深感不满的心思不谋而合,文章迫使我摆脱了文学的夸大其词并竭力追求清晰与简洁。不久,罗斯金第一个——也是同样友好地——欢迎《卡拉-布加兹海湾》和《梅晓拉地区》的发表。

我常与罗斯金一起住在梅晓拉的森林里和雅尔塔,因此很了解他。

他的在场使每一天都具有了特殊的"罗斯金式"的特性。他是一个狂热的人,尽管他有着类似"英国人的"冷漠。他的狂热表现在各个方面——文学争论、音乐、钓鱼(这项活动他不知为什么没有轻视,尽管对它持怀疑态度)、打扑克,以及其他爱好。

像大多数狂热的人一样,他喜欢各种打赌并与机敏狡猾的盖达尔就此进行比赛。打赌赢了,他便像个孩子似的欢呼雀跃。

他有惊人的计算嗜好。比如,他计算过,如果丝毫感觉不到疲倦地写作,他一天能写多少页。结果是,两页,顶多。罗斯金用两页乘上一年的天数(三百六十五)。结果,大概是七百页。他认为一本书的最佳页数平均在二百五十页。

如此这般,他每年能出版三本巨著,三本有分量的长篇小说,如果他像仲马和巴尔扎克那样勤奋工作的话。

我们说，糟糕的只在于他既不是仲马，也不是巴尔扎克，不过罗斯金对这些意见置若罔闻。为了维护自己的计算，他喜欢讲某个法国作家（他的名字我不记得了），那个作家除自己的"长篇"巨著外，每天早晨还要偷偷地写上总共五分钟的散文（也就是印刷出来的十行字）。

如此这般，他在年终岁尾时就会毫不费劲地完成一部八十页的短篇小说——对于短篇小说来说这已经不算少了，然后把它作为生日礼物送给自己的妻子。

"夫妻关爱的罕有现象！"罗斯金慨叹道。

我们同意，不过不想以法国作家为榜样。这种情况并未让罗斯金伤心，尽管他骂我们游手好闲和一知半解。

只有在"记分"的情况下，罗斯金才和我们一起钓鱼（这是在梅晓拉地区，在索洛特恰镇）。

争吵了很长时间，才制定出这些"分数"的复杂规矩。鱼按大小和种类划分。最高的分给鳊鱼，最低分给梅花鲈鱼。

钓完鱼后，我们常常直接在岸边大声地争吵，看谁得多少分。通常是弗拉叶尔曼获胜。不知为什么他总是很幸运地钓到鳊鱼，我和盖达尔更多的是钓到鲈鱼和拟鲤。罗斯金不想给鲈鱼高过四分，理由是这种贪婪愚蠢的鱼自己会主动上钩，所以钓到它不需要那么大的技巧，而鳊鱼则谨慎又眼尖，要想钓到它，不能动，不能咳嗽，不能擤鼻涕和抽烟。因此，弗拉叶尔曼因钓鳊鱼得了十二分，也就我们之间偷偷说一下，这根本不公平。

我们在岸边的争论几乎一直持续到天黑，持续到远处闪烁起第一道星光，或者直到一弯明月低低地挂在天边。它带来了河上一阵阵缓缓涌来的潮气和一向略显神秘的夜晚的宁静。

所有的这些打赌，"分数"和计算都是短暂的休息，是生活中轻松而无忧无虑的一面。其余的所有时间罗斯金都在勤奋而艰苦地工作。

他每写一篇作品都要做大量的摘录，做一大堆的引文参考文献，这些引文来自图书、文章、报纸、私人信件，还有从街头、电车、出版社偷听来的谈话的记录。他写作时，把各种图书及用契诃夫那种细小工整的字迹写下的摘录堆满一桌子。

他翻阅摘录，找到需要的内容并大胆而新颖地将其插入自己的文本中，就连一些熟悉引文的出现都类似于突然爆炸，开发出一些原封未动的文学岩层，仿佛是熄灭后重又燃亮的星光照射到早已被遗忘的黯然失色的书页上。

在罗斯金手里，引文也成了他个人的创作。我深信，在这种敏锐的"引文感觉"状态下，他可以把它们连接成一本优秀而完整的书，尽管它们的作者不同而且它们面世的时代各异。

罗斯金不像我们当中的很多人那样对自己的工作严守秘密。他从不在"时机成熟"之前隐瞒自己的作品。涉及他个人生活时，他矜持稳重甚至守口如瓶，但在写作方面他什么也不隐瞒。他不仅想知道，别人在写什么以及如何写，而且还要把自己正在进行的工作介绍给别人。

他评价别人时很严酷，不过他也同样严酷地要求自己。

有一次，在一个宁静而寒冷的黑海岸边的冬日里，几个莫斯科人聚集在雅尔塔的作家之家，其中也有罗斯金。

大家各自在自己的房间里写作，只有在食堂里能碰上，也只是从个人勉强透露出的情况我们大概了解到谁在做什么。

罗斯金不喜欢这种鼹鼠式的生活。他建议我们大家像"科诺托普"那样每天傍晚聚集在一起，并且互相读一下在这一天里写出来的东西——无须再多,然后简明扼要地讨论一下各人所写的这每一段。

大家吵闹起来。怎么可以就整体中的几个不相关的段落进行讨论?荒唐!

最生气的是"大地上最后一个象征主义者"格奥尔吉·丘尔科夫[1]——一个长相酷似作曲家李斯特的优雅的小个子老头儿。他认为罗斯金的这个建议是对艺术的亵渎。

"反正一样,我们试试,"罗斯金说,"您就会看到,供讨论的养料足够了。特别是如果注意的话,就会发现,我们中间有无与伦比的快嘴。"

对此大家都表示同意。

罗斯金把这些夜晚的聚会称作"美国女郎"[2]——就像弗拉叶尔曼家的聚会被他称作"科诺托普"一样奇怪。

事情是这样的,那些年在莫斯科有很多小啤酒店,顾客站着喝完一杯啤酒就走。没地方可坐。当时这些啤酒馆就叫作"美国女郎"。

我们的朗读会就是某种文学的"美国女郎"。每个人读完自己的片断——就仿佛是喝了自己的一杯啤酒。

"美国女郎"的传统后来在雅尔塔被坚持了几年。

最初的"美国女郎"喧闹而有意思。罗斯金读了自己关于阿尔封斯·都德随笔中的一个片断。后来每个夜晚都会有人朗读自己的作品。

---

[1] 格·伊·丘尔科夫(1879—1939),俄苏诗人、小说家、文学评论家。
[2] "美国女郎",一种赛马的二轮马车,参赛者站立在辕后驾驭马车,此处喻指站着吃喝的聚会。

阿尔布佐夫[1]读了他在雅尔塔写的剧本《塔尼娅》中的片断，阿塔罗夫[2]——读了短篇小说《南洋杉》的片断，我读了短篇小说《猎犬星座》的片断。朗读的还有格赫特、皮西缅内[3]、拉夫列尼约夫[4]、马雷什金、盖达尔和德尔曼[5]。总之，所有当时住在雅尔塔的人都读了自己的作品。

我们生起壁炉。窗外风中的柏树呜呜地吼叫。争论达到白热化的激烈程度。

最终老头儿丘尔科夫也认输了——他来到"美国女郎"，读了自己新剧本中的一个场景。

剧本的象征意味过于浓烈，并且对于我们来说内容完全陈旧、手法做作。因此，尽管我们很敬重丘尔科夫丰富的早年生活及其年龄，却把剧本"痛击了一顿"。阿尔布佐夫对这剧本尤其不满。

不过，在与我们的争论中，丘尔科夫老头儿表现出狂怒的火气，他如此巧妙而又优雅地反击了进攻，向我们抛出了如此大量的文学及心理学随便哪一领域的知识，使我们最终认输（除阿尔布佐夫外），甚至还接受丘尔科夫为"美国女郎"荣誉会员。

丘尔科夫当然是一位非常奇怪的老头儿。他是一位永远大声与象征主义诗人争吵的象征主义者（特别是与自己曾经的好友亚历山大·勃洛克争吵），曾经遭到政治流放，也是一位丘特切夫研究专家、神秘主

---

[1] 阿·尼·阿尔布佐夫（1908—1986），苏联剧作家。
[2] 尼·谢·阿塔罗夫（1907—1978），苏联作家。
[3] 亚·格·皮西缅内（1909—1971），苏联作家。
[4] 鲍·安·拉夫列尼约夫（1891—1959），苏联作家。
[5] 阿·鲍·德尔曼（1880—1952），俄苏文学评论家。

者、一个意大利通,喜欢冬天去艾佩特里峰[1]进行冒险旅游(不顾医生的禁令),是诗歌和哲学领域最渊博的学者、幻想家、诗歌理论的创造者,他是一个非常迷人的怪人——为我们的生活带来了长期的精神上的躁动,而就其举止方式来说,又具有十八世纪的气派,文雅多礼。

有一次夜里,他叫醒我,惊恐万状地讲给我听,说他的邻居,一个无人了解的郁郁寡欢之人——当然,他明显就是魅魔或淫魔[2](对这一神秘的等级体系丘尔科夫搞得特别清楚),夜里不让丘尔科夫睡一分钟,因为他像苍蝇一样在墙壁上爬("显然,他手指上有某种吸盘。"丘尔科夫愤怒地说),爬到屋顶,失去控制,啪嗒一声掉落下来,仿佛是一个大布娃娃。掉下来之后,他重新爬到墙上,重新掉下来——就这样一夜折腾,直到清晨。

"我刚刚去了花园并且看见,"丘尔科夫低声说,"他房间的窗口亮着灯,而且里面的什么都看得见。这太可怕了。"

我们一起去了花园,不过去迟了——淫魔熄灭了灯,我也就什么都没有看到。风吹起了丘尔科夫头上花白的长发,我感到心里很不好受。

第二天早晨,丘尔科夫刮过脸,梳洗完毕,文雅地去找作家之家的经理——闻名于作家圈子的雅科夫·费奥多罗维奇·霍赫洛夫,一位黑海舰队前水手长,丘尔科夫请求给他调换到离那个淫魔远一些的房间。

"既然这个淫魔,还是叫什么来着,打扰您,那么请吧,我给您调换,"霍赫洛夫以西徐亚人那种镇静的语气说道,"作家的健康对我来说重于一切。"

---

[1] 位于克里米亚南部。
[2] 欧洲中世纪传说中的两种魔鬼类型,拉丁文分别为 succubus 和 incubus。

就整个生活方式来说，罗斯金是城里人（"都市主义者"——我们这样奚落他）。他喜欢音乐会，喜欢观剧，喜欢在大图书馆的大厅里写作，喜欢看电影、读书，喜欢明亮的阳光和城市街道的喧嚣声，不过对大自然他却抱有某种成见。

他认为，大自然造成了很多麻烦。雨、严寒、风、泥泞、蚊子和索洛特恰昏暗的秋夜带来了各种不便，有时甚至是痛苦，那些傍晚他不得不在厨房煤油灯下阅读和写作——而他不愿意忍受这些。

在索洛特恰，我与弗拉叶尔曼及盖达尔通常要待到深秋。罗斯金认为我们是疯子。

在第一个潮湿阴冷的秋日出现，森林和花园中的树叶开始迅速凋零的时节，他去了莫斯科。

但是，渐渐地，大自然开始慢慢地俘虏了他并最终改变了他。他投降了，并在莫斯科繁琐的忙乱中越来越经常地回忆起森林中的某一个傍晚，或是古河道上安静的一天。

有一次，我和他黄昏时分坐在空无人迹的奥卡河畔的摆渡人木屋附近。在我们背后，右岸陡峭的悬崖一片绿色。那是与俄罗斯历史紧密相连的古老的河岸，上面矗立着年久失修的要塞修道院——抵抗鞑靼人侵袭的堡垒，有古老的白柳树和苹果园，以及有着奇怪名字的各种村庄——奥科耶莫沃、阿格拉菲尼娜沙漠、约翰·博戈斯洛夫，还有遥远的牛的哞哞叫声、羊的咩咩叫声、公鸡的啼鸣声，飘散着凋谢的椴树花的香味，有着割草归来的女人的歌声。

在我们面前的左岸，耸立着梅晓拉森林，如同一面黑墙。在草地之上，在浸水的湖区和古河道的上空盘旋升腾起缥缈的迷雾。

一只乡下常见的公鸡朝我们走来。它身上的黑色、紫红色和金色的羽毛闪闪发光,不过,它虽然装束豪华,看起来却像个十足的傻瓜。它抬起了一只脚,久久地看着我们,然后径直冲着我们的脸,生气地用震耳欲聋的声音大叫起来。

我朝它扔过去一块木片。它大叫一声,立刻失去了傲慢的样子,双腿打弯,一瘸一拐地跑开了。我笑了起来,而罗斯金责备道:

"何必呢?它有权自傲。是一只非常漂亮的家禽,我第一次发现这一点。总之,最近,每一天我都会发现新东西,譬如说这些木筏吧,还有柳树经常随风变换它们叶子的颜色。我可以在这根圆木上坐上整整一天。"

从这时起,他渐渐地不再怕见大自然,并越来越经常地同我们一起去做令人疲惫却十分诱人的长途远足,盖达尔称这种远足为"渔人巡逻队出击"。

罗斯金一九四一年夏天牺牲于维亚济马城下,当时他在当民兵。外表一向看起来沉着冷静的他,一旦说起法西斯,就变得冷酷无情,怒火中烧。

他对法西斯,对疯狂的独裁者希特勒,对整个那种体制充满了深深的厌恶,正如我们对恶棍所感觉到的那种厌恶。

临终之前,生命赠予这个孤独而内向的人最后一个微笑——与一位女子的一份美好而忠贞的爱情。

去参加民兵临行前,当他与她告别后,他没有回头。他没有勇气那样做。

有一些考验,人最好永远不必去经受,它们是如此残酷无情,而且与人多年赖以生存的、顽强而坚定地呼唤他人去追求的那种崇高而宝贵的精神背道而驰。人是受自己的思想、书籍、内心世界的全部情绪所召唤的。

他走了,而女人久久地、绝望地目送着他略微弯曲的后背。

不知为什么我想起,我母亲在谴责父亲的轻率并为自己被毁的生活及孩子们不可避免的悲惨未来而咒骂他之后,与父亲分手了,当她看到离去的父亲那感到内疚的驼背时,她痛哭起来。

这个驼背包含了多少孤立无助,妈妈不能不为此痛哭。再过一瞬间——她就会叫他,跑着去追他,他当然就会返回。不过,自尊、委屈、固执,都不允许她这样做。

或许,对一个行将永远离开的人的后背一瞥,是人不得不经历的最可怕的事情。

去当民兵之时,罗斯金随身带了毒药(吗啡)。他不怕死,面对死亡表现出一种愉快和毫不在乎的态度。他唯一无法忍受的,据他说,就是落入法西斯手中,任他们侮辱自己。

在维亚济马城下,罗斯金的部队陷入了敌人的包围。德国人开始审讯俘虏并单独把犹太人挑出来。

民兵中的翻译告诉他们,罗斯金是亚美尼亚人。似乎,他得救了。不过,有一个坏蛋出卖了罗斯金,哨兵把他推到犹太人站着的那一边。罗斯金当时就把毒药吞下。据说,他没有遭受多久的折磨。

"行不通！"

弗拉叶尔曼的朋友逐年变得越来越多。因此，"科诺托普"开始像发酵的面团一样膨胀起来，并且如罗斯金所说，以自然发芽繁殖的方式生长起来。

最终我们不得不把"科诺托普"划定为小、中、大几个级别。

"小科诺托普"是最初范围最小时的组成人员，几乎每天傍晚都聚会。"中科诺托普"包括新加入的同道中人——瓦西里·格罗斯曼，谢苗·格赫特，安德烈·普拉东诺夫，我们巴统的老朋友、建筑师米沙·西尼亚夫斯基和他妻子吕西安娜。"中科诺托普"和"小科诺托普"一周共同聚会一次。最后，"大科诺托普"大约一个月聚会一次，人员庞杂，吵吵嚷嚷。

在"大科诺托普"聚会上可以遇到形形色色的人——从西伯利亚热情

洋溢的诗人瓦尼亚·叶罗申[1]（《灵魂在燃烧!》）到法国式院士、好像曾荣获桂冠的历史学家塔尔列[2]，从连摘掉西服上衣上最后一根绒毛都优雅有度的作家格奥尔吉·施托姆[3]，到来自伏尔加河流域、把非重读元音 O 仍读作 O 音[4]的书籍爱好者舒拉·阿利莫夫——一位穿着斜领衣服的永远的大学生。

盖达尔为每一个"科诺托普"参加者写了诙谐诗，不过遗憾的是，谁也没有把它们记录下来，现在它们已被遗忘了。他谱写了"科诺托普"之歌。这首歌感人地描绘了盖达尔在科诺托普不明原因的死亡：

科诺托普的那些姑娘
为坟墓把芳香的花环编织。
科诺托普的姑娘们会问：
"这个小伙子为何而死？"

歌曲是以盖达尔绝望的惨叫收尾：

哎，让车快一点儿来到！
哎，把我送到科诺托普！

在写弗拉叶尔曼的诗中，诗句写得十分准确：

1　伊·叶·叶罗申（1894—1965），苏联诗人。
2　叶·维·塔尔列（1875—1955），苏联科学院院士，法国史专家。
3　格·彼·施托姆（1898—1978），苏联作家。
4　在俄语中，非重读元音 o 发音为 a。

"行不通！"　145

> 饱受着永恒怜悯的苦痛，
> 满面胡茬，头脑充满灵感，
> 在整个宇宙之上的天空，
> 宽恕一切的鲁维姆俯瞰人间。

盖达尔的这些诗写得很快，很俏皮，有时也很无情。

有一次，在"小科诺托普"我读了一篇很短的短篇小说，是关于我准备要写的《卡拉－布加兹海湾》这本书的内容的。

这其实不是个短篇小说，而是这本书的一个随意的写作计划，加上作者的插叙及地理学术著作与化学书中的引文、东方诗人作品，以及里海航海指南、百科全书中的片断，还有一些我冒充别人的引言，但其实是自己的思考的话。我很喜欢这样，不会有任何学者和评论家揭发我这些引言的不正确，因为无论是引言还是其作者都是虚构的。

我在"小科诺托普"上读了自己的写作计划并把它提交给大家讨论。不过没有进行特别的讨论，因为谁也不知道，卡拉－布加兹是什么。只有罗斯金说，他倒是很乐意答应和我一起写关于卡拉－布加兹的这本书，但这是毫无意义的，因为他坚信，我不会去什么卡拉－布加兹，也写不出来关于它的书。

当然，罗斯金建议我们打一个赌。如果一年后我没有写出书来，那么我就得给罗斯金买一架学校用的显微镜；如果写出来了，那罗斯金就送我一个好的钓鱼绞竿。关于好绞竿的概念是极具伸缩性的，价格在五卢布至一千卢布之间不等的绞竿。因这个绞竿的价格问题我们经常进行争吵。

我想写一本纯粹地理方面的、严肃而严谨的书，酷似旅行汇报——

那种风景如画式的汇报，如同一张自制的、用木炭在一块包装纸上勾画出的简略地图。

从小时候起，我就感到烦恼，因为整个大地都被研究过和描写过，而在那一年，这种烦恼特别强烈。想必是因为我不得不坐在莫斯科，每天处于罗斯塔电报通讯社凝滞的无聊状态中。这种无聊对我来说甚至像是染上了脏兮兮的黄色。

特别令人恼火的是，研究和描写大地的人，往往完全不是那些能表达出它复杂的美及其神秘之处的人。

一切都被描写了！一切！一切都被研究了！为什么著名的地图学家布塔科夫[1]船长没有给我留下哪怕是不大的咸海，好让我能够周游它，描述它。我会极其愉快地来做这件事的。

我会回忆起与这片海域有关的所有情形，直至每一个细节。我甚至回忆起法国作家贝尔纳丁·德·圣皮埃尔[2]的草案，他试图为世界各国的政治流亡者在咸海岸边建立一座共和国。但浅色头发、头脑清醒的德国女人叶卡捷琳娜二世毫无理由地拒绝了这一草案。

大地上的一切都被描述了，除了像卡拉-布加兹那样罕见的、像地狱般的地方。因此它特别吸引我，令我不安。

我——一个完全不迷信的人——仍然记得地质学家阿列克谢·德米特里耶维奇·沙茨基所发出的关于卡拉-布加兹对我有生命危险的警告。这一警告我也很喜欢。

我决定春天必须去卡拉-布加兹。

---

1 阿·伊·布塔科夫 (1816—1869)，俄国水文地理学家、海军少将。
2 贝尔纳丁·德·圣皮埃尔 (1737—1814)，法国作家。

钱，我当然没有，而且搞到钱的希望也没有。搞到钱的唯一方法是，把还没有写出来的卡拉-布加兹的书推荐给某个出版社，并得到书的预付稿费。

我去找一个出版社的经理。经理懊恼地看着我，仿佛看着一个令人厌倦而他又早已了解透了的东西。

我简短地给他讲述了卡拉-布加兹。

"在这个海湾的沿岸，"我说，"不断地积累着巨大的、世界上唯一的芒硝——十水硫酸钠的矿藏。它的另一种叫法是'泻盐'。"

经理生气地转动着手里削尖的铅笔，把铅笔尖扎向桌子并折断了笔尖。

"不像话！"他说，"两者都——不像话！不管是无用的铅笔，还是您在长篇小说中歌颂什么泻盐并凭此而得到一大笔预付稿费的计划。在今天苏联工业迅猛发展的背景下，您的主题，如果好好审视的话，是对人民和苏维埃政权的直接嘲讽和挖苦。"

"行不通！"他清晰而坚定地说，仿佛在与一个偷偷塞给他腐烂商品的骗子手说话，"行不通！这一招儿通不过！"

他重新把铅笔扎向桌子，这一次彻底把它折断了。

"行不通！"他叫喊一声，瞪着圆圆的眼睛，但不是看我，而是看向我背后墙上挂着画像的地方。

我站起身来，没有告别就走了。

我在此暂时中断叙述片刻，以便讲述我一生中唯一一次见到斯大林的情景。

这大概在三十年代中期，克里姆林宫举行共青团代表大会[1]。

当时，克里姆林宫对普通百姓紧紧关闭着。因此，当国家儿童读物出版社给我提供一张参加共青团代表大会闭幕会的列席证时，我非常高兴。

间隔二十年后我又能重新看到克里姆林宫，走过它广场上巨大的石板，看到那几座变黑了的、老旧的金色教堂，感受它们阴沉和胆怯的肃穆。

我经过斯帕斯基大门走进克里姆林宫。哨兵敏锐而怀疑地打量着我的脸，查验了证件。

我穿过广场向大宫殿走去，沿途经过的岗亭均有哨兵站立。每当我走近下一个岗亭时，岗亭内就会丁零零响起急促的铃声，哨兵走出岗亭，宽厚地行军礼，呆滞的面部表情没有改变。

斯大林在代表大会上一直没有发言。大会参加者希望他至少在最后一次会议上做个发言。不过谁也说不好，这事是否能发生。甚至大会主席科萨列夫[2]也不知道此事。

参会者时而齐心协力时而参差不齐地喊着："有请斯大林，斯大林，斯大林！"

有时"斯大林同志"这一喊声被替换成高呼声："光荣属于天才的斯大林——我们的慈父！"

这一高呼声被淹没在雷鸣般的掌声和跺脚声中。

时间在流逝。全体主席团站着等待斯大林的出现。

于是——意料中的事发生了！从主席团桌子后面的墙里，从胡桃木

1　这里指的是1936年4月苏联共青团第十届代表大会。
2　亚·瓦·科萨列夫（1903—1939），1929年至1938年期间任苏联共青团中央委员会总书记。

的护墙板里，斯大林突然悄悄地走了出来。

大家都跳起来，掌声雷动。

斯大林不慌不忙地走近桌子，停住脚步，双手交叉，放在肚子前，转动着大拇指，看着大厅。

我坐在近处，能清清楚楚地看见他。首先，令我吃惊的一个情形是，他不太像他成千上万被美化了的肖像和标准照。这是位矮个子、宽肩膀的人，脸上的表情凝重，有着淡红褐色的头发、低低的额头和浓密的小胡子。

他身穿制服，那种看来是在开始穿大元帅制服之前专门为自己设计出来的制服——灰色的弗伦奇式上衣和灰色的裤子，像以往一样，裤腿塞到擦得干干净净的闪亮的皮靴里。

大厅因喊叫声而颤抖。人们双臂举起高过头顶，鼓掌。似乎，屋顶马上就要塌下来。

斯大林抬起一只手。大厅里立刻变得鸦雀无声。在这种寂静中，斯大林用有些沙哑的、带有浓重的格鲁吉亚口音的声音断断续续地喊了一声：

"苏联青年万岁！"

然后同样神秘而又突然地消失在墙里，像出现时一样。

一张旧地图

(一些题外话)

我在利夫内时,地质学家阿列克谢·德米特里耶维奇给我看过一张里海东海岸的旧地图。我描摹过这张地图,甚至还给它添加了一些内容,不过添得非常小心。

我在地图上添加,或者更确切些说,在它上面标出想象的地方,去卡拉-布加兹海岸漂泊同样是我的想象,但我还是在地图上标出那些我去漂泊时最好能停下来休息的地方。这些地方总是与沙漠及其石灰岩高原的共性有某种不同。

我选择了枯井或古墓附近的这些地方。古墓如今失去了类似墓碑一类的东西,成了一大堆乱石头。

从曼格什拉克向南,在它郊外的一个地方,在通往卡拉-布加兹的一个盆地里,我发现了一个标记——"几棵枯树"。我在它们附近停下来休息。这想必是古老的桑树或是多刺的梭梭树——碰到这种树上会很痛,像是碰到破铁块一样。

我的这些标记当然只是游戏。因此,我把自己的地图藏起来,不让别人看见。我甚至不好意思对像弗拉叶尔曼这样善解人意和孩子气的人讲起它。

我在地图上不仅标出停下来休息的地方,还标出了那些地方,即,我去到那儿之后,一定会联想起我的某个亲人,或我生活中的某件事。但愿我能在那里回忆起铺满丁香花的卢布林的夜晚,而在这里——回忆起我们如何孩子般地徘徊游荡在廖夫内的森林里,在草木丛生的峡谷里寻找清澈的潺潺溪流。无论是丁香还是溪流都一定会光顾我的记忆,在这灼热的里海东岸的沙漠中。

稍晚些时候,这一孩子气游戏的正确性得到了证实,当我来到卡拉-布加兹沿岸时确信,我沉浸于这种奇怪的地图游戏是完全正确的。

我对地图的热爱为我带来了很多知识,有时简直是意外的惊喜。

我的一生中有几件与地图相关的多少有些趣味的故事。我来讲述一下其中的一件。

这是一个关于大西洋地图,关于一对双胞胎,关于我的惊慌失措和法国普罗旺斯的一个外省城市的故事。

该故事始于很早以前,一九五七年,当时我第一次来到巴黎,在塞纳河畔的古旧书铺附近感到特别伤心。

几乎每一个旧书商那里都摆放着吸引人的地图,淡淡地染上一层水彩颜料的地图因年久而褪色。微风沿着塞纳河吹过,吹拂起这些地图。它们像被淘汰了的变硬的小旗子,分别被挂在温暖的花岗岩堤岸上晒干。

我久久地仔细地看着地图,却一个也买不了。我当时有限的法郎储备花完了。口袋里几枚轻飘飘的生丁[1]不时发出稀稀拉拉的叮当声。它们是如此轻薄，仿佛是用瑞士奶酪做成的。

用薄薄的纸张制作的、窸窣作响的漂亮纸币，上面印着年轻的波拿巴站在阿尔克莱桥上的浪漫画像[2]，这样的大额纸币只给我留下了愉快的回忆。五法郎纸币上引起人敬畏感的大胡子维克多·雨果也只给我留下了回忆。

总之，我买不了一张地图，我在不久后于莫斯科发表的随笔《巴黎掠影》中表达了自己因此产生的懊恼，由此展开了后来的故事线索。

当时，一个叫伊玛尔的法国大学生在巴黎索邦神学院的斯拉夫专业学习，伊玛尔生于法国南部城市蒙托邦。

伊玛尔学习俄语。他认识了一位来自莫斯科、被派到索邦神学院提高法语水平的俄罗斯姑娘，不久他们结婚了。

从索邦神学院毕业后，伊玛尔与年轻的妻子到蒙托邦市任教。他偶然在一期《十月》杂志上读到了《巴黎掠影》，对我充满了同情，便在巴黎的塞纳河岸边买了一张旧地图，并把它作为礼物寄给了在塔鲁萨的我。

地图被放在一个厚厚的纸筒里，上面贴满了不计其数的法国邮票。如此丰富的外国邮票在未见过世面的塔鲁萨集邮者中引起了一片欢腾。

在随包裹一同寄来的信中，伊玛尔告诉我说，他不久前从蒙托邦搬到马赛与普罗旺斯地区艾克斯[3]之间的一座小城。

一九六二年十二月我第二次来到法国时，在巴黎给伊玛尔写了一封

---

[1] 法国辅币，一百生丁合一法郎。
[2] 这里指的是一百法郎面值的纸币。
[3] 法国南部普罗旺斯地区的城市。

一张旧地图　153

信。在回信中，他给在巴黎的我寄来了一份邀请，让我一定去他的普罗旺斯小城，而且要尽可能地快，因为伊玛尔的妻子刚刚生下一对双胞胎——两个女孩，要是能一起庆祝这一家庭大事该有多好。

信中装有邀请卡，显然，是在马赛印刷厂用漂亮的宽体字打印出来的。伊玛尔全家请所有的亲戚、朋友、知交在确定庆祝两位新伊玛尔成员问世的日子里光临他们家。

我能分外清楚地想象出在普罗旺斯万里无云的天空下那愉快的一天。

一群好奇却很有礼貌的小学生——伊玛尔的学生们聚集在他家周围，便门上飘动着三色旗。

沿着静悄悄的街道停放着各式各样落满了灰尘的汽车，这是晒得黝黑、吵闹不停的普罗旺斯客人的汽车，他们都是品尝马赛的名菜"杂鱼汤"（汤中放入地中海里生长的一切——小虾、龙虾、大鳌虾、贻贝、各种不同的鱼和海藻）的美食家。

女人们亲热地互相交谈。年轻母亲的那双俄罗斯人灰色的眼睛令大家动容，作为教师兼运动员的年轻父亲有些难为情，而小城的市长——一位骨瘦如柴的老人，戴着普罗旺斯著名诗人米斯特拉尔[1]与同样著名的普罗旺斯小说家阿尔封斯·都德戴过的那种老式宽沿礼帽，讲了很多关于俄法友谊的笑话，这一友谊在他们小城具有了意外可感的形式。

摆好了桌子，准备开饭。炉灶上正在做着法式烧烤，用铁扦烤肉。开启了几瓶陈年佳酿。已经在别处喝醉了的年轻邻居——一个敏感健谈的人——让大家相信，他从小就爱上了云雾弥漫、气候寒冷的俄罗斯，而

---

[1] 弗·米斯特拉尔（1830—1914），法国诗人。

且直到现在，就在这样非常令他讨厌的晴朗的日子里，他总是思念云彩。哄堂大笑并未使这位邻居难为情。是的，先生们，女士们，他思念俄罗斯美好的云彩。不久前他在拉芒什海峡岸边看到的就是那样的云彩。

说实话，这位思念云彩的年轻法国人，我是在另一个地方，在伊加利尔村遇到的，但这已经不重要了。

不过，总而言之，难以想象这一可爱节日中各种曲折离奇的事。我担心去迟了赶不上它。

我们正好离开巴黎去普罗旺斯，并决定在此行结束时去拜访我们通过书信认识的朋友伊玛尔。因此普罗旺斯之旅在一定程度上是对这次见面的预先体验。

关于这次旅行，也许值得说上几句。哪怕是因为它另辟蹊径，远离了传统路线以及那些让人厌烦至极的美景。

首先是中世纪的教皇之城阿维尼翁。宏伟壮阔同时又轻巧的城墙围绕着这座城市。城市之上耸立着仿佛是从荒野山岗上拔地而起的教皇宫殿。湍急的罗讷河在一家咖啡馆窗外流淌着，这家咖啡馆有一个可爱的名字——"一切进展得很美"。在那里，被主人驯服的金丝雀落到略带醉意的载货卡车司机的手上。司机用他们被机油染黑了的手指小心翼翼地抚摸着金丝雀金色的、摸上去吱吱响的后背，并亲热地向它们呼出酒气。

阿维尼翁城外明亮的远方一望无际，而河对面的山岗上矗立着渺无人迹的圣安德烈堡垒——一片保留着要塞的威严与静谧的自然保护区。

只有两名骑士能同时并排走进要塞威武的大门，而城墙石缝间生长着细如丝线的冻坏的野生鸢尾兰的嫩芽（当时是十二月，幸运的是，没有刮起密史脱拉风[1]——它是这些地区的灾难)。

我们小心地拔出几棵那样的嫩芽,包在湿纸中,带回莫斯科,种在有着我们俄罗斯土壤的花盆里,两周内嫩芽变成了一簇簇剑形的碧绿的叶子。春天时把它们移植到塔鲁萨的土地上,它们将与俄罗斯的甘菊和薄荷一起和睦相处。

阿维尼翁街道上全是中世纪的房子,阳台上镶着黑色的栅栏,大门上镶着青铜门环。

在很多房子的墙壁上都固定着纪念牌子,牌子已绿迹斑驳,很难辨清上面的字迹。不过,我们的旅伴还是辨认出一块牌子上写着令我们感到意外的文字——第一位航空家、热气球发明家蒙戈尔菲耶曾在这座房子里住过并死去。这房子,顺便说一句,寒酸、狭窄而且昏暗。

然后是阿尔勒。生活中有一些现象更像是梦境而非现实。

阿尔勒就是这种梦境城市。白天的光——纯净而又刺眼的光——使这座城市的景色及其他的一切都变得特别立体,特别凸出,包括其如今用来进行斗牛的罗马斗兽场;只有很少的几条冷清的街道,让人想起邻国西班牙;梵高孤零零的小房子,完好无损地位于街区被轰炸毁坏后残留的荒地边缘。

在卢浮宫里,在印象派的画廊里,保存着法国伟大画家的调色板,其中也包括梵高的调色板。它似乎是用阿尔勒的一块沃土做成的。它闪耀着赭石、铅红、红葡萄酒、秋天的葡萄叶的颜色,泛出百年铁锈和刚

---

[1] 地中海北岸冬季从法国南部山区吹来的干冷强烈的西北风或北风。

刚犁过的土地那种潮湿的、淡紫色的沉重感。

仿佛由神秘巨人的双手编成的盘根错节的古铜色树木，树皮泛出瓦灰色的光。

一切都浓艳，厚实。所有的色彩都仿佛无力承受自己邻居的张力和亮度，一个躲避着另一个。

阿尔勒宾馆的墙壁上包着大红花缎，宾馆显得无精打采，极其老旧，现代人甚至感觉住在其中有些不舒服。虚荣的宾馆主人在很多房间的门上都钉上一个小铜牌，上面写着"米斯特拉尔房间""毕加索房间""拿破仑三世房间"。显然，稍微著名的人只要在这家宾馆里哪怕是停留一下，第二天，阿尔勒爱发牢骚的老雕刻工就马上开始雕刻新的房间门牌。

我们住进了"米斯特拉尔房间"。

在仔细查看房间的陈设时，我想，米斯特拉尔大概非常德高望重，是一位很老派的健谈诗人。他生活得很轻松。除了以流畅的诗歌来歌颂普罗旺斯公认的美景之外，他没有被要求做别的事。

不知何故，在"米斯特拉尔房间"里我心里有些尴尬，我似乎扰乱了著名诗人那老年人的生活方式。米斯特拉尔无法理解，我需要他做什么，为什么我住进了这个房间，我是谁，并且说实在的，他该和我说些什么呢？正因为如此，我感觉自己打搅了他的生活。

这种状况折磨了我一宿，我睡得很不踏实，想必是因为宾馆外从不远处的阿尔卑斯山脉吹起了与诗人同名的风——真正的疯狂而无礼的密史脱拉风[1]。而众所周知，这种风会使人思路纷乱，惹人生气并强迫人做出各

---

[1] 密史脱拉风和米斯特拉尔的法文原文是一个单词，现从汉语译名惯例译为不同名称。

种不合理的行为。显然因此,当地法院对刮密史特拉风期间犯下某种过错的人会给以减刑。

在来法国之前很久,我就听谁说过,或是在哪里读过关于阿尔勒当地出生的女人——人称"阿尔勒女人"的美貌。不过,如往常一样,你不会认为道听途说的话有什么重要意义,直到你和它面对面相遇。现在的情形恰巧如此。

我们走进了一家狭小而舒适的咖啡馆,它位于罗马斗兽场(这样称呼阿尔勒保留完好的罗马杂技场,一种阿尔勒的"斗兽场")墙下。

咖啡馆里空无一人。墙上挂着身穿各色传统服装的著名的斗牛士的肖像。

在咖啡馆的温暖寂静中,一只蟋蟀在偷偷地刺耳尖叫。它的歌唱使咖啡馆变得尤其温馨,特别是窗外十二月的黄昏闪耀着寒冷明亮的光芒,阳光落在咖啡馆的墙上,没有传递出任何热度。热度来自煤气炉。

我们走进之后过了一分钟,女主人——一位年轻的阿尔勒女人才应着铃声从后屋里走出来。

遗憾的是,如海涅那种人所特有的诗意般的大胆行为早就离弃了我们,早就不再是我们时代的特点。

当然,如果是海涅,他定会像站在西班牙公主或是莎拉·伯恩哈特[1]面前那般,站在走进来的阿尔勒女人面前,对她深深地鞠上一躬,并对她说出诸如她朴素衣裙的沙沙声要比最贵重的皇家丝绸的声响更加美妙,更加令他那颗男人的心激动不已之类的话。

---

[1] 莎拉·伯恩哈特(1844—1923),法国女演员。

他当然会巧妙而机智地说出这样的话——而我们早已不会这样说了。如果他这样说，便会让非常可爱的阿尔勒女人突然脸红。

瞬间之前还没有她。但是，瞧——她走进来了，她存在了，一个念头变得十分清楚，你的世界显然不能没有她，她早就活在其中并支配着你柔顺的心灵。

她甚至不太年轻。她应该有三十岁左右。窄窄的脸庞上蒙上了一层只有阿尔勒地区才有的淡淡的黝黑。她略显忧郁而阴沉的双眼漆黑而明亮，她直视你的双眼——不经意间这种忧郁的眼神直抵金色的眼底，突然闪烁出兴奋而伴着神秘微笑的光芒。这一微笑和她轻盈的动作与她如梦般清晰轻柔的嗓音融为一体。

从学生时代起，我便深感俄语的优美及其强大与坚实。随着年龄的增长，这种感觉转化为对语言深沉的爱以及对它在一定程度上清楚的掌握。

不久我就确信，仅掌握语言知识还不够，特别是对于那些献身于文学的人来说。此外，还需要一种母语的语感。它往往是一种与生俱来的本能的感觉。它不允许我们破坏语言的悦耳之音以及无法解释却十分明晰的节奏。

不过，尽管我偏好俄语，但我有时似乎感觉，它在悦耳性、清晰性方面，在语言的一些音调变化方面逊色于法语及意大利语、希伯来语，甚至是荷兰语。

显然，我像我们大家一样，过于习惯于我们的语言，以致难以从旁观者的角度来细听它，对它做出全面的评价。

而在阿尔勒，在德利斯林荫道上，在傍晚的一家空寂无人的咖啡馆里，堂倌——一位中年"侍者"，一个带有嘲讽目光的典型的阿尔勒

一张旧地图　159

人——向我们证实了我们语言的优美。

他恭恭敬敬地在离我们餐桌不远处站了很久,听我们谈话,然后走过来问我们说的是什么语。

"您为什么要问这个呢?"我们反过来问侍者。

"这是某种异常优美的语言,"他回答说,"我还从未听过这样的语言。这是匈牙利语吗?"

"不是!"

"波兰语?"

"不是!"

"捷克语?"

"不是!"

"究竟是什么语呢?"

"这是俄语。"

"等一下!"侍者喊了一声,便去了隔墙后面。他从那里领出了另一个侍者——一位头发灰白、十分友善的人。

"瞧!"他说道,并扬扬得意地把他的同伴指给我们看。

后者不好意思了,不过他突然几乎不带口音地说出了一个绕口令:

>神父有只狗,
>
>他很喜欢它,
>
>它偷吃一块肉——
>
>神父杀了它。

我们惊得一时说不出话来。

"您是怎么知道的?"

"我在学俄语,"头发灰白的侍者带有几分自豪地说,"跟旧的教科书学。跟着这样的教科书我已经学会了西班牙语。不过我没有过俄语实践。它很难学,前所未有地难。阿尔勒没俄罗斯人来过。几年间你们是第一批。"

"您为什么要学这门语言?"

"我喜欢它,"侍者不好意思地回答说,"我是个单身汉。我完全独自一人,就把所有的空闲时间花在学语言上。我本来可以和你们说说俄语,不过我对自己的发音感到不好意思,还有重音也不正确。"

"但还是应该说!"

侍者指尖抵着餐桌,吃力地说道:

玫瑰色的霞光
笼罩着东方。
河对岸的村庄
熄灭了灯光![1]

他从白色上衣的口袋里掏出一本小小的很厚的书——是马赛一家不知名的出版社出版的俄语教科书。

这是一本可笑而又拙劣的教科书,类似我们童年时臭名昭著的教科书——玛尔戈课本,人们通常对它百般嘲弄。玛尔戈教科书中有些特别

---

[1] 引自普希金的诗《樱桃》(1815)。此处侍者朗诵的诗歌有个别错误。

"好"的例子——"金色的兔子不想跳绿色的缆绳。""这一天,它不是周一吗?""睡吧,我亲爱的奶奶,在温暖的小壁炉的炉火前。"

就是这位侍者给我们领来了一位满头白发、看上去怒气冲冲的阿尔勒出租车司机莫里斯先生。没想到出租车司机原来是一位和蔼的好心人,他心甘情愿地同意和我们去一趟卡马格和通向西班牙方向的普罗旺斯西海岸。

卡马格——罗讷河的三角洲,是一片一望无际的沼泽洼地,长满了高高的芦苇,遍布着众多的湖泊与潟湖。

参加阿尔勒和尼姆的斗牛赛的黑色公牛,还有清一色的白马,都在卡马格放牧。想必很多读者看过法国影片《白鬃野马》,它讲的是关于农村小男孩——卡马格的居民——与自由的野马"白鬃"之间感人的友情故事。

洼地靠近海边。在那儿的沙丘上,在干燥芦苇的喧嚣声中,有一座荒凉而又有些阴沉的小渔村,它完全不同于离此很近、光耀夺目且富于刺激性的疗养胜地,如圣特罗佩、尼斯、戛纳和芒通。

在桑泰斯-马里耶德拉-梅村[1],在海浪拍打的岸边地带,像巨石一般高高耸立着一座古老的教堂——灰暗、阴冷、空旷。

在祭坛之下,大海喘息着,海水浸到空荡荡的岸边。教堂里有一股海虾的味道。几支蜡烛燃烧着,墙上挂着丝带、铃铛和孩子们画的笨拙的图画,上面画的是酷似洗衣槽般的战舰和轮船。

这里的丝带和铃铛是茨冈人留下的。欧洲各国的茨冈人的代表们每

---

[1] 法国著名的自然公园所在地。

隔几年便于此集会一次，并在该教堂选举茨冈人的国王。

这个国王一般"统治"若干年。

一个戴着厚实保暖围巾的妇女随着我们走进教堂，并给我们讲述说，新当选的茨冈人国王好像是奥地利人或匈牙利人，他爱上了一个来自里加[1]附近的茨冈姑娘，就去了她那儿。这位妇女——一个普通的渔妇——一直在开玩笑，嘲笑说，在我们革命的国家里原来还生活着国王。

出海的渔夫和水手的亲戚们把画技笨拙的战舰和轮船（甚至是明轮船）的图画挂到墙上，目的是保护自己的亲人免遭风暴以及其他海上危险的威胁。

第二座有趣的小城位于第一座小城的西边，过了小罗讷河河床，叫勒格罗迪鲁瓦。

那是座渔港，有两座灯塔，有防波堤，周围静寂无声，平底驳船和身穿橙色帆布工作服的渔夫都在昏昏欲睡地打着盹儿。

我们在勒格罗迪鲁瓦住了两天——是在木鞋的敲击声和在家门口哄布娃娃睡觉的瘦瘦的小女孩那轻柔的歌声中，以及在平民百姓的咖啡馆里和仿佛从空旷的教堂中不断传来的钟声中度过了两天。

狭窄的潟湖横贯城市，奔向远方，流入多沙的低地，在距海岸十五公里处的潟湖边缘坐落着我们去的第三座神秘的城市艾格莫尔特（普罗旺斯语的意思是"死水"）。

在勒格罗迪鲁瓦，在这座潟湖上架设了一座铁桥，桥面是世界上独一无二的——是用紧紧联结在一起的粗大的船用焦油缆绳做成的。三吨重

---

[1] 里加为拉脱维亚首都，当时还属于苏联。

的卡车在这座无声的桥上可以安全通过。

据老住户说，我们是勒格罗迪鲁瓦的第一批俄罗斯游客。这一情况不仅让当地居民对我们充满了好奇和亲切感，而且我们有时也会听到由衷的赞赏。

大家一再邀请我们去咖啡馆，想方设法宴请我们，询问我们关于神秘而又冰冷的（"嘚——嘚——嘚!!"[1]）莫斯科的情况。

在一家咖啡馆里，渔夫们扬扬得意地硬是给我们请来了唯一一位到过俄罗斯的勒格罗迪鲁瓦居民。

这原来是一个羞得满脸通红的小个子老头儿，脸上长满了老刺猬的刺一般的白色的硬胡子——这胡子想必用任何剃须刀都剃不动!

老头儿不时地以愧疚而温存的小眼睛看着我们。原来，他曾经在法国装甲舰"让·巴特"号当过水手，并于一九一九年内战期间随自己的装甲舰到过敖德萨。

在勒格罗迪鲁瓦，所有的日子都雾蒙蒙的，天气有点冷。防波堤附近的大海轻轻地发着怒气。每逢夜里，遥远无形的海岸边紧张地亮着白色和红色的、轮廓分明的灯塔。

黎明时分，渔夫的平底驳船出海了，中午返回。两三个宾馆——夏季游客的栖身之所，现在冬季关门歇业。

其中一个宾馆特地为我们四个人开了门——生起炉子，亮起所有的灯，把几个工作人员召集过来，我们很友好地与这些工作人员一起住了两天，在空荡荡的餐厅里品尝了当地所有的美食。

---

[1] 冻得打战时发出的声音。

终于，我们到了最后一座小城——艾格莫尔特。

我已经感觉到读者的不满，抱怨说我擅自偏离与前几章直接相关的主题。对我来说。唯一可靠的辩解理由是作家列那尔[1]的话，他建议要完全自由地写作，打破所有的规则并以此（他似乎是这样感觉的）为读者营造良好的心情。

我很怀疑这一点，不过材料会俘虏书写者，只有把这些材料写出来，书写者方可摆脱它的压力。

中世纪时，国王圣路易[2]在地中海附近低矮的沙丘上建造了一座巨大的城堡。海船沿着从大海延伸出来的潟湖可以抵达这座城堡。

国王由此向巴勒斯坦派出最初的十字军队伍。城堡因潟湖静止不动的水域而得名"死水"。

我们是在傍晚抵达艾格莫尔特的。在落日时分的天空中，巍然屹立的城墙与塔楼浑然一体。它们直接从沙地平原拔地而起。在它们的脚下，干枯的野草簌簌作响。

周围阒无人声——既无人，也无马，既无小鸟，也无汽车。城堡似乎无人居住。

这使它的外观显得神秘，甚至可怕。生活大概早在几个世纪之前就远离了这座石头堡垒。潟湖变浅了，船舶已无法靠近艾格莫尔特。总之难以理解，为什么要在这贫瘠而平坦的地方建造如此雄伟的要塞。我们为它的伟大而感到惊奇。在墙内听得见从海上传来的呼啸风声。

后来我们经过狭窄的大门驶进城堡，不由惊呆了：在城堡的内部，

---

1 儒·列那尔（1864—1910），法国作家。
2 此处指路易九世（1214—1270），从1226年起为法兰西国王。

就像坚果壳内的玩具一样，藏匿着一座迷人的小城，里面有喷泉、纪念碑、街心花园、咖啡馆、古老的房屋、留声机的歌唱、商店，甚至有汽油加油桩。

鸽子在尖顶的教堂上空盘旋。小礼拜堂里的钟声如同谦逊的、不时发出的咳嗽声。钟声是如此的微弱，无法穿透厚重的墙壁传出去。

电影院的广告像红色的火焰一般闪过：《世界上最漫长的一天》。

小城里的居民想必是屈指可数的。

我们走进一家昏暗的小店。里面空荡荡的，不过，门上被我们惊扰了的铃铛不时发出轻微的叮咚声，铃声响了很久，终于从后面的房间里，不慌不忙地走出来一位手拿餐巾、两颊绯红的年轻法国男子——店主。

当得知我们是俄罗斯人时，他双手一拍，扯着嗓子号叫道："弗朗索瓦丝！弗朗索瓦丝！"他冲向后面，冲进小店的里面，从那里拖出一位清秀的年轻女子——他的妻子，好让她认识一下俄罗斯人。弗朗索瓦丝想必是正在洗衣服。她含混不清地低声请求原谅，红着脸，在围裙上擦了擦她的双手。

然后她领来一个三岁的小女孩，女孩给我们行了个深深的屈膝礼，而店主则领来了一位腰弯成九十度、拄着拐杖的老太太——自己年迈的老母亲——并在她的耳边大声喊着，说她眼前看到的是前来艾格莫尔特的第一批苏联人。

老太太亲热地向我们点头，并把手绢紧贴在眼睛上擦眼泪。

不妨这样认为，是下落不明且被奇迹拯救的亲戚们回到了这位法国人家里。

他们立刻摆上了葡萄酒、咖啡、各种甜点心——"奶油糕点"，门口已经聚集了一大堆艾格莫尔特的居民和一群男孩，彼此挤来挤去。

这些男孩最早高喊着传递出我们到来的消息，也是他们最后把我们送出通往充满忧伤的卡马格平原的城市大门。

大概是福祸相依吧。在这座热情好客的小城里我发现，我把伊玛尔的地址忘在了巴黎，可能是彻底搞丢了，现在已经无论如何也想不起来他住的那座城市叫什么了。

我咒骂我自己，咒骂我的记忆力，咒骂我不久前生的那场病，它通常是我所有不幸的根源——首先是我漫不经心的根源。

我们感到心情沉重。甚至要顺路去马赛这件事情也安慰不了我们。

莫里斯先生和我们一起伤心，他和我说着马赛附近各个不同小城的名字，其中没有一个让我感觉是熟悉的。

大西洋地图的故事就这样悲伤地结束了。或许，伊玛尔和妻子会读到这几行字，它们算是我的一点儿辩解理由吧。

关于马赛我就不写了。请想象一下比敖德萨大几倍的城市，而且要比敖德萨喧闹明亮百倍，比敖德萨的语言更多种多样，比敖德萨更古怪奇异——这就是马赛。

荷兰奶酪的包装纸

接下来要讲的这个地图的故事,发生在上面所讲的之前。它深深地影响了我的一生。

故事是这样开始的,夏天我住在炎热的、尘土飞扬的莫斯科,我主要(由于自己懒惰)是喝茶、吃奶酪和香肠。

我当时已经不住在寻常小巷的地下室里了,而是住在大德米特罗夫卡的公用住宅里,在桌布小巷的拐角处。拐角处的地下是一家皮货店,皮货店的橱窗里多年蹲坐着一只闻名于整个莫斯科的、龇着牙的大灰狼。

奶酪和香肠我在隔壁的食杂店里买。这家商店里的女售货员脸色绯红,面颊肥胖,在大衣的外面穿着白色的大褂。她们身上的大褂磨得发亮且噼啪作响。

有一次,食杂店把卖给我的荷兰奶酪包在了一块撕下来的地图里。

我有个不良的习惯,总是要在喝茶时读点什么或看点什么,这一次我开始研究这块地图，并突然感到一股寒意从心底掠过。

我们中的一些人小时候喜欢（直到现在也喜欢）设计和画出一些想象中的风格特异之处的地图，那些地方几乎都是未被开垦的荒凉之地。

每个人想必都曾往这些地图里注入自己对人间天堂，对生命伊始即渴望的幸福和富饶地区的想象。

瞧，就是那样一个隐秘的非虚构的，而是确实存在的一个地区的一块地图摆在了我的面前。

一望无际的森林、湖泊、蜿蜒曲折的河流，用虚线轻轻标出来的杂草丛生的道路、荒地、小村庄、护林哨所，甚至还有客栈——我生活中梦想的一切都聚集于此。

地图上的这块地方是梅晓拉地区。

夏天结束的时候我去了那里，从那时起，我的一生发生了急剧的变化，生活变得更加坚实了，且获得了全新的价值——我第一次好好地了解了俄罗斯的中部地区。在那之前，我对它几乎一无所知，但它却是我土生土长的故乡，从那以后，对它最强烈的爱意一刻也没有离开过我，无论我在哪里——在卡拉布里亚或在土库曼斯坦，在潮湿的波罗的海沿岸或在阿尔卑斯山脉。

对故乡，如同对母亲一般，你总是能找到任何一种替它辩解的理由。只有儿子能够理解母亲的心，清楚地洞察这颗心所隐藏的温柔、它的痛苦、它少有的喜悦。

去了梅晓拉之后，我开始以另一种方式写作——更简洁、更有分寸地写作，开始避免华而不实的东西，明白了最朴素的心灵以及看似最其貌不扬的东西的力量与诗意——例如，牧场上空吹来的烟味、拂动着干枯团酸模的褐色花序的微风。

还有一张地图在我的一生中起着很重要的作用——卡拉-布加兹地图。我能写出自己第一本引起关注的书，在某种程度上，我得感谢这张地图。仅此而已。在我后来的生活中，卡拉-布加兹并没有留下特别明显的痕迹。

沙漠的考验

我终于筹到一点儿钱,可以去卡拉-布加兹了。"科诺托普"祝我一切顺利,我勉强在罗斯塔请了假,并于暮春时节去了里海。临行前,我花了很多时间坐在列宁图书馆里,不加选择地阅读了所有关于里海东岸的沙漠和关于里海的图书。

我决定坐火车去萨拉托夫,然后从那里乘船去阿斯特拉罕。

《我们的成就》杂志约我写两篇特写——关于卡尔梅克和恩巴油田。因此,我应该从阿斯特拉罕去卡尔梅克共和国首都埃利斯塔市,从那里返回阿斯特拉罕,然后乘船去乌拉尔的古里耶夫市——恩巴石油公司管理局设在那里,从那里再返回阿斯特拉罕,这之后已经可以继续去(也是乘船)曼格什拉克和克拉斯诺沃茨克了。

从克拉斯诺沃茨克无论用哪种方法抵达卡拉-布加兹都要经过沙漠。

我是平生第一次为写书而去"取材"。我当时还是一个如此天真的作家,这一情形甚至使我有了几分自豪。不过很快我就明白了,任何时候都不应该去故意寻找材料并表现为一个旁观者,而要在你所去的途中和所到之处尽情地生活,不必一定要把一切都努力地记住。

只有在这种情况下,你才能保持本色,进入你脑海的印象才会是直接的、自由的,毫无任何预先评价的——你不必经常考虑什么可能对写书有用,什么没用,什么重要和什么不重要。然后记忆本身会准确无误地筛选出你需要的一切。

火车到萨拉托夫需要穿行俄罗斯中部的田野和峡谷,火车行驶得很缓慢。

在萨拉托夫,我在城郊河畔的集镇上住了两天。那里,在每家房子的上面都有漂亮的鸽子窝,一大群鸽子像瓦灰色絮团一般整天令人讨厌地盘旋在院子上面。

后来"一八一二年"号老旧的轮船离岸向阿斯特拉罕驶去。我的船舱里挂着独目元帅库图佐夫的肖像。

伏尔加河下游是明显的沙漠前沿地带——船缓缓驶过满是黏土的两岸,黄色的水面浮着点点重油,赭石色的天空雾气沉沉。

我感觉饿了。船上的餐厅里只供应干瘪的鲱鱼和淡茶,再就是干硬的黑面包。

在火车上,特别是在轮船上,我第一次遭遇到很多人连续不断的且似乎是无序的流动,这让我很吃惊,看上去像是所有的俄罗斯农民都离开了久住的地方,坐火车和轮船随便去哪里,希望能胡乱地在某个更安宁更富足的地方定居。

甲板上塞满了这些沉默不语的人及其破旧的家什。几乎所有的人都带着一袋袋的土豆和黑面包干。

女人们整天洗着灰色的内衣和尿布,吃奶的孩子口吐泡沫背过气去，老头儿和老太太低声颂唱同一个祷文："圣哉上帝，圣哉大能者，圣哉永生者，怜悯我们！"

伴随着这些凄凉忧郁的圣歌，轮船向南越走越远。在那里，从黎明到黄昏，天边都飘浮着褐色的烟雾。沙尘落在所有的东西上。船舱里弥漫着一股尘土的味道。嘴里感到牙碜。

在晒得干枯的河岸上出现了第一批骆驼。饿了一冬之后，它们身上大块大块地脱毛，干瘦的两肋上雪青色脱毛的地方甚至在轮船的甲板上都能看得见。

骆驼冷漠地目送着轮船远去，嘴里不停地咀嚼着——想必是骆驼刺或蒿草。它们嘴里流出线一样长长的黏糊糊的绿色唾液。

我回忆起伊利夫说过的旅行要求心理承受能力的话。伊利夫当然是正确的。

散发着鲱鱼味的、干燥的阿斯特拉罕出现在远方，在浓重的雾气和不新鲜的鱼腥味中。甚至从东面，从布哈拉方向吹来的阵阵热风都没能刮走这雾气。

在阿斯特拉罕，我被当地的一位年轻作家兼记者收留了。他住在瓦尔瓦奇耶夫运河岸边，在一座带有浓荫密布的小花园的绿色小房子里。

作家体弱多病的年轻妻子在小花园里培植了很多花，特别是旱金莲，这个小花园在我看来就是天堂。鲜花散发着凉意。不久前作家八个月大的小儿子死了。年轻的女人想念儿子并常常把自己反锁在房间里哭，而丈夫在编辑部待到很晚才回家。

我心烦地等待着顺路的机会去卡尔梅克草原，去埃利斯塔市。可总是不见机会，我于是在城市和瓦尔瓦奇耶夫运河边闲逛。我似乎感觉这条浑浊而荒凉的运河是一个褪了色的梦。

城市中的唯一绿洲是向来寂静无人的凉爽的画廊。我常去那里，看涅斯捷罗夫、萨里扬、阿斯特拉罕当地人——库斯托基耶夫[1]的绘画，令我惊奇的是，这些画是如何来到这里的，在这里谁又需要它们。在整个这段时间里，我在画廊里只遇到几个人。

我简直难以相信，韦列米尔·赫列布尼科夫生长于阿斯特拉罕。

我终于去了卡尔梅克草原。草原春天时海洋般黑压压的野草长势茂盛。清晨，千百只云雀抖动着翅膀，冲出这些草丛，激起露珠四溅。露珠在阳光下闪闪发光，似乎是一场奇怪的大雨升腾于地表之上并悬挂在它上空，而大雨上面的空气洁净透明。

卡车左右摇晃，从落在宽广大道两旁的傲慢的金雕附近飞速驶过。所有的金雕一动不动，尽管汽车几乎紧贴着它们身边疾驰而过。金雕甚至不肯麻烦自己转过头来看一眼我们，看一眼隆隆作响、尘土飞扬的车体，我们正被卡车装载的铁床和一桶桶咸鱼挤在车厢里剧烈地颠簸抖动。

卡车疾驰而过时，司机用拳头威胁最放肆无礼的金雕，不过这一点对它们不起作用。

我惊奇于金雕的这种无畏精神。我的旅伴——一位老土地测量员，熟悉这些草原的行家，给我解释说，金雕喜欢待在路两旁，原因很简单，驶过的汽车会惊吓到忙忙碌碌的黄鼠和跳鼠。黄鼠便开始盲目地沿着大路乱窜，于是金雕缓慢却准确地捕捉到它们。原来，汽车如同猎人的猎狗，是为金雕惊动野物的。

---

[1] 鲍·米·库斯托基耶夫（1878—1927），俄苏画家。

我们不是在阿斯特拉罕坐上卡车的,而是在伏尔加河右岸,在干燥灰暗的卡尔梅克市场村。

出发前,汽车站站长把乘客的信息记录到旅行登记簿里。

他往登记簿里写入我们的家庭地址和我们亲人的家庭地址。

我在这磨得破烂不堪的登记簿上签了字,想必十九世纪初的旅行者就在它上面签过字。

"草原上什么事都可能发生,"汽车站站长说,"我们这里有时不很安定。您是第一次来这儿?"

"是。"

"那么您就留意司机的做法,一切都按照他的做法来做。他不喝的井水,您也不要喝。他不进的帐篷,您也不要进。司机是有经验的人。不然您就会突然害上沙眼,或者害上更糟糕的什么病。"

我似乎觉得这些预防措施过分谨慎,但我很快意识到,汽车站站长是正确的。当我们在第一批遇到的帐篷附近歇脚时,有几个卡尔梅克老人走近汽车,他们因沙眼而眼睛充血。他们的眼皮已经变成了通红的裸露的肉。

老人们在汽车近旁蹲下,用手掌久久地赞许地拍着热乎乎沾满了灰尘的卡车外胎。他们赞赏汽车,显然,认为它是某种神圣之物。

所有老人的脖子上都挂着一大串硬得像石头一样的面包圈。

后来我看到很多卡尔梅克人都挂着这样的面包圈。根据面包圈的数量可以判断卡尔梅克人的富足程度——他戴的面包圈越多,就越富裕,举止就越傲慢。

很少能遇到帐篷。

我们赶上了瘦弱得出奇的骆驼队,它们驮着新的电线杆。电线杆十字交叉地捆在骆驼的背上。

接近中午时，出现了海市蜃楼。整个草原——从车轮到天边的地平线——被昏暗的、不透明的水淹没了，就好像是我们飞驰在一片面积大得吓人的水洼里。牛蒡草的草茎伸出水面，如同被淹没的树梢。

最令人奇怪的现象是，这种干燥的灰白色的水就从离汽车两三米远的地方出现，司机不减速，水竟一直以那种汽车靠近它的同等速度避开汽车。

水似乎从我们的路上流开。这一景象令人疲惫，使人犯困。

"这是海市蜃楼吗？"我问司机。

他困惑不解地看了我一眼。原来，他不知道"海市蜃楼"一词。

"不是！"他回答说，"只不过是草原在表演罢了。这还不算什么！有时它甚至展示出大海和海岸上的一大片森林。"

在去埃利斯塔的路上，只碰到一个土坯房的村子。我们绕过村子从村边驶过。

村子被太阳暴晒得热气难当。甚至离开一段距离，它仍散发着死气沉沉的热度。墙缝里露出像石头一样硬的骆驼粪。黄色的卡尔梅克灵缇犬没有跑来追赶汽车，而是相反，夹起尾巴，畏畏缩缩地藏在院子里。孩子们惊恐地看着我们将尘土扬到空中的卡车。有些地方的干水沟里渗出含有硫酸盐、带有腐烂气味的水。

太阳闪着暗淡的光。将近中午的天空变成了黄色，类似于涂上一层赭石的巨大玻璃罩。城里夏天人们就是这样把橱窗涂上一层油漆，以便减弱难以忍受的光线。

埃利斯塔终于出现了——一些崭新的方形的低矮房屋，没有明显的次序，而是如同一大群白色的绵羊，零零落落地分散在草原的高地上。

在埃利斯塔我了解到,政府的主要努力方向是与自古以来危害卡尔梅克人健康的疾病做斗争。

医疗队在山村(很多帐篷聚集在一起)和村镇工作。在治病之前,要使卡尔梅克人抛弃巫术和野蛮的治疗方法。例如,治沙眼,卡尔梅克人用砂糖使劲揉擦生病出血的眼皮;治结核病,用阴燃的毡子烧灼后背上的皮肤。

得结核病的主要是女人,这归咎于她们穿的民族服装——卡萨金[1]。它像铁箍一样,从女人年轻时起就紧紧地挤压着她的胸部,不让它正常发育。

此外,女人头上戴着沉重的包头巾,这是一整套繁琐的装束,她们因此常得颈椎结核病。

在我来卡尔梅克之前不久,苏维埃政府下令禁止妇女穿卡萨金和戴包头巾。

在返回阿斯特拉罕的途中,我们在草原上过夜,我看到了那种只有在辽阔的草原上才有的非凡的夜晚。

风停了。空气变得再透明不过。野草经历了白天的炎热之后变凉了,并且释放出凉气。

大滴的露水滴落下来。鹌鹑的叫声不疾不徐地传遍整个草原四方,一直不中断。风吹来一阵阵薄荷的香味。

司机告诉我,在最近的缓坡后面有一个淡水湖。我蹚着高高的野草,磕磕绊绊往坡下的淡水湖走去。芦苇中各种各样的小鱼一齐发出吧

---

[1] 一种后身打褶的短外衣。

嗒的声音。

太阳落山了,似乎最后的寂静降临大地,我再也听不到人声、汽车的喇叭声、马达的轰鸣声。

在这种寂静中,可以感觉到一种庄严,仿佛迎接夜晚的宇宙正在休息。

太阳落山了,但却明显地放缓了脚步。或许,它想看到定会从一贯神秘莫测的第一颗星射向湖面的那道最纤细的光线。

夜幕不知怎么一下子降临了。整夜我辗转反侧,难以入睡,对缓缓流逝的草原的夜晚兴奋不已。这种流逝因头顶星星组合的变化而越发明显。星座围绕着宇宙无形的轴心微微旋转,缓慢飘移。

里海低洼的北岸和海边本身——在那些地方水很浅——长满了宽阔的芦苇带——黄花蒿带。

它黑色坚硬的花序像小小的玉米穗,或者像打字机的胶木滚筒,尽管这一比喻有些牵强。

从远处看,这些黄花蒿丛似乎是沿着海岸铺开的一条宽宽的黑色带子。因此,这里把这些地方叫"黑林"。

从伏尔加河入海口到位于乌拉尔河最下游地区的古里耶夫,没有一个码头,没有一个可以让轮船在风暴来临时进去躲避的地方。众所周知,波涛在浅滩处涌起得特别高,因此,"黑林"附近的航行令人不快,有时很危险。

"天芥菜"号轮船从阿斯特拉罕驶到古里耶夫用了超过一昼夜的时间。这是一艘效力多年的旧船,船上镶满了铜质零件。铜栏杆,包铜的舷梯,铜仪表,最后,还有巨大的铜喇叭,船长通过它和对面驶来的平底渔帆船及"运渔船"互相喊话——所有这一切被擦得干干净净,像"鬼眼"一样锃亮,闪闪的铜光简直让人感到难受。

甲板上,像在伏尔加河的轮船上一样,横七竖八地躺着乘客。

上了年纪的妇女尤其多。

据说,在乌拉尔河入海口正在焚烧芦苇,而且人们是故意把它们点燃的,以便消灭无数小飞虫的滋生地。小飞虫让那些地方的人和动物无法生活。

东方的天空有些奇怪而昏暗地闪着亮光。这些无精打采的闪光完全不像我们那里闪电的反光或是大雷雨的迫近。绵延几百公里的空气如果连潮湿的迹象都没有,哪里会有什么大雷雨!

黄昏时分,"天芥菜"号驶进乌拉尔入海口。它急急忙忙地驶过燃烧着的芦苇。火焰噼啪作响并沿着海岸跑过,浓烟让人窒息,呛人眼睛。直到古里耶夫我们才终于缓过气来——在这座低矮的小城里,所有的油漆早就褪成灰烬的颜色。

在古里耶夫,我住在乌拉尔河那边,在用压紧的芦苇盖成的新房子里。除了住在其中的人们不相信它们的坚固性外,它们与普通的、石头盖的房子没有任何区别。

和我在恩巴石油公司住一间宿舍的是一个拉脱维亚人,他曾在波罗的海舰队做水手。他从巴库来恩巴办理某些石油业务。当夜里起风时,水手叫醒我说:

沙漠的考验 179

"躲开！最好不要睡觉。不然纸牌屋[1]会倒塌下来并像压住小猫崽一样压到我们身上。"

我是和一位老石油专家一起从古里耶夫去恩巴的，他是波兰工程师亚布隆斯基。这位大块头、好嘲笑人而又异常沉稳的老人，把岩盖（盐丘）的石油勘探及与采油相关的一切惊人而有趣的秘密都告诉了我。

我和他一起住在多索尔村。我们房间的窗户上根本没有玻璃。代替它们的是挡小飞虫的、很密实的铁丝网。当从里海的近海，从"黑林"那边吹来海风时，小飞虫便黑压压一大群开始飞起来，遮住太阳，使光线变暗。

"沙漠是什么？"亚布隆斯基问我，傍晚他躺在吱呀作响的单人床上，不敢动弹，怕抖落身上的尘土——它半个小时左右便在我们身上落下厚厚一层。"沙漠，"他自答道，"就是尘土。还有——源源不断的尘土。还有小飞虫。还有又热又咸的尘土，还缺水。您试过往这里的土地上哪怕是泼上一点儿水了吗？泼过吧？就是说，您见过，它没有渗入地里，而是变成了大大的水滴，变成了小水球。这些酷似水银的水滴，在尘土里就像在热石板上一样滚动、跳跃，像毛线一样沾上了灰尘。就是这样的，亲爱的！就像吉卜林在关于非洲的诗歌中所说：'只有行走的靴子踏起的尘土，尘土，尘土！'当然会呼吸困难。应该坦白承认这一点。因此，莫不如我们去湖边，去油塔进行测量和检查油苗？您反正不会下象棋，而在这种像是患了白血病的灯光下读书——就是糟蹋自己的眼睛。"

我表示同意，我们去了咸水湖，堤坝上耸立着井架和抽油泵，抽油

---

[1] 意指一点儿也靠不住的东西。

泵不时发出呼哧声，从地下抽出泛着金光的油晃晃的褐色的恩巴石油。

我喜欢湖上的感觉。湖里的水黏稠，盐分高——发出浓重的碘酒味道。在堤坝上零零星星悬挂着照明灯，昏暗的灯光下，看得见沉淀在木桩上呈粉红色晶体的大粒盐。

除碘酒的味道外，湖水还发出石油的味道。这一气味造成了某种深夜凉爽的假象。

实际上，夜弥漫着最细小的温暖的尘埃，或许由于这尘埃，灯光具有了使人感到窒息的珍珠色调。

"您在这里看到的一切，"亚布隆斯基对我说，"与位于南美的委内瑞拉共和国马拉开波湖油田没有任何区别。那里与恩巴的石油生成和埋藏的条件相同。所以要派石油工程师去那里实习。因此，放弃您关于委内瑞拉的梦想吧。您在那里看不到任何比这里更好的东西。"

"我从未梦想过委内瑞拉。"

"不该这样！"亚布隆斯基说，"始终应该有梦想，但不是无果而终。例如，我欢迎所有关于开发沙漠的梦想。特别是当它们具有了现实的形式时，就像我们现在在里海——在恩巴，在曼格什拉克和卡拉-布加兹。在某些情况下，不能对自然采取放任自流的态度，应该引导它为人类谋福利，不过，当然不能干预其基本规律。"

人们的幸福几乎不取决于文明的进程。

幸福是一个永恒的范畴。彼特拉克不可能因为能听到劳拉[1]被录到磁带上的声音就感到幸福。只有当人民——只有人民自己而不是其他人——是

---

[1] 劳拉是意大利诗人彼特拉克单相思的恋人。

生活的主人和自己命运的主宰者时，文明才能结出最伟大的果实。

在多索尔，我们坐在堤坝的圆木上，一边吸入里海东岸令人窒息的夜色的黑暗，一边谈论着如何征服沙漠。

后来，我在自己房间里阅读当时对我而言还很陌生的诗人利普斯克罗夫[1]的诗集《沙子与玫瑰》，读到很晚。房间经常更换房客，不知是谁把这本书遗忘在抽屉里就走了。

我慢慢阅读，反复且抑扬顿挫地默读他关于中亚与撒马尔罕的诗句：

大地上没有哪里比你的雷吉斯坦[2]更威严，
大地上没有哪里比它更加蔚蓝更富柔情。
在蓝色广场前我诵读着《古兰经》的诗篇，
在和平的马蹄之下铺展着葡萄的枝藤……

亚布隆斯基双手交叉放在胸前，熟睡着。深夜沙漠的寂静在耳边浅吟低唱。只是偶尔听得见，湖上彻夜不眠的抽油泵哧哧作响，从没有生命的地球内核中抽出黏糊糊的石油。

后来在里海的旅行都被我写进《卡拉-布加兹海湾》一书及几部特写里。

就像这本自传书，这类书的不幸就在于，它们几乎不可避免地有重复。

这是因为，被作家创作的所有东西在很大程度上具有自传性。

---

[1] 康·阿·利普斯克罗夫（1889—1954），俄国诗人。
[2] 指撒马尔罕的雷吉斯坦广场。

关于这点作家亚历山大·格奥尔吉耶维奇·马雷什金正确却又带着几分粗暴地对我说：

"我把自己的一生分别塞进了不同的短篇和长篇小说里，甚至没给自己留下任何东西，以讲给心爱的女人和朋友们听。极其愚蠢！如同勃洛克所说，记得吗？'生活已被燃尽且讲述完毕，只有初恋还能在梦中浮现。'[1]"

因此，我将不重复那些读者可以在《卡拉-布加兹海湾》或是特写《盐丘》及《伟大的恩巴》中读到的内容。

如果有读者打算将《卡拉-布加兹海湾》和这些特写与我现在的回忆做对比，那么请别对它们某些地方的不同而感到惊讶。

究其原因，显然，当时我很年轻，也很健谈，而现在，随着年龄的增长，可以这么说，我在自己的小说中变得有些沉默寡言。

此外，现实把自己的反光投射到往昔的岁月上，则往昔的岁月会以新的形式呈现——有的色调暗淡了，而有的色调浓重了。因此，关于卡拉-布加兹之行，我在这里所写的仅限于最简短的说明。

我从古里耶夫返回阿斯特拉罕，从那里乘坐一艘像"天芥菜"号那样的老旧轮船（它的名字我已经忘记了）向曼格什拉克和克拉斯诺沃茨克驶去。

这艘船上装有桅杆，配有老式的桅支索。轮船很狭窄。机器里传出来的热量，如同船上厨房里传来的烤肉串的味道一样，渗透到各个房间。

大海平静，明亮。

---

[1] 引自勃洛克的组诗《十二年过去了》中的第八首（1910）。

甲板上已经看不见农民了，不过上面整天有一些吵吵闹闹的胖子在喝卡赫季亚葡萄酒。他们往克拉斯诺沃茨克运一百袋土豆，却无论如何也不肯卖给旅客和全体船员，哪怕一点点也不行。

这件事的结果是，船驶到曼格什拉克之前，有人夜里用刀子划开了几袋土豆，土豆伴随着醒来的粮贩子盛怒的号叫声匆匆忙忙咕嘟咕嘟地纷纷滚入大海。

我预料会有流血冲突，而几袋土豆的主人却意外地安静下来，哼着某个小调，开始用粗线缝起被划开的袋子。

初看上去，曼格什拉克是一座典型的烈火之狱。唯一能使人们容忍这个热得如同烧焦了的不毛之地的，是对塔拉斯·舍甫琴柯的回忆。他在这里的苦役营受尽折磨，但在这里他仍丝毫没有失去自己的天赋、善良和对乌克兰的爱。这似乎是一个奇迹，但确实如此。

再往南，我们沿着那种荒无人迹、单调乏味的海岸行驶，大家都不由得把目光移开。

卡拉-布加兹像隐隐约约的蒸气构成的圆顶从地平线边驶过。过了黑魆魆重叠起伏的乌夫拉山岩之后，面前出现了克拉斯诺沃茨克——喷火的龙嘴，它像是被烧成灰烬的亚洲的入口，属于亚洲的这片土地是石膏黏土，这里的空气如甘油一般黏稠。

而接下来发生的一切——时而以几分浓缩的方式，时而以未加渲染的实际情形，时而又是以比现实多几分忧郁的形式，被写进了《卡拉-布加兹海湾》一书中。

不过，唯一我没有动手改过的是对人与事的描写，我没有在小说中对它们做出哪怕是些许的润色与修饰。我把它们写得尽量准确而简单。但正如常言道，我在风景上"捞回来了"。我对风景的观察如我写下来那般细致入微,这既不是我的过错,也不是我的功劳。

书中唯一没有提到过一句的,是有时我完全无法忍受的、对俄罗斯中部地区的强烈思念之情。

炎热灼痛了我的肺,压迫着我的大脑,半咸的饮用水损伤了我的喉咙。在北方那儿如雨后空气般有助于我思考的美妙的清爽,在这里被代之以紧紧地裹挟着你的火辣辣的疼痛。血液仿佛在被压缩的脑血管里使劲往外涌,随时都可能停止流动。

在克拉斯诺沃茨克,每逢清晨还可以活动时,我去火车站,去站台上,忧伤地看着被晒得炽热的货车车厢。它们在我看来似乎是与俄罗斯唯一现实的联系。

我坐在树荫下,像躁狂者一样盯着车厢看,听着步枪射击的沉闷的嗒嗒声。枪击声是从石膏峡谷传来的,巴斯马奇部队在著名的朱奈德-汗[1]的指挥下逼近那里。

我们的队伍在与巴斯马奇部队作战。据战士们说,失去冲力的子弹最后落到地面后,很长时间不会冷却。战斗持续不长时间就结束了。巴斯马奇部队去了波斯,寂静又返回到我们的海岸。

由于炎热,周围的一切似乎都凝固了,甚至连拍岸的海浪都令人感到吃惊——难以理解,这么沉重的海水如何能鼓足力气升腾起来,带着喧嚣与疲惫冲上炎热的岸边,喧腾一番之后,又猛然退了回去。

---

[1] 朱奈德-汗(1857—1938),中亚地区反苏维埃地方武装首领。

沙漠的考验

与地理有关的故事

有一次，作家谢苗·格里戈里耶维奇·格赫特告诉我说，我的长篇小说和短篇小说全部都是"与地理有关的故事"。我一时没明白，这好还是不好。不过，我很快就放心了，认为格赫特是正确的，而且这没有什么可怕的。

我永远无法超越环境、超越地理坐标、超越风景和最简单的自然现象来描写人。我无法将人与其周围形形色色的现实隔离开来，否则这个人立刻就会死掉。

那些对其主人公周围的外部环境持冷漠态度的作家，总是让我感到惊讶。挣脱了环境的人在我看来就像是被赋予了一种罕见能力的活的图解式人物——他们能够行动和说话，却游离于四季之外，不管刮风下雨，不管花园是否开花，或是海岸边的风暴如何——与诸多至关重要却仿佛对他们内心生活没有价值的现象完全脱离。

我一直以为，这样的文学人物不是活生生的人，而是作家与剧作家实验用的生物，他们被这些作家和剧作家拿来做残酷的实验。

毋庸讳言，甚至陀思妥耶夫斯基也有这个缺点。他故意将人置于令人痛苦的境地，而这种境地是他坐在寂静的昏暗阴沉的书房里臆想出来的。他用的是报纸文章的那种手法，只是就事件写事件。

他的长篇小说中几乎完全没有大自然。而且短篇小说，有时长篇小说也是，几乎只建构在对话上，让很多读者简直感到窒息。

在做出这些不得已的解释之后，我可以放心地在这一章的开头写上标题《与地理有关的故事》，因为事实的确如此。只是如果这一章地理多于故事的话，请求读者别骂我骂得太厉害。

《卡拉-布加兹海湾》我是抽空儿写出来的——有时在莫斯科，有时在乌拉尔北部地区的别列兹尼基，有时在利夫内。

在莫斯科，我在阴暗的贮藏室里的电灯下写作。这个憋闷的贮藏室是嘈杂的公用住房里唯一安静的地方。

后来，罗斯塔社派我以记者的身份到卡马河上的别列兹尼基的巨大化学联合企业建设工地去。

在卡马河对面的河岸上，在别列兹尼基的对面，古城乌索利耶缭绕着极地的烟雾，显得无精打采——这里曾经是乌拉尔无冕之王斯特罗加诺夫[1]的都城。

曾几何时，斯特罗加诺夫在乌索利耶铸造自己的钱币。

---

[1] 斯特罗加诺夫家族是俄罗斯著名的工业家族和商人家族，其中格里戈利·阿尼凯耶维奇·斯特罗加诺夫于1558年从伊凡四世那里获得乌拉尔某些地区的特许经营权，自成一体。

城里保留着圆木制造的高塔——盐厂。本地的盐在这里被晒制。

盐厂因时间久远变黑了。盐厂的四壁像无烟煤一样闪闪发光。在整个漫长的极夜期间,建设工地的灯火一直映射在这些墙壁上。

盐厂就像斯特罗加诺夫家族阴沉的暗探,留在这里监督这片昏暗的土地上不请自来的新主人。暗探们把沉重的帽子——黑色的屋顶——拉下来遮住眼睛,矗立在那儿,不满地沉默着。

建设工地上有犯人们在工作。

我觉得建设工地分外巨大。工地由不同的工厂组成——硫酸厂、烧碱厂和几座其他的工厂,还有热电厂和整整一个由大型彩色管道组成的王国。

正值极夜。刚一到工地,我在黑暗中花了很长时间在地基坑里,在一堆砖头中间,在水泥板中间,在一条条专用线路上,在混凝土钢筋之间,在巨大的机座、桁架、没有建完的楼房、暖棚和挖掘机之间转来转去,不知往哪里走。

我好不容易才找到一条通往小旅馆的路,小旅馆还是老制碱厂在时留下来的。

这家旅馆尽管还算暖和,但不能算是可靠的栖身之地。每一个房间里都住着十至十二个人。我们彻夜都是清醒的状态,因为有人醉酒打架和吵闹,我们根本无法入睡。

尤其折磨我们的是曾经做过演员的会计——一个老头儿,他一头顽皮的灰白卷发,像某个喝醉的丘比特。每天夜里,只要他一闯进房间,就开始向棚顶的电灯泡上扔空瓶子,不把它打碎不住手。

哪怕有人想稍微说他两句,他便暴怒起来,开始用尽全力把瓶子扔向自己的室友。而到了早晨,刚刚醒酒,他便坐到堆满了残羹剩饭的木板桌子前，双手紧紧抱住脑袋，哽咽地哭着唱道：

  别说你断送了美好的青春，
  别说我的嫉妒让你痛苦不堪，
  别说——我的坟墓已经临近，
  而你比春天的花朵还要鲜艳……

  旅馆有一个房间叫"隔离室"。里面只住着不饮酒的人。
  "隔离室"里永远没有空床位。不过我很幸运，也没有特别求旅馆的经理，他就给我塞到"隔离室"里了。
  "要远离罪恶，"他说，"他们可能会把您教坏了，而我得为您负责。因为您是莫斯科来的记者。"
  在"隔离室"里我终于安下心来，长舒一口气，可以好好地睡一觉了。
  我的邻床是个极可爱的人——被流放的化学家，好像是编外副教授。他常和我聊诗歌，就马雅可夫斯基的诗歌和阿列克谢·托尔斯泰的短篇小说交换意见，他态度客气，文静沉稳，通情达理，并且特别思念妻子和小儿子。他千方百计尽量向我隐瞒自己的思念。
  有一天夜里，我被玻璃的声响惊醒，睁开了眼睛。
  化学家悄悄地从床边的床头柜里拿出一瓶伏特加酒。他小心翼翼地倒了满满一杯，然后一口喝光了。随即倒了第二杯，同样无声地喝下。
  我装作睡着了。化学家静静地躺了几分钟，然后快速地在床上坐起来，尖声喊道：
  "恶棍！我会咬舌自尽！你们会被诅咒的，走狗！"
  一个小时之后他被送进医院。他反抗了很久，卫生员把他捆绑了起来。

我的第二位邻床室友,一位有着军人仪表的老技术员,他责备我说:"您来这里干吗?您真了不起,好像是个喜欢刺激的人!最好溜回莫斯科吧。"

不过,尽管这个环境很凄惨,我在别列兹尼基还是遇到了很多狂热地忠诚于自己事业的人,这种狂热我至今最常在艺术家中看到。我已经说过了,在别列兹尼基工地上搞建设的都是被流放的人。但是流放归流放,工作归工作。他们的流放状态无论如何也没有反映到他们忘我的工作状态之中。

据化学家们说,他们是首次安装以前从没见过的最新机器和设备。关于这些机器和设备他们以前只是梦想过,或是只在外国的科技杂志上看到过。

的确,很多东西让外行人惊叹不已,看起来简直就是奇迹。

很快我便多少了解了整个建设工地的情况,了解了它的所有工厂和车间,我登上过贮气罐的罐顶,中过一氧化氮的毒,坐过窄轨机车和牵引车,并且总是随身携带防毒面具。

只要稍微闻到不知从哪里传来的不熟悉的气味,就得马上戴上防毒面具,以免窒息。

所有这些建设工地上的生活都发生在北极夜晚的黑暗中。

正值十二月——北方最黑暗的月份。

起初我很喜欢这漫长的黑夜。特别是在寒冷的早晨,说着各种不同语言的声音清脆地呼应着(联合企业的建设者中有很多外聘的英国和德国专家),雪橇的滑木发出咝咝的声音,有时在强电流的灯光下,从黑暗的空中纷纷扬扬飘下鹅毛雪片。

有时,闪烁不定的急速的北极光闪现成红彤彤的霞光。当地居民称它们为闪电和闪光。后一个单词非常接近那些被惊扰的无规律脉动信号灯。

而在建设工地之外,夜深邃而沉稳,仿佛是一头巨大的野兽,躺在荒野的垅岗上,在被风暴摧折的林子里和山坡上冬眠。在那里,巨大的乌拉尔云杉如黑色宝塔般巍然耸立,在繁星满天之夜,它们的树冠直抵星辰。

但那一年的冬天,建设工地上的星空却很少见——地面上有太多的油烟及各种颜色和色调的烟雾,从"狐狸尾巴"的淡黄色到紫色、褐色、红色、白色和乌黑色的烟雾。天空总是烟雾弥漫。

真正的乌拉尔我在索利卡姆斯克见过,我去那里待过几天。当时那里的钾矿已经开工了。

无论是陡峭的山坡还是平缓的斜坡都深陷在那种处女般纯洁的白雪之中,仿佛这雪在今夜才刚刚落下。实际上,雪在这里已经积存了很久,不少于三个月。

可爱的兔子蹦蹦跳跳留下的足迹随处可见,不过只到铁路路基这边。到了路基边上,这些足迹就急转回来——兔子不知为什么害怕越过铁轨。

晴朗的,却有几分雾蒙蒙的天空在大地边缘变成绿色。那里,在远离铁路的地方,有着一片片至今(至少对很多人来说,其中也包括我)完全不为人知的土地。那里通向古老的比阿尔米亚[1],通向云雾弥漫的远方。这是一个虽不舒适却拥有未开垦的资源——金属矿与针叶木材的国

---

[1] 8世纪至13世纪斯堪的纳维亚传说故事中的国家。

度,那里有与大自然顽强抗争的人们,有不可救药、放荡不羁的皇家马车夫,有在秋天难以通行的泥泞土地上铺上地毯行走的采金者——在这里,人可以疯狂地一夜暴富,但却只能住在贫穷的小木屋里。而在这些木屋里,成群的褐色蟑螂夜间发出的始终如一的簌簌声从未停息过。

这里非常富有,因此被认为是幸福的国度。"在幸福的比阿尔米亚森林里"发现了很多宝石。当地的绿宝石纯净墨绿,像覆盖在大地上一望无际、辽阔得令人惊叹的针叶林那么墨绿。这些森林刺鼻的松节油气味传到遥远的彼尔姆、维亚特卡和科斯特罗马,直到古老的帝都——莫斯科,这种气味让海外商人感到恐惧,他们似乎嗅到了令人生畏的熊的气味,以及如同生长在俄罗斯沼泽地里的蔓越橘一样的苦味。

摇摇晃晃的、冰冷的车厢缓慢地随着肮脏的机车,从别列兹尼基开往索利卡姆斯克,我看着窗外,脑子里思忖着这一切。我知道,马明-西比利亚克[1]某些短篇小说中的情节就发生在这里,据我所知,鲍里斯·帕斯捷尔纳克的中篇小说《柳威尔斯的童年》的情节,也是在这里发生的。

想必是,只有在俄罗斯才会有这样的事情,同样的思想与情感的源泉(这里指的是乌拉尔北部地区)激发了两位如此风格迥异的作家的灵感。不过他们也有某些共同的东西——对俄罗斯以及它冻得人下巴抽搐的霜冻、对阔叶林连绵不绝发出的寒战声的灵敏感觉。

索利卡姆斯克。沾满霜雪而看上去毛茸茸的三套车在进行疯狂的比赛,从小车站跑到严寒的小城,伴随着马车夫红色的毡靴,刺耳的口哨

---

[1] 德·纳·马明-西比利亚克(1852—1912),俄国作家。

声,绘有彩色图案的马车拱形轭下昏头昏脑的铃铛声——"瞧我们的,坐稳了,急冲时别害怕!"雪橇越跑越快,向一旁滑去,心脏因此突然收缩,似乎停止了跳动。

我们飞奔到索利卡姆斯克的街头时,已是深夜。我们飞速从孤独而明亮的灯笼式电灯、酷似货栈的低矮的石头房子、白色雪花石膏建成的教堂、挂在十字路口低矮的电线杆上的铁板旁驶过。夜间,穿着皮袄的打更人有节奏地敲打着这些铁板报时。

已改成旅馆的教会会馆里,拱顶走廊上弥漫着经久不散的教堂内点灯用的劣质橄榄油味,修士的单间居室是阴冷的——在这里有一张床位被指定给我。在两张邻床上,半明半暗中睡着两位姑娘——从列宁格勒来的实习生。

我似乎感觉她们两个都是美女,这显然是因为她们两人摊在枕边的金色的辫子。当时,几乎所有年轻的女性都已经剪成男孩子头型,因此,辫子在我看来特别动人。

我静静地躺下来,以免吵醒姑娘们。听着她们时而平静地呼吸,时而在睡梦中叹息,我久久难以入睡。不知为什么,她们两个看起来就像我的亲人,像我的妹妹,尽管我看不见她们的脸。

打更人在十字路口敲着铁板报时。黑夜向窗户里洒进了神秘的光芒。我感谢这漆黑之夜,在这不可思议的俄罗斯荒凉偏僻的地方,为少女温暖的呼吸——我总是似乎觉得,我觉察到自己脸上有隐约的微风吹过,为自己轻微的瞌睡,为自己身边能有这两位纯洁女孩的幸福之感,为感觉到她们轻轻拂动的若有所思的睡梦。

清晨,当我醒来时,姑娘们已经不见了。

我去了钾矿场,下到很深的巷道里,巷道是在透明的、光彩夺目的黄玉和紫水晶（那是钾盐——光卤石和钾石岩的颜色）的厚岩层中开凿出来的，我看见地下巷道中几匹瞎眼的马顺从地拖着装有岩石的矿车，在某些地方我几乎被地下的穿堂风吹倒。

我久久漫步在宽大、僻静的坑道里，仿佛置身于童话世界的宫殿，墙壁上闪烁着无数的金色与酒红色的有如星星一样的灯火。

这些地下长廊的华美，它们的纯洁与光辉，从无形的管道吹进来的清新空气——所有这一切使它们的确变得酷似宫殿的通道。

它们当然要通向华丽的舞厅。如果我在通道深处听到低沉的乐曲声、女人的笑声、合拢扇子的噼啪声，以及灰姑娘跑出这豪华宫殿时水晶鞋发出的轻盈敲击声，也并没有什么好奇怪的。

我随手把几块大的光卤石和钾石岩晶体带到地面上，但是在我的旅馆房间里它们像糖一样溶化了，变成了彩色的浑浊的水。

我不愿意离开索利卡姆斯克。我很喜欢这座艰苦的城市。我希望能再遇到一次列宁格勒来的姑娘们，但是旅馆的守门人——一个手脚忙乱、口齿不清、以前做过修道士的人——告诉我说，她们继续北上去了切尔登。

我在旅馆的单间居室里又过了一夜，这里只留下姑娘们淡淡的"红色莫斯科"的香水味，而夜里新来的房客吵醒了我。他躺着脱靴子，靴子被床的铁架靠背钩住了，他呼哧呼哧地用力，晃动了整个房间。我真想把他扔出去。

清晨，我去了别列兹尼基。接下来的几天里，莫名其妙的忧伤一直萦绕在我心头。至今回忆起索利卡姆斯克仍会引起我淡淡的伤感。

在别列兹尼基时，每逢傍晚，我都去在工地上发行的一份小报的编辑部，我在那里写《卡拉-布加兹海湾》。

编辑部设在一处空闲的旧简易房中用木板隔开的小屋里。我用一个巨大的铁钩把自己反锁在房间里，感觉自己很安全。

早春时节，我返回了莫斯科，写完了《工人报》向我约的关于别列兹尼基建设工地的特写（这些特写后来以名为《卡马河上的巨人》的单行本小册子出版）之后，立刻去了利夫内的沙茨基，以便把《卡拉-布加兹海湾》写完。

利夫内一切依旧，因此让我倍感亲切。起初我住在小城的郊区，在一个木结构的大房子里租了一个房间。我走起路来，整幢房子摇摇晃晃地吱呀作响，并随时有坍塌的危险。此外，其中发生过各种悲惨事件（这些事件我写在了《金蔷薇》里）。因此，尼娜·德米特里耶夫娜又让我搬到她家里住。

又是一个柔和的春天，像一年前一样，它怯生生地绽放开如孩子略微黏湿的小嘴唇一般的花蕾，太阳光透过苹果花照射下来。在阳光的照耀下，苹果花仿佛是粉红色的，并且像圣饼一般嘎巴作响。不过这段时间也被我写进了《金蔷薇》，而与"卡拉-布加兹海湾"有关的一切——都被写进了同名的书里。

如果把我用来写《卡拉-布加兹海湾》的所有日子集中起来，总的来说是，我写得很快——三个月。儿童出版社出版了这本书。编辑是做过波罗的海海员的爱沙尼亚人——亨利希·艾希勒。所有所谓老一辈的"儿童作家"都清楚地记得他。他为大家做了很多好事。战争初期，他被流放到卡拉干达[1]附近，不久便死在那里。他之所以被流放到那里，是

---

[1] 哈萨克斯坦城市。

因为有人告密说,他好像不是爱沙尼亚人,而是德国人。

对《卡拉－布加兹海湾》第一个做出反应的是谢尔盖·特列季亚科夫[1]。他寄给我一本他自己的书,上面的赠词为"赠给俄罗斯文学的芒硝"。卡拉－布加兹海湾沉淀出的一种坚硬的盐被称为芒硝。

我吓了一跳。总而言之,我对性格刚毅、向来知道该做什么的特列季亚科夫怀有几分敬畏的心情,如同小男孩对待成年人一样。而这时针对《卡拉－布加兹海湾》一书又开始举办种种读者讨论会,我扔下一切,跑到梅晓拉地区,去了索洛特恰。我当时是个自由人——在别列兹尼基之行以后,我彻底离开了罗斯塔社。

在索洛特恰,我和弗拉叶尔曼一起住在奥卡河最僻静的古河道上躲避风头。

我们愉快地在那里,在百年爆竹柳的阴凉下生活,睡在干草上,喝着极其神奇的、空前美味的饮料——茶,茶是与落进锅里的灰烬和蚊子一起煮出来的,但我们却感到很幸福。

---

[1] 谢·米·特列季亚科夫(1892—1939),苏联作家。

火炮厂

摩尔曼斯克散发着一股冻土豆和淡淡的茴香药水的味道。这股甜丝丝的难闻气味，显然，来自巴伦支海。

这片阴森的大海暗浊而沉重的波浪泛出钢铁般的寒光。我不羡慕那些平生第一次看到的恰好是这种大海的人，其实他们应该看到的是黑海，哪怕是亚速海也好。

人们往往不仅对自己的同类持不公正的态度，对自然现象也是如此，特别是对大海。亚速海通常被认为就是一个水洼和沼泽。然而它很温暖并且盛产鱼类，它的西部是特有的鲜艳漂亮底色下的浅绿色海水。当大浪涌起透明的浪峰，然后跌落到满是贝壳的海滨浴场，而太阳光在其涌起之时透过海水照射下来的时候，亚速海水的这种浅绿的颜色特别引人注目。

巴伦支海却没有什么令人高兴之处。离海很近，脸会被刀割一样的寒气冻得麻木，尽管已经是五月，白夜也已经在这些纬度地带稳定下来。

但它们完全不像列宁格勒的白夜。那种虚幻和遐想从中消失了。只剩下刺眼的光——像雪水那般冰冷。摩尔曼斯克当时（一九三二年春天）是用原木建设的城市，到处堆满了碎木片，杂乱无章。

在用刚刚砍伐下来的原木建成的新旅馆里，房客会被粘到满是树脂的墙壁上。

我来摩尔曼斯克没有特别需要办的事。如果这座城市不是位于大地的边缘，在极地大洋上，而且如果铁路不是在它这里到达终点，那么我可能会说，我是顺路来到这里。

我去北方，去卡累利阿，是为了写奥涅加工厂的历史。工厂位于彼得罗扎沃茨克，比这座城市更远的地方我没有必要去了。不过难以抑制的好奇心逼着我先去了摩尔曼斯克。对此我并不后悔。

我看见了巴伦支海、长满了地衣的石岸，以及北极圈内的冻土带。冻土带好像第一次世界大战后巨大的军人公墓。不过冻土带上竖立着的不是十字架，而是折断了树冠的枯萎的白桦树干，确切些说，是略微有些腐烂的白桦树干。冻土带里的白桦树树梢干枯了便自己断落下来。

我看见一支巨大的捕鲸船队和伊曼德拉湖附近的北部山脉，看见与兔子有某些共同之处的鹿，因为无论是鹿还是兔子，都很难被认为是真正的、完全意义上的动物，因为它们在我看来是如此柔弱。

我看见一片灰色大洋的边缘，看见基利金岛和被连绵不断的海风吹平了的铅灰色的天空。

是的，需要莫大的勇气与耐力，才能接受命运的安排，心甘情愿让自己待在这些地区。我总是感到缺少温暖——那种普通的，源自最常见的俄式火炉的温暖，源自最简陋的舒适环境的温暖，这种舒适就表现为一杯浓咖啡、最新一期《星火》杂志，以及橡皮树静止不动的油亮的叶子。

最终，我在摩尔曼斯克住了几天后，逃到了南方，逃到了热情的、慷慨好客而从容不迫的彼得罗扎沃茨克。

写奥涅加工厂的历史，是"工厂史编辑部"建议的，该编辑部是按照高尔基的构想建立的。

由于我那几分孩子气的心情，我从一长串工厂的名单里选择了彼得罗扎沃茨克的奥涅加工厂，因为这座工厂是一家老厂，还是由彼得大帝建立起来的，起初是火炮厂和制锚厂，后来变成了铸铁厂（它为彼得堡堤岸和花园铸造了围栏），而在三十年代它制造筑路机——平地机，这在当时交通闭塞的俄国是必要而又高尚的事业。

在彼得罗扎沃茨克我着手研究该厂的历史。在它的车床、机器、建筑物和工厂本身的风气里存在着各个时代——从彼得大帝时期到二十世纪初——的惊人的混合成分。

我经常漫无目的地在市内游走，可以说，就这样"走出了"我的《查理·隆谢维里的命运》一书的构思。

关于这一点我详细地写在那本《金蔷薇》里了。我过于频繁地引用这本书，是因为它完全是自传性质的，也可以作为《生活的故事》的一部分。

如果将来我有很多空闲的时间，我大概会写一个有关许多书籍的故事。问题在于，每一本写出来的书都仿佛是一个人身上某种平息下来的模糊不清的东西的核心，是一颗星星，它在这种模糊不清的东西中产生，但却获得了自己的光辉。

也许，我们只把我们百分之一的生活写进了我们书中逼仄的框子里，而那百分之九十九留在了书外，而且只是徒劳无益地保留在我们的

火炮厂　199

记忆里，不过，尽管如此，这百分之九十九仍不失为重要而宝贵的储备。

有些事我们本来可以做，却因为懒惰，因为我们莫名其妙地善于将时间消耗在琐碎的日常需要和烦恼里而没能做完，这种无奈的惋惜通常来得为时已晚。

如果我们不把时间浪费在琐事上，可以写出多少有趣的作品啊！

有一次，作家亚历山大·斯捷潘诺维奇·格林决定计算一下，一个人在一生中花多少时间来询问"几点了"。据他计算，这一问题占去了我们几天的时间。若把所有我们说出来的无用且下意识的词语集中起来，结果是我们为此花掉了整整几年的时间。

力学中有一个概念叫"有效系数"。那么，人的这个"有效系数"是微不足道的。当我们得知机车向空气中毫无用处地排放掉几乎百分之八十的蒸汽时，我们会异常吃惊，但当我们自己"向空气排放"自己十分之九的生活，而且它不会给自己及周围人带来任何利益与喜悦时，我们却不为此感到惊恐。

不过这些顺便提及的想法也妨碍了我们的叙述，又使我们跑题了。我们回到正题上来。

我从彼得罗扎沃茨克去了基瓦奇瀑布，并看到了杰尔查文所说的这个"纷纷散落的钻石山"[1]。

我看到过很多湖水为银白色的湖泊，呼吸过弥漫着整个卡累利阿的剥下来的树皮味道的空气，听过外奥涅加湖地区老女艺人说唱的故事，这些歌曲诞生于北方的夜晚及北方女人的忧伤，我看到过我们用木头建

1　引自加·罗·杰尔查文的诗《瀑布》(1791—1794)。

造的佛罗伦萨——教堂和修道院,在奥涅加湖游过泳,而且至今仍无法摆脱一种感觉——仿佛奥涅加湖被施了魔法,仿佛留给我们的仍旧是那个远古时代的奥涅加湖,即它原初的宁静还未被任何一次火药爆炸打破过。

我一刻也没有失去一种感觉,仿佛这一地区是被笼罩在漫射的北极光里。

当时我在彼得罗扎沃茨克生活得并不好,还处于吃不饱的状态。我住在农民之家,在那儿的食堂里吃蒸熟不放盐的疙瘩菜,和磨碎成绿色粥状的煮熟的白鲑鱼。伙食令人作呕。

农民之家是由最优秀的伐木工建成的。他们将其四壁装饰上华美的雕刻花纹。每逢傍晚,散发着蜡味的大厅里会举办舞会。舞会上每一次都会出现高大健壮、淡褐色头发的卡累利阿姑娘,她们身穿紧身胸衣和轻盈飘摆的裙子。

有一次,我鼓起勇气和其中的一个女孩子跳了一曲,然后对她昏厥了似的苍白的面孔、半闭着的蓝眼睛和她结实的大腿的温暖久久难以忘怀。跳完了之后,她用纤细的双手调皮地紧紧捂了一下我的脸,然后跑开了。我再也没有找到她。

在戈利科夫卡工人村,以前的教堂里开办了边区博物馆。在那里,在巨大的粉红色与金色的云母碎片的旁边,展出了带网状花纹及各种式样的沉重而华丽的铸铁。

在这座我完全独自一人置身其中(除一位上了年纪的女看门人外,那里几乎从来没有人)的博物馆里,我明白了,在此之前,我像大多数的参观者一样,在博物馆里的参观方法是不明智的,而且令人疲倦。我试图尽可能仔细看遍一切。半小时后我的脑袋便开始隐隐作痛，我只好疲惫不堪、头脑空虚地离去。

我渴望在两三个小时之内把人们在整整几个世纪间创造出来并同样在很多很多年间积累下来的一切了解清楚，这一真诚的愿望本身就已经很荒唐。

在第一次参观了艾尔米塔什[1]，后来参观了卢浮宫及其他画廊与博物馆之后，我产生了一种想法：作为无数的人类杰作与自然珍品的总汇，现存的这种形式的博物馆带来的益处很少。它们使人们习惯于不求甚解，习惯于肤浅的知识，以及效果最差的走马观花式的印象。

我认为，开办一些小型博物馆是最理智的做法，开办只有几个画家甚至是一个画家的作品的博物馆（如巴黎的罗丹博物馆，莫斯科的戈卢布金娜[2]博物馆），或者是有关我们历史中某个时间不长的阶段的历史博物馆，或者还可以是国家某一知识领域的或地理方面的博物馆——北方或伏尔加河流域，高加索或远东地区。

例如，古代城市的废墟要比与这些废墟相关并且在橱窗里展出的收藏品给我们留下的印象鲜活生动得多。

古代柱廊大厅遗迹上空吹过的风，艾蒿亘古不变的苦涩，粗糙而温暖的苔藓，试图啄食古代工匠雕刻在暗淡的大理石圆柱上的小蜥蜴的愚蠢的鹈鸟，头顶上方流动着的寂寥的蔚蓝天空——这一切都会使人沉浸于雄伟的诗意世界，沉浸于突然间似乎令人感觉格外亲近的远古时代。我们在露天里比在镶有闪亮地板的大厅里会更容易理解过去。

---

1 位于俄罗斯圣彼得堡的文化、历史博物馆。
2 安·谢·戈卢布金娜（1864—1927），俄苏雕塑家。

这种感觉我经历过，在庞贝城，在塔夫里达的赫尔松涅斯，在保加利亚的尼科波利斯古城遗址和普罗旺斯的圣-雷米，在那里，青蛙会从脚下跳到盛着黑水的、深不见底的罗马蓄水池里。

在彼得罗扎沃茨克，我仓促地观看了博物馆之后，选择了云母作为研究对象，它透明、分层、具有弹性，因此是一种异彩纷呈的奇特的矿物。

起初，我花了很长时间仔细观察不同种类的云母——从黑色到金色的，从紫色和墨绿色的到烟白色的。在最精细的云母片的内部，可以看见很多根据某种人所不知的规律形成的细裂纹。

第二天，我去了某个机关——不记得它稀奇古怪的名称了，是一个管理云母开采的机关。那里的人感到很惊讶，不过，还是给了我所有的关于云母的"文献"，并慷慨地赠送给我几块五彩的云母。

它很容易劈裂成极为精细的、几乎只有在显微镜下才看得见的云母片。最令人奇怪的是，这些从一大块很重的纯黑色云母上剥离下来的薄片，却呈现出透明的白色。

我读完了我搞到的有关云母及其各种妙处，甚至是神秘属性的一切资料。这些知识本身令我兴奋，尽管起初我并不打算使用它。

确实，对云母的了解为卡累利阿的风貌平添了几分诗意的特征。我在所有的东西里都看到了云母像珠母那样的光泽——在奥涅加湖的湖水里，在花岗岩质"羊额石"里（云母在石头里闪着微不足道的光芒，仿佛它在几百万年之前被撒落于其中并被焊进了打不穿的石头里），在明亮的夜晚呈现出微白色的空气里，在卡累利阿的星空里——白色的云母闪闪发光并仿佛透过黑色的云母折射出来。甚至是那个春天偶尔落下的雨水都酷似无数的云母鳞片。

后来我决定写一本关于云母的书。当时很多人迷恋法国作家皮埃尔·安普[1]的书。他出版了一些关于各种生产方面的、写得生动形象的小说，例如关于法国南部香水制造业的小说。

我想写的就是那样一本关于云母的书。我本来可以写它的——年轻的时候一切皆有可能，如果不是我先前在北方已开始动笔写诞生于我想象中的两本小书：《查理·隆谢维里的命运》和《湖上前线》。

在写这两本书的时候，我经历了奇怪的状态。关于这一状态的内容晚些时候我在某一个文学研究者的文章中读到过。

只要我一坐到桌子前，拿起笔，写上几句关于卡累利阿的话，我立刻就闻得到松树与刺柏的味道。这味道不知从哪里钻进房间，尽管周围既没生长松树，也没生长刺柏，只有椴树的花朵在凋谢（这是在索洛特恰）。

有时我陷入沉思，久久呆坐在桌前，随后突然醒悟过来，仿佛要摆脱萦绕不散的梦境，并长时间努力地回忆，当我放下笔，双手托住脑袋，坐在那儿面对手稿发呆的那几分钟里，在我身上发生了什么变化。

我突然回忆起来了。我蹲下后，坐在林间的路旁，并尽力小心地展开新长出的蕨菜螺旋形的嫩芽。为什么呢？我想吸一口紧紧锁闭于其中的凉爽的气息。周围的一切都散发着松树的味道。从刺柏上揪下来的去年的干果也散发着松树的味道，还有黑琴鸡羽毛的味道——无法通行的密林和沼泽的味道。这样的事发生过若干次。

这种状态并非梦境。它仿佛是一种半梦半醒的幻觉。它会使我想到卡累利阿僻静的林间小道，或是微弱的拍水声，确切些说，是它一直泛

---

[1] 皮埃尔·安普（1876—1962），法国作家。

着银光的湖岸边浪涛的拍岸声。

我仿佛生活在产生这本书的材料内部。这些材料成了我的心病。我渴望呼吸一口湖边的空气,渴望用面颊触摸白桦树叶的凉爽,这种渴望是那么强烈,以致我抑制不住要一跃而起,奔向车站,返回北方的森林,哪怕在那里度过两三个小时也好,感受那种令人窒息的森林的魅力,倾听布谷鸟那如眼泪滴落一般清脆的叫声。

"就让奥洛涅茨最静谧的霞光,"我想,"渐渐地暗淡下去吧。一分钟这样的霞光都足以迷住人的一生。"

从彼得罗扎沃茨克我去了列宁格勒,又从那里沿着马林斯基水路[1]返回莫斯科。

我在列宁格勒的奥赫塔码头坐上了一艘"湖上"的小轮船。

几乎没有乘客。船舱里只坐着一个神色阴沉的人——一个采购松脂用来生产松节油和松香的人,他一直喝着小瓶的黑啤酒——麦酒。当时麦酒首次上市。

无论是采购员还是其他乘客——一群格外少言寡语的人——几乎都没有左顾右盼地四下看:想必他们常来此地。而涅瓦河两岸是连绵不断的森林地带。森林时而在这里,时而在那里闪出地方,让位给荒芜的公园,公园里有宏伟宫殿的遗迹,或是通往水边的花岗岩台阶。在台阶的裂缝处盛开着鲜红的柳叶菜。

过了施吕瑟尔堡,轮船进入拉多加湖。水天相接处是灰蒙蒙温暖的

---

[1] 连接伏尔加河流域与波罗的海的水路。

雾霭。在这稀薄的雾霭中,从水中缓缓露出了身披条纹的古老灯塔。

我那抛下一切去做灯塔看守人的愚蠢梦想重又向我袭来。我深信,我会耐得住寂寞,特别是如果我能在灯塔上创办一个精选书籍图书馆的话。我当然还将时不时地写作。

我凝视着灯塔,久久地目送着它。船长——也是一个沉默寡言之人,一个把非重读元音 O 仍读成 O 音的北方人,他给了我一个贴着黑皮的望远镜。我通过这个望远镜努力看清灯塔上发生的事情。不过,想必那里也没有什么特别的事情发生。

灯塔的阳台上悬挂着一口长了一层绿锈的大钟,有人正从阳台上向我们挥舞旗子发出信号,我们做出了回应。原来,他是请求我们转告途经的斯维里察码头,让他们给灯塔捎来柴油和更多的"大炮"牌香烟(当时有那种香烟——很粗而且确实像小炮的炮筒)。

让我喜欢的是,在高出水面线很多的灯塔窗口上,在一个箱子里盛开着广受人们喜爱的鲜花——天竺葵。显然,灯塔上生活着女人,不过我看不见她。

后来,黄昏时分,空中开始发生神秘的移动。云彩不见了。雾霭消散了,取而代之的是某种粉红色的分层的光环,这光环落到水面上并开始慢慢变红,直到整个西方半边天空及水面都洒满红彤彤的落日余晖。

我还从未见过那样缓慢的日落——它没有消逝,而是留驻空中直至清晨,仿佛为湖水投下了寂静。

在静谧的黄昏中轮船亮起了船舷上的灯,我觉得,这完全没有必要,因为足足五海里外的远处的一切都清晰可见。

我们很幸运。白天风平浪静,到了夜里也是如此,甚至更加平静。没有一丝波浪发出拍击声。只有船尾静静地发出咕嘟咕嘟的流水声。

船长告诉我说，我显然是一个幸运的人，因为在拉多加这样的天气十分罕见，有时还会刮起只有巴伦支海才会有的大风暴。

在狂风暴雨的斯维里，我们遭遇到多石滩的深水区，在那里我们靠双机牵引向上游驶进。我们的轮船全速逆流而行，筋疲力尽。一艘马力大的拖船在前面帮忙拖着它。

我记得沿着河岸延伸着长长的渔人小镇，记得那种船头弯曲成酷似天鹅脖子的小船（像古代诺夫哥罗德大船上的船头），记得在埠头上用棒槌敲打衣服的女人的歌声。

我常常站在甲板上凝视着北方，奥洛涅茨方向——那片林木茂密、不很富饶，是如古人所言"被人与上帝遗忘了的"土地。

我早就想去那里。不知为什么，我似乎一直感觉，正是在那里我会遇到某种很美好的事情。

那些一定会发生好事情的地方，随着我年龄的增长在我这里变得越来越多。最终，在我的想象中，我感觉自己成了很多地方的老住户。

在每一个州，每一地区，我都寻找最引人入胜的角落并仿佛"为自己保留着它"。这大部分是一些鲜为人知的地方：在北方，有奥洛涅茨和卡尔戈波尔、基里尔-白湖修道院和切尔登；在俄罗斯中部地区，有名为萨波诺克的可爱小城、扎顿斯克、纳罗夫恰特；在白俄罗斯地区，有博布鲁伊斯克；在西北地区，有格多夫、奥斯特罗夫，以及其他许多地方。如此多的地方，我一生根本无法走遍。

奥洛涅茨的大地现在就匍匐在我面前——羞怯而贫瘠。傍晚时分刮起的风，吹来了雨中微凉的空气，吹弯了岸边的柳丛并吹得柳丛阵阵作响。

在奥涅加湖畔沃兹涅谢尼耶市内，我们乘客换乘一艘非常小的名为"作家"号的所谓"河渠"轮船。它沿着环流排水渠绕过奥涅加湖驶进

火炮厂　207

维捷格拉市,然后继续沿着马林斯基水路前行。

轮船十分破旧,它上面不仅没有电灯,而且连煤油灯也没有。船舱的洋铁提灯里点着蜡烛。

夜色因这些蜡烛变得更加浓重,更加深不可测,而我们乘船经过的地方更加僻静,更加难以通行且人烟稀少。实际情况便是如此。

夜里我来到甲板上,久久地坐在声音嘶哑的烟囱旁的长椅上,向黑暗中张望。看不到轮廓的无边森林在黑暗中喧嚣,黑暗中伸手不见五指,我觉得,我仿佛奇迹般地从二十世纪穿越到伊凡·卡利塔[1]统治时期,而且如果下了船,我立刻就会消失、隐没,在几百公里之内遇不上一个人,听不到人声,只会听到狐狸叫加上狼嚎。

过了维捷格拉小城,人烟开始变得稀少。

这座圆木建成的小城长满了绿油油的嫩草,仿佛绿色的豪华地毯,小城是马林斯基水路的交通要道。水从覆盖着一层水藻的堤坝上流下来,随处充斥着这种节奏明快的喧闹的水声。斜坡上耸立着阴沉的白色教堂。花园里生长着古老的白桦。黄昏时分,戴着黑头巾的老太太们坐在大门旁的小长凳上,编织花边,等着奶牛回来。街道上能闻见刚挤出来的冒着热气的牛奶的香味。一座带有拱顶的石头老房子如今设有工人—农民检查机构,房子上面挂着深红色的邮筒,上面写着白色的字——"投诉蔑视无产阶级者专用信箱"。

我给这个奇怪的信箱拍了一张照片,不过,一年之后,当我再次路过维捷格拉时,它已经不见了。

---

[1] 伊凡·卡利塔(?—1340),伊凡一世,莫斯科公爵,弗拉基米尔大公。

正如我们的前辈——《田地》周刊和《绘画评论》[1]杂志时代和善而认真的作家——所喜欢描绘的那样,在一个宜人而凉爽的清晨,我在自己的船舱里醒来,朝窗外看了一眼。我似乎觉得,我还在睡梦中并且做着可笑的孩子般的梦:"作家"号沿着狭窄的运河缓慢行驶,如同行驶在水沟里,而在轮船的下方,拉着干草吱嘎作响的大车正从一面穿行到另一面。这里的运河确实建在水沟里,而且高出周围的地方。

几只毛茸茸的大狗照例跟在拉干草的大车后面小步慢跑,它们生气地冲着轮船大叫。马车夫尖叫着抽打着像狗一样毛茸茸的马。马快步小跑起来,超过了轮船,马车夫吹着口哨,哈哈大笑。

当轮船舵手厌倦了马车夫嘲讽式的口哨声和聒噪声时,他从自己镶着玻璃的操作室里探出头来大喊道:

"笨蛋们!穿树皮鞋的乡巴佬!你们将来哪怕有一个人窜到船上,我们就把你扔下去见鬼去——叫你下地跑二百俄里到别洛泽尔斯克!你们的嘴脸我全都牢牢记住了。"

马车夫立刻安静下来并开始落在轮船后面。他们甚至不看轮船,将目光移向别处。说不定将来真的要坐船呢,一定会被痛打一顿的。

此后不久,便到了著名的陡峭的"梯级船闸"。船闸彼此排列很近,"紧挨着"。为了走完这一多级跌水区,"作家"号几乎需要一整天的时间。

乘客们下了船来到岸上,步行到最高的船闸那里。大家在那里等轮船驶来,在邻近的小村子里喝茶消遣,有的人则在干草棚里好好睡上一觉。女人们沿路采摘野花,而一个动作最麻利的少妇竟跑去一个熟悉的

---

[1] 在俄国办刊于19世纪末至20世纪初。

村子，带回来一篮子鸡蛋。

　　后来我们乘船驶过白湖两岸。它真的是白色的，只不过略显一点淡蓝色，像脱脂牛奶。

　　有时微风吹皱了湖水，水面泛起乌银花纹图案，仿佛是古老的北方乌银工匠在湖面上卖弄技艺。当时把黑色的花纹雕刻到银子上的秘诀已经失传了。据说，只有在大乌斯秋格还有一个年迈的乌银工匠，不过他好像已经没有先前那样的学徒了。

　　而有的时候，风显然是从上往下吹皱水面，水面泛起星状的花纹。也是在从前，但离我们不很久远的时代，人们用这种花纹为善于持家的主妇们装饰包着白铁皮的大箱子。

　　即使是现在，小城市里还可以见得到这些箱子，它们带有叮当响的锁闩和人们喜闻乐见的会唱歌的锁头。这种锁头的特性之一是发出的声音会响很久——箱子已经打开了，锁头还在丁零丁零地响着，仿佛里面在撒落铃铛和金币。

　　箱子上这种人们管其叫作"冰花纹"的秘诀也被遗忘了。这一罕见的民间艺术的爱好者们只能徒然叹息。谁也没有尝试着去恢复它，而且审美风格也发生了变化。今天集体农庄年轻的女庄员未必会买那种箱子来装自己的衣服。

　　别洛泽尔斯克古老而又安静，长满了荨麻和滨藜，甚至连"作家"号的到来都没能给它的码头带来热闹。只有男孩们——因此该尊敬和赞美他们——在河岸上挤来挤去并试图闯到船上，想第一百次地看一看蒸汽机。不过他们没被允许上船。

　　似乎除好奇的、长着雀斑而且眼尖的小男孩外，这个小城的一切都沉浸于昏昏欲睡之中。

"作家"号驶进了舍克斯纳,驶进了早已被开发得适合居住的地方,这里有古老的大村镇,高高的河岸上耸立着石头教堂,有陡峭的棕黄色河岸,河岸上长满了松树,还有辽阔高远的苍穹,飘浮着仿佛翩翩起舞的各色卷云。

高空吹起了风,云彩飞奔起来并在游移的阳光里混为一体,因此天空像极了一床用布头拼成的大被子。

在波舍霍尼耶——这个小城从萨尔蒂科夫-谢德林[1]时代起就被认为是偏僻闭塞地区的典范——的码头上,来自某个遥远山村的学生参观团来到船上。年轻的女教师对孩子们说:

"好好看!要记住!这就是蒸汽机,它就像烈性子马似的。看,钢铁的杠杆在闪闪发光。明年春天,我们带你们坐船一直到切列波韦茨。你们必须习惯一切。"

孩子们兴奋得脸部发热,而一个扎着三根小辫的小女孩拖长了声音问道:

"而它或许,能盘旋着——飞到天上,如果使劲转动这台蒸汽机的轮子的话?"

"你去请求一下机械师,"松脂采购员建议她说——他仍在乘坐"作家"号,"他要是转动一下轮子,我们就能直接飞到乌云下面。"

"不!"小女孩想了一下说,"我不愿意。我是地上的人。"

夜里,在舍克斯纳河,我难以入睡。两岸响起夜莺短促的啼叫声。啼叫声淹没了轮船轮子激起的哗哗水声和夜间一切其他的声音。

---

[1] 米·叶·萨尔蒂科夫-谢德林(1826—1889),俄国讽刺作家。

夜莺婉转起伏的啁啾声不断地从岸边茂密的树丛中、从湿漉漉的赤杨灌木丛中传来。有时，轮船紧贴着岸边航行，碰到垂向水面的柔软的树枝。不过这一点儿也没有惊扰到夜莺。

那种奢华的乐音，那种疯狂而自由的、抑扬顿挫的清脆的啼啭声，那种鸟鸣的盛宴，我平生从未听到过。

我带着遗憾回到了莫斯科，我明白，在经历了如此丰富的旅行之后，我已经心野了，我已永远不可能长时间地稳坐于一处，或许直到生命结束。事情果然如此。

火热的科尔希达

波季的木结构旅馆不时轻轻晃动,发出轻微的噼啪响声,仿佛地震一般。

矮胖的旅馆经理瓦索——一位高龄的古里亚人——对那些闹哄哄地跑下楼梯的房客很是生气,而且此时他们还哼着当时流行的小调:

> 我们的小船在水上荡漾——
> 宝贝儿啊——我的心上人。

"为什么要像野猪一样跳呢,卡措?"老头儿喊道,"屋顶会落到脑袋上的,——没有屋顶和脑袋你该怎么办呢?"

脾气暴躁的瓦索经常和脾气同样暴躁的房客拌嘴。吵闹像爆炸一样突然产生。它们通常是以蹩脚的俄语开始,然后,激烈到高度白热化之后,转为格鲁吉亚语,而结束时则是那种汹涌的滔滔不绝的咔嚓声和吧唧声，以致在这一愤怒的断断续续的尖声叫喊中失去了任何一种语言的最后一点特征。

吵闹平息得如此突然，如同它开始时一样，就仿佛是砰的一声用力关上了一扇隔音门。

在瓦索的斜面写字台上方，有几张明信片用图钉钉在墙上，上面画着"老梯弗里斯的典型"。那是些虽不知名却无疑才华横溢的画家的画作。

瓦索坚决不肯出售这些明信片。他把它们挂在那里，就为了看着高兴。

顺便说一句，有一张明信片上画着一个胖胖的、剪着平头、气呼呼的老头儿，特别像瓦索。

瓦索穿着一条肥大的灰色灯笼裤，裤脚在脚踝上扎起来，裤子鼓胀起来像两个大气泡。灯笼裤外面套着一双系着粉色吊袜带的白袜子。镶有金属薄片饰件的高加索腰带松散地落在瓦索的肚子上，而在他与房客尖声吵闹时，腰带会跳起来，仿佛参与吵架似的。

我刚一到，瓦索便立刻带着一本又大又厚的房客登记簿走进我的房间。

他开始用漂亮的格鲁吉亚连体字把我的信息写进这本登记簿里，并气呼呼地问道：

"为什么来波季？"

我给他解释说，我来波季是为了写一本关于科尔希达沼泽地排水方面的书。瓦索不知为什么生起气来。

"你给我唠叨什么沼泽地的事儿，卡措！"他喊起来，"你快说，为什么来？"

我重复说，我是来研究科尔希达低地排水问题的。

"你以为我不知道你为什么来？"瓦索喊的声音更高了，"你以为我是一头老蠢驴,会相信你是来挖沼泽地的。说实话,看着我的眼睛,否则你就别想在旅馆里开房间!"

瓦索把我的证件摔了回来。开始了又一次新的吵闹。一位气喘吁吁的老太太——瓦索的妻子跑过来。她双手交叉在胸前,哀求地看了我一眼,责备地摇了摇头说:

"那么好的一个人,却欺骗老人。"

"他不想说真话!"瓦索喊道,"固执得像一头水牛。难道他是来抢劫银行的吗,所以他不能说?我不会出卖你的,卡措。你问一问波季的每一个人——他就会告诉你,我出卖过谁。你怎么胆敢把我想成这样!"

瓦索的女儿——一个年轻的女人也跑过来,她一头蓬松浓密的粗硬头发,仿佛戴着蓬乱的黑色铁丝假发。

"你无权这样想我!"瓦索喊道,"当诺纳什维利的马被偷走之后,难道我出卖了苏普萨的小伙子们吗!啊哈,你不知道谁出卖了他们!你不知道!你没有良心,不向一个老人坦白承认。"

我厌倦了这种莫名其妙的吵闹。

"我到底还是去警察局吧?"我说,并竭力高过瓦索的声音。当时他的女儿抓住我的双肩痛哭起来。

"不要!"她喊起来,"他自己是瞎说的。他根本不知道是谁偷了马,而且从来就不知道。他没有过错。如果您去警察局投诉,我就揪掉我的头发,投进里奥尼河。告诉他真话,您为什么来,他就放心了,也就完事了。"

瓦索坐到椅子上开始用黄色的手绢擦湿漉漉的脖子。他像哮喘病患者一样,呼吸带有哮鸣音。擦完脖子之后,他又开始用手绢使劲地擦苍白的、冒汗的胸脯。

火热的科尔希达

"您看到了您在做什么,"瓦索的女儿喊叫了一声,"您长的不是心,而是一块铁。"

"好吧,巴托诺,"瓦索的妻子用和解的语气说,"我自己来说您为什么来吧。我已经猜到了。"

"您猜到了什么?你们想让我怎么样?"我不知所措地问。

我晕头转向。

"您是摄影师!"她高兴得喊叫一声,"您将给市场上的人拍照。我只是没有看到您的图片。"

"什么图片?您说什么呢?"

"哈哈,他不知道!"女儿说道,"没有它您怎么工作呢?"

她快速地抓住腰带猛然一拉,理正腰部周围颜色花哨的裙子——在争吵激烈时,她的裙子自动歪到后面去了。

"您那张切掉脑袋的图片哪里去了?"她重复道,"在哪儿?还是您准备拍沙滩上各种各样裸体的女孩?说不定什么时候我就用这双手抠出她们的眼睛。"

这时候我才想到,她喊叫的是哪一张图片。我多次见到,在街头摄影师身边总有一幅颜料剥落的油画,上面画着一个佩带匕首的、特别引人注目的切尔克斯人。他双手叉腰骑在一匹枣红色的卡巴尔达马上。这个骑手的脑袋部分被完全去掉。每一个拍照的人都可以把自己的脑袋插到那个被去掉脑袋的空洞里,拍出的照片里的人就是一个剽悍的技艺高超的骑手形象。马的下面写着:"勇敢的哈兹-布拉特疾驰回家。"

"我不是摄影师!"我绝望地呻吟道。

"那么你到底是做什么的?"瓦索恶狠狠地低声说道,举起了登记簿并生气地把它往桌子上一摔,"你为什么来波季?做假钞吗?"

"我知道！"瓦索的女儿兴奋地喊起来，"我知道，父亲。他是来赶集的。"

吵闹立刻平息下来。大家都充满了惊奇的喜悦，期待地看着我。

"是的，如果你们愿意的话，我是来赶集的。"我承认道。我别无他法。

"天啊，你这样做多不好，"瓦索疲惫而又心平气和地说道，"你干吗像个聋哑人一样不作声？来赶集就来赶集呗。我们就这样记录下来。现在你想住多久就住多久。哎呀呀，你可把我吓坏了！"

瓦索及其妻子和女儿放心地走了，他们甚至感到很幸福。傍晚时分，有人——显然是瓦索的女儿——在我的桌子上放了一个罐头盒，里面插着几枝粗大的深红色玫瑰花。

就这样我认识了瓦索，接下来我们的交往完全是无忧无虑的。他虽然是一个我闻所未闻的好争吵的人，却是一个心地善良而且懒惰的老头儿。

在去科尔希达，去波季时，我照例把这座城市想象得比它实际上更有魅力。从远处看，我似乎觉得，城市凭借着枝条伸展的老胡桃树和含羞草，躲在了灼热的太阳的阴影里。这些老树如同衣着漂亮的女人，散发着恰似香水般的、花谢时释放的味道。

在波季我意识到，我们固有的一般概念对于正确理解生活来说是多么不可靠，多么危险。在波季没有任何类似我期待的东西，除了含羞草。不过，在波季有个很大的海港，货船花了很长时间在转弯，激起汹涌的瀑布般的碧绿色水流。货船来这里运载锰矿石。

海港码头大块的混凝土，被太阳晒得滚热之后，泛出一股干燥的螃蟹味。

窄小老旧的有轨电车从海港通往城里（城市位于里奥尼河那边）。

奇怪的是，电车在每一次缓慢的行程中竟没有因为太阳的暴晒而燃烧，乘客们也没有因此而中暑。

波季的（科尔希达的）沼泽地从城市开始一直延伸到遥远的古里亚山脉。接近中午时分，这些沼泽地似乎开始沸腾起来，笼罩上一层蒸汽，一直沸腾到傍晚。

里奥尼河——一条像干粪块一样黄色的河流，以不可思议的速度穿行于这些沼泽地之间。它一直试图溢出慢坡河岸，淹没城市。

里奥尼河弯弯曲曲，随处可见各种大小漩涡。落入河中必然有生命危险。甚至从桥上经过里奥尼河都有些可怕。

低矮的城市楼房一整天在太阳下炙晒着。沿街栽种的小棕榈树的扇形树叶也没有投下什么树荫。小花园里盛开着沉甸甸的经典的粉红色玫瑰，迅速发黄的花瓣一堆堆撒落到马路上。

楼房里整天飘出炒洋葱、牛肉的油烟味和酸葡萄酒的味道。

那些想对波季形成自己更清晰看法的读者，我本可以让他们参阅我的《科尔希达》一书，如果我自己没有意识到，在这本书中波季有些被美化了的话。我看到的这座城市就是这样，对此我没有任何办法。我无法改变自己看事物的能力。

有时，我感觉波季在某些方面类似于新喀里多尼亚[1]，是一个热带服苦役的地方，特别是当波光粼粼的大海与耀眼的天空使其沉浸于麻木茫然的状态之时。

波季白天让人感到压抑的寂静常被远方快速增强的雷雨轰鸣声打

---

[1] 美拉尼西亚岛群，1864年至1896年法属殖民地期间，是服苦役的地方，1871年巴黎公社的参与者被流放至此。

断。倾盆的雨幕伴随着青蛙疯狂的喧叫声从海面向城里袭来。

滂沱大雨像水幕一般昏天黑地猛烈倾泻。屋面上立刻升腾起蒸汽。

不过，滂沱大雨迅速移向山脉那边。我平生在任何地方都没有见过像波季街道上的那种在这些突如其来的骤雨过后留下的群青色透明的水洼。

我每天去科尔希达建筑工地。在那里，总工程师诺季亚——一个说话声音很大，做事却很审慎的人——给我介绍位于苏联亚热带的科尔希达地区建设方面的工作情况。

偶尔诺季亚在小酒馆里举行小型晚宴，并且在这些晚宴上喜欢说一些文绉绉的祝酒词。"我们这里，"他说，"来了一位'院士'，'金笔杆子'。他将写一首自己的天鹅之歌，来歌颂科尔希达。"

我无法反驳诺季亚——他人那么和善，顶撞他的话我可说不出口。况且我明白，"院士"、"金笔杆子"和"天鹅之歌"，这些只是祝酒词中必不可少的华丽辞藻而已。

在波季我认识了一位年轻的格鲁吉亚工程师。他成为《科尔希达》一书中的人物，在书中他叫加布尼亚。

如果我需要用三言两语描述一下他的话，那么我会说，他身上最清晰可见的特点是，他是怀疑论者和诗人。这两种仿佛彼此对立的特点在这个少言寡语而又性情温和的人身上完美地融合在一起。

他身上最吸引我的是他的一个罕见的特点，即把自己的博学多识与身边的日常生活，与自己在科尔希达的工作（加布尼亚领导修建恰拉季季的运河），与国家各种各样不同的人物、事件，与他的个人经历紧密地联系起来。

火热的科尔希达　219

无论他是否读过斯特拉波[1]或者蒙田[2]的作品，克拉斯诺夫[3]教授关于亚热带的文章或者巴拉塔什维利[4]的诗歌，瓦姆别里[5]的游记或者格里戈罗维奇[6]的《"列特维赞"号战舰》，勃洛克的作品或者华莱士[7]的《热带自然》——加布尼亚在所有的作品中都能找到符合自己当前兴趣的思想。

我认为，与他相遇是科尔希达之旅中一件最富有成效的事件。这有助于我了解科尔希达，了解它激烈而明显的新现象，这对想象这片土地不久的将来的景象是不可或缺的。

加布尼亚带我去了恰拉季季。在那里我第一次看见了热带丛林。不染上"丛林病"需要的仍然是意志力。这种病不是我发明出来的。它真的存在，尽管并非所有来到丛林的人都会轻易染上它。

丛林病——这是让那些难以通行的树丛（树丛中不知为什么很少有小鸟）突然吸引住您的迷醉状态，这里有使人昏迷、令人窒息的空气，一片沉静的褐色土地，枝干粗壮的藤蔓，蒙着薄薄一层暑气的静止的河流，野猪吃食时发出的吧嗒声，以及一种身边某处藏有未解之谜的感觉。甚至尽管这些秘密实际上并不存在，但您仍处于一种不断期待着某种新鲜的和从未体验过的事物出现的状态。

傍晚，有时我和加布尼亚从波季乘电车去海港，去防波堤上客人很少的一家餐厅，我们久久地坐在那里，倾听海浪击打在岸边大块混

---

[1] 斯特拉波（公元前64/63—公元23/24），古希腊地理学家和历史学家。
[2] 米歇尔·德·蒙田（1533—1592），法国人文主义哲学家。
[3] 安·尼·克拉斯诺夫（1862—1914），俄国植物学家和地理学家，创建了巴统植物园。
[4] 尼·梅·巴拉塔什维利（1817—1845），格鲁吉亚浪漫主义诗人。
[5] 阿·瓦姆别里（1832—1913），匈牙利东方学家，旅行家。
[6] 德·瓦·格里戈罗维奇（1822—1899/1900），俄国作家。
[7] 乔治·华莱士（1890—1975），加拿大诗人。

凝土上发出的喧嚣声，看着那些陌生的轮船从开阔的海面上闪着灯光驶近波季。

加布尼亚有一次像告诉我一个好友间的秘密似的说：

> 我和你，缪斯，快步奔走。
> 我们爱大路两旁的垂柳，
> 雨中清新的空气，而在天边
> 还有航行在大河上的白帆。
> 世界如此之大，如此严酷，
> 空虚的忧伤竟无容身之处……

"快步奔走的缪斯，"他重复说道，"好吗？"

"好。"我表示同意。

"步子最快的缪斯——这是普希金的缪斯。"

他停下来不再说话，俯身看着啤酒，我想，我面前坐着一位伟大的诗人。他没有写过一行诗，但是，不管怎样，他的生活与工作都充满了遥远却明显的诗意。

轮船驶进港口。轮船的灯光在海浪上摇曳。我一向认为，这些灯光之所以特别明亮，是因为它们穿越浩渺的海洋空间并仿佛汲取了大海的纯净。

"如果一个人感觉得到空间，"有一次加布尼亚说，"那么他就已经很幸福了。这是一种高尚而优雅的情感。不过，遗憾的是，它不是那么经常地光顾我们。太可惜了！"

我又开始了第十次的猜想：与我谈话的这个神情平静、有时忧伤而面带讥讽的人，他是谁呢？诗人？工程师？抑或只是习惯于思考一切的人？

科尔希达建筑工地主任诺季亚以其特有的清醒认为加布尼亚是个怪人。他解释，加布尼亚存在古怪行为（爱好哲学和诗歌），是因为加布尼亚是疟疾患者。疟疾这种病使人的现实感变得迟钝并引起人思想上的某种混乱。

不过诺季亚对加布尼亚作为工程师的勇敢、执着和机智评价很高。所有科尔希达建筑工地上的工作人员都会赞赏地说起加布尼亚那种酷似英雄主义的无畏精神。暴雨期间，当大水从周围山体涌向科尔希达，他英勇地保护了建筑工地，使其免遭损失。不过，关于这件事我不能再讲第二次了，因为已经在我的《科尔希达》一书中讲过。

有一次，我和诺季亚去巡视排水工程。我们乘坐老式的双套马车，即所谓"朗道"[1]，走遍了科尔希达。

在纳塔涅比小镇上，我们遭遇到倾盆大雨。我们被困了很久，在诺季亚朋友家狭窄的木板房里度过了三天，朋友是梅格列尔人，是一位老教师。从早到晚桌子上摆满了食物和葡萄酒——从扁豆、萨齐温、烤洛克鱼、肉串、"羊奶干酪"、库帕特肠，到几瓦罐的香辣味焖肉（佩季）；从"恰恰"白酒到苦涩的浅紫色葡萄酒"伊莎贝拉"。如果"伊莎贝拉"偶然滴落到手上，手指就会抽筋。想必是其中含有很多的酒石酸。

除了吃饭，诺季亚在所有闲暇时间里，要么睡觉，要么和主人狂热地玩双陆棋游戏。

---

[1] 朗道，带活动车棚的四座马车。

为了不让我感到无聊,他们给了我一本破烂不堪的1889年的《朝圣者》杂志。我躺在沙发床上,几乎读完了整本杂志。那里面有各种各样的文章,有关于巴勒斯坦的,关于伯利恒基督诞生地洞穴的,关于古老的阿索斯山和西奈半岛上修道院的,还有各种白胡子大牧首、都主教、教区长、卡多利柯斯牧首[1]等人献身信仰的生平传记。

雨停之后,我们去了巴统,诺季亚要去那里办一些重要的事情。我们在巴统过夜。诺季亚在自己的朋友那里留宿,我不好意思去挤别人,便在旅馆里过了一夜。这大概是我一生中度过的最可怕的一个夜晚。

大雨如注。旅馆里没有空房间了,而我又不愿意冒着瓢泼大雨去另一家旅馆。旅馆管理员表现得怪里怪气。他说,他的确有一间房,不过他不敢安排我住进去。

"为什么?"我问道。

"怎么说呢,"他犹豫不决地说,"这个房间不是特别不好,不过……有些不方便。这是旅馆里唯一的顶楼房间,就在屋顶阁楼下面。木楼梯很陡而且狭窄,只通向这一间房。"

看门人听了我们的谈话,用格鲁吉亚语快速、不满地对管理员说了什么。后者吧嗒几下嘴唇,摇了摇头并重复说道,或许我不应该在这间房里过夜。

"为什么?"我又问了一遍。

"不知道……我说不出来,卡措。我们不喜欢让房客住进这间房里。"

看门人又和管理员说了什么并惊恐地看了我一眼。

---

[1] 卡多利柯斯牧首,亚美尼亚教会、格鲁吉亚正教会首脑的称谓。

"怎么回事啊?"我问,"就是说,能解释这件事的原因吗?"

"不久前有个人在那里发了疯。"

"但不是每个住在那里的人都会发疯的。"

"不过,还是……"管理员含糊地答道。

这时看门人插话了。

"他是夜里疯的,"他低声说道,"我记得很清楚,他第一次大喊时,是三点四十分。"

"这件事特别可怕,"管理员补充说,"特别是当他第二次大喊时。他冲出房间,从楼梯上摔下来,跌倒了,摔断了自己的胳膊。至于究竟发生了什么事,他已经什么也说不出来了。"

"我不认为这件事有什么特别的,"我说,"我不能在街道上过夜吧。带我看看这个房间。"

管理员犹豫了一下,拿起钥匙,我们上了三楼。从三楼的楼梯拐角平台通往上面还有一个石头楼梯的通道。这通道的终点是一个僻静的小平台。

一个类似竖梯的狭窄的木楼梯从小平台通往顶楼房间。楼梯直接顶在涂成赭黄颜色的门上。

管理员花了很长时间也打不开这扇门——钥匙卡在锁里,无法转动。

他终于打开了门,不过在进门之前,他没有跨进门槛,而是在门附近摸索到开关,然后打开了灯。

我看见房间里有一张铁床和一把椅子。房间里别无他物。不过我没有发现这个房间里有什么令人不快之处。我只是感觉,天花板上唯一的一盏特别亮的电灯过分突出地照射着简陋的陈设——我甚至看见枕头上有脑袋枕过后压出的凹痕。显然不久前有人在这里留宿过。

"我没看出有什么特别的。"我重复说道,尽管我已经感觉很不舒服,当我意识到这个房间被黑乎乎的楼梯与整个旅馆严实地隔开时。

"您自己看吧,"管理员回答道,"这里没有呼叫值班服务员的铃。钥匙不好用。因此最好别锁门。"

他走了,到这时我才发现,房间里没有窗户。它像停尸房一样——只有光秃秃的黄色墙面和白色的天花板。

我躺下来,不过门没有上锁。我也没有熄灯。天花板上的电灯妨碍入睡,但我不愿意起来关它。

雨点一阵阵噼啪打在屋顶上。偶尔能听到风在阁楼打碎的天窗上轻轻呼啸。

最终我还是睡着了。我是突然醒来的。我闭着眼睛躺在那里几秒钟,然后起身去拿放在床附近桌子上的手表。手表显示是三点四十分。

不知为什么这个时间吓了我一跳。这个时间关联着某种令人不快或者危险的事情。不过是什么呢?突然我想起看门人讲过的事情,在这个房间里那个发了疯的人大喊起来正好是这个时间。

我转过身平躺下来,突然我全身从头到脚打了个寒战——在天花板上,在我的头部上方,敞开了一个四方的孔洞。在孔洞的外面现出阁楼的黑暗。

这个孔洞我之前没有发现。是有人在我熟睡时打开的。而且是从内部,从阁楼里打开的。

我目不转睛地盯着孔洞对自己说:"安静,主要是别紧张。"

我快速地扫视了一遍房间——里面没有任何人,而且也不可能有。其中不仅人无藏身之处,甚至连蜈蚣也无法藏身。不过还是要……我小心翼翼地看了一眼床下。那里也是空空如也。

火热的科尔希达 225

于是我把目光转向黑洞,并发现那里有什么东西在动。

我的心怦怦地跳起来,太阳穴也嗵嗵地跳起来。

我看见,在洞孔的边缘慢慢地出现了胖乎乎的手指——开始是右手,然后是左手。手指紧紧地抓住洞孔的边缘。在那里,在阁楼上,有人。

在灯光下,我看清这个人手指上稀疏的黑色毛发和突出的蓝色指甲。

手指握紧了。显然,有人用手指支撑着自己。在洞口处出现了一个人的脑袋。

直至今日我都记得他的脸。我一生中再也没有见过比这张脸更麻木、更可怕的东西了,想必永远也不会看到。

我似乎觉得这张皮肤松弛的面孔十分巨大。它被刮得干干净净。这个人缓慢而安静地蠕动着嘴唇,似乎在咀嚼着什么。

我们的眼神相遇了,我意识到,这就是死神。这个人冷笑着看着我。他没有哆嗦一下,没有做出任何想躲避起来的动作。他掂量着,像看着供品一样在仔细地看着我,然后突然快速地用双手撑起身来,并把一只光脚放进打开的孔洞中。

他准备跳下来,不过他不小心一动,尖细的撬棍掉到了地板上,跳跃了一下,滚向床边。

我不记得我是怎么来到门外的。想必是我以光的速度冲了出来。在楼梯的平台上我大叫起来并马上失去了知觉。大概我喊得特别可怕,就像那个在此房间里发了疯的人一样。

我在三层走廊里苏醒过来。我周围站着管理员、看门人和几个没穿好衣服的惊恐万状的房客。一个穿着短裤的陌生的东方人在给我诊脉。有一股氯化铵的味道。

很快警察出现了。我还有力气回答他们的提问,甚至和警察一起走进房间。

孔洞是开着的。从它上面垂下来一根晾衣绳。地板上的撬棍已经不见了。

警察绕道上到阁楼,但是没发现任何人。带来了刑侦犬。它领着警察穿过打碎的天窗来到屋顶,并从屋顶走到隔壁楼房的屋顶,再没有继续走下去。

"您很幸运,"一名高级警察对我说,"您醒了。您是在和一个狡猾无耻的罪犯打交道。他至少也是个疯子。"

警察查封了房间后离开了。接下来这一夜我一直坐在旅馆的大堂里,大堂的墙壁用油画颜料画着一些破败的圆柱,圆柱上爬满了蔷薇。

最紧张的是诺季亚。我们立刻坐火车回了波季。诺季亚把自己的轻便马车直接从巴统打发回去了。

不过大家都知道,祸不单行。

在我们改为坐火车回波季的萨姆特列季阿车站上,我感染上了斑疹伤寒。

当时乌克兰开始闹饥荒,成千上万的逃亡难民从乌克兰逃向南方,逃往外高加索食物充足而温暖的地区。他们挤满了祖格迪迪与萨姆特列季阿之间的所有车站。这些难民开始患上斑疹伤寒。不知为什么人们称它为"蓝色伤寒",而且据说死亡率很高。

当然,我并不知道我在萨姆特列季阿已经染上了它。几天之后我离开波季回莫斯科。我是乘坐老相识"彼斯捷尔"号抵达敖德萨的,到了雅尔塔我才意识到,我生病了。在那里我突然遭遇到像被子弹射中一样剧烈的头痛。仿佛透过浓重的雾气,我依稀记得船在塔尔汉库特角附近的颠簸,记得漫天尘土和我似乎感觉完全空无人烟的敖德萨,还有硬如

火热的科尔希达 **227**

钢铁般的车厢上铺。

后来我什么也记不得了。我是夜里在鲍特金医院里苏醒过来的。我躺在病床上,病床上方的窗户打开着。从窗外的花园里飘进来浓郁的椴树花香。

只是在医院里,从基列耶夫老教授那里,我才得知,斑疹伤寒是一种血液病。

的确,我似乎觉得,我的血液变得像木工胶一样黏稠,而且稠得越来越厉害,特别是在夜间。那时血液仿佛根本不能从狭窄的血管里挤过去。

每天夜里,我都试图逃避濒死的血液在我体内的这一缓慢的苟延残喘的运动。不过,只有一次我得以溜下病床,爬到走廊里大大敞开的窗户前。护士不在附近。

我跪在窗前,把一只瘦得出奇的、透明的手伸出窗外,并凭借着仿佛薄如鸟皮一样的这只手的皮肤感觉到了夜的壮丽——感觉到吹过椴树时发出有节奏的呼啸声的凉爽的风,这风显然是从星空飘下来的,我还感觉到令我震颤的小草上微微的潮气。想必傍晚时分花园里落了一阵雨。

我明白,这种气息预示着我的新生、康复、彻底的容光焕发,就仿佛空气浴完全洗净了我发炎的身体。

我不由自主地强烈而又嘶哑地呼吸着,直到失去知觉。

在医院里,他们给我输了几公升的生理盐水,但我几乎感觉不到疼痛。萎靡不振、软弱无力、慢腾腾地度过时间,这种感觉令我厌倦,使我苦恼。

关于时间的概念本身也发生了剧烈变化——一天被拉得过长,可以容得下几天。思想也慢慢移动,像皮筋一样被拉长了,而且经常重复。甚至不是思想,其实只是一个想法,或者更确切些说,是关于我跪在开着的窗户前的那天夜里的回忆。

我直挺挺地躺在病床上并不断地仔细察看自己的手指,仿佛我可以根据它们得知我的命运,我回想起那天夜里,椴树枝上繁星如火,那一夜在我的意识中明显地分成几个组成部分。

那一夜的每一部分都出奇美好,而且给人带来安慰——落到窗台上的椴树的不起眼的聚伞状小花,睡梦中听到的小鸟的啁啾叫声和遥远单调的喧闹声,那喧闹声仿佛是莫斯科周边古老的松林在和缓的清风中摇曳发出的呼呼的响声。

不知为什么我希望这些松林能有三百年的历史,而且希望松树的树干中分泌出的松脂都有油光闪闪的红颜色。

那天夜里,不知从哪里飘来了水的清新气息。或许附近有池塘,或许风带来了落在地平线那边的雨水的味道。

无论如何,这一切比最强效的药物更有益健康。我请求基列耶夫教授把我送到梅晓拉(一年前我第一次得知这一地区)去,转到黑海岸边的一个小护林房里。他笑着答应了。

我向基列耶夫保证,我将安静地躺在那里,喝纯净的水,而且只吃越橘。因此,再加上寂静,我一定会康复的。

正是在这里,在医院里,森林的寂静让我似乎感觉十分幸福,因为这里的屋顶上空从霍登机场[1]起飞的飞机不断发出隆隆的响声。

---

[1] 后来的土希诺机场。

与我病床相邻的是女作家利季娅·谢芙琳娜[1]的丈夫。我当时仿佛是在睡梦中见到了这位不很漂亮、小巧且魅力十足、善良的女人。她的样子至今仍留在我的记忆里,尽管她早已死去。

因为经常打樟脑注射液,我的大腿形成了深度蜂窝组织炎。

医生直接在病房的病床上给我做了蜂窝组织炎手术。我当时极度虚弱,医生不敢把我移到手术室里。

手术后,我腿上缠着绷带,几乎人事不省地躺在那里。正是炎热的夏日傍晚,通往走廊的门打开着。明亮的电灯在天花板上照下来,令人难以忍受,刺痛我的双眼。相邻的床上谢芙琳娜的丈夫躺在那里痛苦地呻吟着。

后来我觉察出身边有累得气喘吁吁的呼吸声便睁开了眼睛。

在我病床附近的地板上,坐着一个红军战士,他身穿一件皱巴巴脏兮兮的军大衣,头戴一顶褪了色的人造粗毛羊羔皮高帽,帽子上斜着缝上去一块被太阳晒掉色的红布头。这顶帽子他戴着有些大,帽子滑下来遮住了他土黄色透明的耳朵。

红军战士有一张尖瘦的脸,面带病容的脸上颧骨处的蜡黄色皮肤紧绷着。皮肤在灯光下闪着光,仿佛涂了一层油。

红军战士两颊深深的皱纹里积下了像一条条墨线似的黑色尘迹。

"朋友,你是怎么来到这里的?"我问他,不过他没有回答我,甚至没有抬起眼睛看我。他疼得皱起眉头,解开自己腿上血渍干了之后变硬的脏绷带。他扯下绷带时,绷带发出像牛皮纸一样干裂的响声。

---

[1] 利·尼·谢芙琳娜(1889—1954),俄苏女作家。

我搞明白了，这个红军战士是趁着护士暂时离开，从花园溜进病房的（我住的这座医院小楼位于花园里，夏天时，从花园通向走廊的门从来不关）。

红军战士腿上没及时治疗的伤口发出难闻的气味。

"你干吗要取下绷带，同胞？"我又问道，红军战士还是没有回答，只是用眼睛示意我看他身旁的墙。

这时我看到墙上有一张四方纸，上面印着黑体字：

"所有身上包扎绷带的战士和公民，应立刻解下该绷带，在特殊委员会检查之前无论如何不能重新包扎它们，否则有交付革命法庭论处的危险。"

我明白了，红军战士是在服从这条命令，才解开腿上的绷带。当时我就在床上坐起来，也开始从自己的大腿上解绷带。

大腿上的切口特别深，而且是在两个小时前才切开的。从伤口里涌出了鲜血。不过我失去知觉之前，我还是伸手够到了小桌子并按铃呼叫了护士。

当我醒来后，我的床边挤满了惊恐的护士，还有一位年轻的外科医生，他咬着嘴唇，生气地给我重新包扎。满床都是鲜血。

红军战士消失了。我给外科医生讲了他的事。医生只是冷笑着说："幻觉状态下的常见病例，"他对护士们说，"他一刻也不能离开人。"

夏天快结束时，我康复了。从医院里把我接回家，接回到大德米特罗夫卡街的是罗斯金。显然，我已经轻得没有重量了，因为甚至连一篮面包那样轻的东西都提不动的罗斯金，竟然轻松地把我抱到三楼，而且几乎都没有气喘。

韦尔图申卡小河

我们俄罗斯的河流、湖泊、村庄和城市有这么多美妙的名字,简直让人赞叹不已。

其中最准确、最富于诗意的一个名称当数一条很小的河流——韦尔图申卡,它蜿蜒流经离莫斯科州鲁扎市不远的丛林密布的谷底。

韦尔图申卡河像一个坐不住的人,旋转着,随处乱钻,潺潺淙淙,低声絮语,在每一块石头和倒下的白桦树干旁边都发出清脆的响声,泛起泡沫,浅吟低唱,自说自话,咕咕哝哝,裹挟着异常清澈的河水流过砾石河底。

这河水发源于古老的、如同其年龄一样晦暗不明的土层,源于某些侏罗纪黏土和泥盆纪砂岩。

有一个与韦尔图申卡河相关的情况,虽然令人不得其解,却很迷人。

众所周知,我们莫斯科州没有任何山脉,有一个丘陵起伏的平原,然而韦尔图申卡河却不知从哪里冲刷出大块光滑的花岗岩石,并将之带来这里。

这当然是冰川时代留下的漂砾。夏天，这些漂砾躺在波浪翻滚的温暖的水中，仿佛由于瞌睡而眯缝起眼睛。它们长满了苔藓。绕着漂砾流过的河水哼着自己简单的小曲。难以置信，这些温厚的漂砾见证过我们地球的灾难，冰川将它们残暴地拖行穿过整片俄罗斯大地，从斯堪的纳维亚山脉开始，一直抛到这里，抛到舒适的韦尔图申卡河，让它们和平地度过了看不到尽头的、安静的石器时代。

不过我们还是暂时回到地名的问题上来。

地名，这是一个国度民间诗意的外化。地名说明着一个民族的性格、历史、爱好，以及日常生活的特点。

地名必须得到尊重。如果在极端必要的情况下改变地名，首先应该合乎专业要求地来做这件事，需要了解这个国家，并且热爱它。否则，地名就会变成语言的垃圾，粗俗品味的温床，并暴露出其发明者的无知。

不能给城市起一个特别不和谐的地名，不然住在其中的人会感觉很不愉快。例子可以举出很多。

本来把乌克兰作家伊万·弗兰科[1]居住过的城市叫作"弗兰科"就很好而且简洁，蠢笨的改名者却不这样做，他给城市想出了一个很拗口的地名——"伊万诺-弗兰科夫斯克"。

克里米亚的科克捷别利（顺便说一句，一个漂亮、轻巧的名字）被改名为普拉涅尔斯科耶。先要说的是，改名者这样做是缺乏应有的知识。如果从"普拉涅尔"一词的词根出发，那么它应该叫"普拉涅尔诺耶"，而不是"普拉涅尔斯科耶"。"普拉涅尔斯科耶"这词尾的"科耶"

---

[1] 伊·雅·弗兰科（1856—1916），乌克兰作家、政论家、社会活动家。

是什么呢？它这个没有名词作为依托的形容词"普拉涅尔斯科耶"到底与什么相关呢？显然，这甚至对那些如此官僚地称呼这个地方的人来说都是一个秘密，而这个地方却因自己严峻的美而奇妙无比。

相对来说不久前，在克里米亚，不做任何宣扬，不与居民协商，就是说，没有征得居民的同意，除沿海地区之外的几乎所有城市、乡村和居民点就被匆忙间更换了地名。

在新的地名中连一点克里米亚的自然与历史的迹象都没有保留。最新的克里米亚地图满是形形色色粗笨的、毫无个性的，甚至简直就是荒唐的地名。

例如，在克里米亚，在一个现在没有而且从来就没有过草莓的地方，出现了一个地名——"草莓的"。"草莓的"什么？肥皂？或是冰激凌？或是果酱？

与我们许多在克里米亚生活过的伟大人物相关的地名消失了。

这一更名现象证明了原初文化的缺失，对民族、对国家的漠视，当然也证明了构思力与想象力的缺乏。

当我们无数次蹩脚地说起各种各样的伊万诺-弗兰科夫斯克时，韦尔图申卡则一如既往欢快地叮咚作响，潺潺流淌，而且像沃洛格达这样的地名也将被自由地广泛通用，并按照北方发音的特点把非重音的"O"也发成"O"音。

在韦尔图申卡河峡谷之上有一座用原木盖的房子，曾经归作家武尔·拉夫罗夫[1]所有。

---

[1] 武·米·拉夫罗夫（1852—1912），俄国作家、出版商、翻译。

革命后那里成了为作家设立的一个休养所,名字叫"马列耶夫卡"。

我前往马列耶夫卡住三个月,为的是病好后休养一下,让自己强壮起来。

我是第一次来到休养所,和几位作家紧挨着住在一起。刚开始,我有些不好意思,怕见生人,不过还是感到很幸福,因为尽管这样的生活是暂时的,但在多年杂乱无章的日常生活之后,有了一间温暖而明亮的房间、一张好的写字台、小壁炉、地毯,以及一把可以坐在上面读书和打盹的圈椅。

食堂里和我在一张餐桌上就餐的是乐观愉快、性格开朗的作家谢尔盖·布丹采夫[1]。他教我在一张小台球桌上打台球,台球桌上罩着的不是常规的绿色,而是灰色的士兵呢。呢子桌面在很多地方打着补丁。台球桌放在露天的凉台上。一夜之间,它便落满了九月的落叶与干枯的针叶。在开始一贯的"自由派"玩法之前,爱球如命的台球运动员——剧作家什克瓦尔金[2]、布丹采夫和埃米尔·明德林[3]——仔细地扫掉台球桌上秋天的垃圾。

如果桌子上还剩下哪怕一根针叶,骑士般彬彬有礼而又认真的什克瓦尔金都会断然拒绝打球。根据他的说法,甚至最微不足道的某个松鸦或山雀翅膀上的羽毛都可能使球偏离正确方向,并破坏最完美的一击。

无论什么样的天气,他们都在这多灾多难的台球桌上打球——无论晴天还是下雨。雨天,台球桌上的呢子湿透了,浸泡了如此多的水,以

---

[1] 谢·费·布丹采夫(1896—1940),俄苏作家。
[2] 瓦·瓦·什克瓦尔金(1894—1967),俄苏剧作家。
[3] 埃·利·明德林(1900—1980),俄苏作家。

致台球彼此对撞时,从呢子里撞出喷泉一样的水柱。台球手们被激起的水柱溅得湿淋淋的,不过这没有使他们感到不快——狂热战胜了一切。

台球桌周围一整天都坐着"球迷"(当时第一次出现这个新词),以及爱说话和爱"闲聊"的人们。

在爱说话的人当中第一能说的是谢尔盖·布丹采夫——一个敦实的、爱开玩笑的人,一双眼睛在水晶般洁净的镜片下闪着愉快的、善意的光。

他从早到晚讲故事讲个不停。他的记忆力和联想力都超乎常人。任何一个词都立刻会引起一段故事、一个笑话、一场回忆。

布丹采夫是一个口若悬河、容易相处的人。我似乎觉得,他天才的所有力量都用到了故事上。他几乎没有给写作留下多少时间。或许,正因如此,布丹采夫很少写作和发表作品。

作为一个作家,布丹采夫有一个最危险的特点是——他心甘情愿且详细地讲述他还没有写完的作品的构思,而且讲得十分精彩。他逐渐积累下来整整一组那样加工润色到最后一个连字符的口头章节与短篇小说。一时间似乎觉得,只要记录下这些章节——书就写成了。

实际上却是,一切都并非如此:复制到书面上的口头故事变得很苍白,失去了活力。或许是因为布丹采夫觉得讲故事比写故事更有意思。布丹采夫运用自如的那些丰富的语调和那种表情根本无法被复制到书面上。

从那时起,我明白了很多作家在讲述他们准备写的作品时的克制态度,明白了,闲谈中泄露还没有创作出的作品的做法可能是十分危险的。

布丹采夫是楚科奇集中营[1]中最早死亡的人之一。

---

[1] 位于西伯利亚的楚科奇半岛是斯大林大清洗时期主要的"古拉格"("劳改营管理总局")集中地。

亚历山大·别克[1]在马列耶夫卡写过一本关于著名的炼铁工人库拉科的书。

所有的人对别克想出来的写书方法都惊讶不已。首先，别克在找到自己的主题，即他所说的"金矿脉"之后，便确定主人公，以及对该书主人公来说必不可少的一系列次要人物。这些人物始终都是现实中的人物。

然后别克朴实但却无情地要求这些人讲述他们的生活及工作的所有状况，直至最详尽的细节。同时，为了不使这些人发窘，别克尽量少地做记录。

这样一来，别克积累下很多笔记和速记记录。在将这些材料解读清楚之后，别克才开始动手写作。他把速记记录下的内容变成了艺术性的散文语言，并大胆地编著出一本书。他达到了完全的可信性，在把获取的材料用各种不同的搭配方法进行加工、拆解和组合的同时，赋予人物自己个人的色彩及评价，他创作出的并非纪实性的散文作品，而是真正的艺术性散文。

关于库拉科的这本书以及别克的其他几部书，包括他享誉全世界的《沃洛科拉姆斯克大道》都是这样写成的。

别克建议在作协建立一个巨大的贮藏库，保存以速记方式记录下来的与我国所有优秀人物的谈话内容。这样一来，别克确信，我们会创建一部宏大的苏联历史汇编，而且与此同时把一份极为丰富的资料交到作家手里。每一个人都可以使用任何速记记录进行写作。

据我所知，别克甚至开始编写一份人数众多的名单，上面是应当采

---

[1] 亚·阿·别克（1903—1972），苏联作家。

访的我国当代杰出人物。这个名单包括科学家、工程师、发明家、工人、演员、作家、农艺师、育种家、歌唱家、旅行家、革命家、建筑师、混凝土专家、诗人、园艺师、芭蕾舞演员、医生、铁路工程师、海员、统帅、猎人——从事各个职业和各种各样往往有着意料不到的生活经验的人。

遗憾的是,这一宏伟计划未能实现。

我没遇到过哪位作家有像别克那样坚持不懈的写作精神。有时,他的工作在我看来是靠一个人所无法完成的。

别克——是个很顽皮的人,他往往喜欢扮演成一个头脑简单之人——非同寻常地温和,但很直爽。

无论别克出现在哪里,他都会立刻把周围的人拉进自己的兴趣轨道,以自己压抑不住却也十分温和的充沛精力,以自己强烈的好奇心感染他们。通常在这种情况下,有他在场的生活要比他来之前的生活有趣得多。难怪提到别克时,人们总会开玩笑地说:"我们的上帝就是别克。"

每一个与别克十分熟悉的人都感觉没有他不行——没有他大胆的计划,没有他喧闹的争吵、玩笑和生活的本领,根本行不通。

我彻底认清别克的充沛精力及其对文学的忠贞态度已经相当晚了,那时我有幸与埃马努伊尔·卡扎凯维奇、别克,以及另外几位作家一起参加出版文集的活动。

文集的主持人是卡扎凯维奇——一个光彩夺目的人,如果可以这样说的话。他才华横溢,具有惊人的智慧、普通士兵的勇敢、极致的幽默,对待朋友有着诗意般的柔情,对待好人有着依恋之情。

但对待各类恶棍、两面派、谄媚者和鄙俗之人,他却毫不留情。他对他们态度苛刻,甚至是恶劣。

我是在卡扎凯维奇去世之前的几天里来找他的。他死于癌症,而且他很清楚这一点。什么也无法向他隐瞒生命终点的快速临近。一切都说明了这一点——无论是可怕的疼痛，还是他那明显的、完全像柠檬一样的肤色，甚至通往他卧室的门都是打开的，以便人来时无须按门铃和敲门。最轻微的声响都会引起卡扎凯维奇身体剧烈的疼痛。

他根据许多迹象知道，他快要死了。首先根据亲朋好友的眼神，根据他们不自然的做作的平静，根据那些无形的强忍住的泪水，而这泪水比最绝望的号啕痛哭还要沉重得多。

他仍然给我读了一首他刚刚想出来的、针对一位评论家的尖酸刻薄的讽刺短诗，而当我们分手时，他用他那蜡黄的、无力的手（透过手上已经枯死的皮肤隐约可见纤细的骨头）紧握着我的手，我那晒黑了的健壮的手，他看了一眼我俩的两只手，微笑着说：

"各民族友谊！欧洲人和黄种人的。适用于宣传画。"

我们互相拥抱。我整个身心一直在呼唤奇迹，呼唤必须出现奇迹，呼唤他能萌发出生命，哪怕给他注入我的呼吸，好挽回这个富有魅力、大家都需要的、人民需要的存在。

几天之后，在拉夫鲁申小巷里，在他敞开着的住宅的门边，靠墙放着一个棺材盖。

什么都可以忍受，唯有降临于卡扎凯维奇身上的死亡的孤独令人难以忍受。

那一年的秋天来得很急，早早地开始了霜冻。周围的森林两三夜之间已经彻底发黄。

所有的季节里，我最喜欢的、最让我觉得惋惜的是秋天。或许是因为自然只拨给它很少的时间来度过它那落叶萧萧、草木凋零的时岁。

在马列耶夫卡我开始像一个自然科学家一样从容不迫且聚精会神地

研究起秋天来。医生不准我在两个月之内工作。但我还是开始了写作。我欺骗自己说,我不是写小说,而是写干巴巴的关于秋天的活动的汇报。我无须任何杜撰,只需记录下自己的观察。

当时在马列耶夫卡住着一位对什么都不满意的老诗人。他的脸上从来都是一副酸溜溜的神情。他尖酸刻薄又有失公允。根据他的说法,所有当代诗人写的都是"臭诗"。

这位老诗人有自己的语言——某种扭曲的、令人不快的语言。他最经常使用他自己杜撰出来的一个名词"佩斯"。它表示什么意思,听者只能去猜。例如,他不说"不管什么情况",而是说"不管什么佩斯"。谈到漂亮的女人,他眼里闪着挖苦的火花,说:"这个女人是个彻头彻尾的佩斯。"

在马列耶夫卡一直住到深秋的只有三个人:这位老诗人,一位笨重魁梧的经济学家(诗人不知为什么称他为"小鸟")和我。

经济学家只和我们谈论文学话题。显然,是出于"和作家打交道,就得学说作家的话"的考虑。我们被他对作家及文学轰动一时的事件的执着追问折磨得精疲力竭。

经济学家不知为什么对米哈伊尔·斯韦特洛夫[1]特别感兴趣。他就同一个问题对我们纠缠不休:"斯韦特洛夫写什么生活题材?"刚开始,我们试图认真地给他讲述斯韦特洛夫的诗歌。但这显然不能使他满意,傍晚时分他又提出了那个该死的问题,那个还在早晨我们就回答过的问题:"斯韦特洛夫写什么生活题材?"

---

[1] 米·阿·斯韦特洛夫(1903—1964),苏联作家、诗人、剧作家。

"西班牙生活。"我略带怒气地对他说,"您不是读过他的《格林纳达》嘛。"

"读过又怎么样?斯韦特洛夫在那本书里把一切都搞乱了。难道西班牙有格林纳达乡?"

"当然有。"

"您说说,多有意思!而爱伦堡写什么生活题材呢?"

"外交和中欧生活。"老诗人用嘶哑的低音回答道,他的眼睛和眼镜上发出异样的光。

不过经济学家并没有停下来。

"难道有这样的题材?"他天真地问道,"难道爱伦堡是在外事委员部供职?他在那里任什么职呢,你们知道吗?"

我们不知道这件事。于是经济学家不失时机地立刻问道,帕斯捷尔纳克是写什么生活题材的。

"别墅生活。"我疲惫不堪地答道。

"为什么?"经济学家突然不安起来,"难道他莫斯科郊区有别墅?请问。诗人有别墅!"

经济学家使我们厌烦得要命。我们躲着他,不过他还是随处追上我们:在森林里,在田野上,在韦尔图申卡峡谷里,而且——令人完全难以忍受的是——我们写作时他也在我们房间里。

我有时到邻近的小河鲁扎河钓鱼。诗人缠着我跟我去,不过他不钓鱼,而是坐到旁边,高声朗读自己的和别人的诗歌。

我几次暗示他,鱼害怕噪音,所以会远离那种大嗓门的诗人。

"没什么!"诗人回答说,"让它们习惯就好了。这是您没有兴趣听我的诗歌。而对鱼来说这是少有的娱乐。它们过着苦役般的生活。河水冰冷，淤泥肮脏，鬼知道它们吃着什么东西，总之各种使人恶心的东西——蛆、幼虫和苦味的水草。而且它们在水里，那里黑乎乎的，又寒冷，又令人害怕。一不留神近旁的某处就会突然出现狗鱼，它把钢铁般坚硬的颌骨弄得咯咯响。那时就要拼命地逃跑！"

这些谈话妨碍我钓鱼，我却不得不忍受着。诗人会背诵很多诗歌与讽刺短诗。他自己边走边创作出诗歌。他最常回忆起来的是奥列伊尼科夫[1]的一首诙谐诗：

> 小小的鱼一条，
> 一条煎炸鲫鱼，
> 你昨天的微笑，
> 今天去了哪里？

不久，经济学家走了。这之后，马列耶夫卡开启了美好的生活。我们总共只剩下两个人，我们自己也奇怪，为什么休养所只有两个人还照常开办。

诗人变得善良了，甚至变得若有所思并开始了写作。他的所有恶毒在秋日微寒的空气中仿佛烟消云散。

他每天都写关于晚霞的诗歌。的确，在这个秋天里，莫斯科的郊外燃烧着的晚霞很美丽。晚霞，宛如燃起的蜡烛一般——一支接着另一支，用它那昏暗的黄色的火光点燃了周围的小树林。

---

[1] 尼·马·奥列伊尼科夫（1898—1942），苏联作家。

每次日落，都会有那么几分钟的时间，落日的色调开始逐渐暗淡，天空仿佛飞上了穹顶，淡紫色的夜幕悄无声息地笼罩了田野与森林。叶子一直在落啊落的，而且这种景象似乎没有尽头。

要像开始时那样去生活

我不顾医生的禁止,在马列耶夫卡写完了中篇小说《科尔希达》。小说写得很轻松,进展很快,没有压力,这甚至让我害怕。我听很多作家说过(一般来说都是正确的),书如果写得越艰难,它就越是深思熟虑的,越可信赖。

新写的中篇小说我没人可展示。不过很幸运的是,儿童作家罗扎诺夫[1]来马列耶夫卡待了几天,他是《"小草"奇遇记》这本享有盛誉的书的作者。

我给他读了《科尔希达》中的几章,他如此亲切而朴实地称赞了它,这使我放下心来,甚至决定把小说投到高尔基主编的文集《第十六年》[2]去。

---

1 谢·格·罗扎诺夫(1894—1957),苏联作家。
2 高尔基主编的文集《第十六年》,是文学艺术和社会政治文集,第一本书出版于1933年,被称为《第十六年》(即革命后的第十六年),接着是《第十七年》,以此类推。从1950年起作为作家协会机关刊物。1956年改名为《我们的同时代人》丛刊(1964年改为同名杂志)。

高尔基读完了《科尔希达》,正如他自己后来告诉我的,他"亲自动手"总共只提了一条意见。这与天竺葵花有关。我写到,天竺葵是小市民日常生活中的花,是居民窗口的主要装饰花。

　　高尔基在手稿的页边上写道,任何植物和花都不可能是小市民的或者是庸俗的,天竺葵——是城市贫民喜爱的花,也是挤满了手艺人的空气闷浊的地下室的花。民间早就形成一种看法,天竺葵可以净化钳工房、制鞋作坊以及其他作坊里污浊的空气。因此人们喜欢它。

　　在离开马列耶夫卡之后不久,我遇到了高尔基,他责备我,说我没有发现这种花的美。

　　"或许,您什么时候会去意大利,"他说,"您在那里随处都会看见如此茂盛的天竺葵,简直会目不转睛地盯着它看。而我们这里最好的天竺葵,我认为,是在大诺夫哥罗德。在这一美好城市的所有城郊的集镇里,鲜红的天竺葵简直像在燃烧。您去过大诺夫哥罗德吗?"

　　"没有,没去过。"

　　"一定要去。一定!喝一杯集镇上老太太的椴树茶。它美味惊人,不过,说实话,它只是为喜欢的人而准备的。"

　　他用手指敲打着桌子补充道:

　　"地方特色!我喜欢地方特色。由这些地方特色就可以描绘出俄罗斯,就仿佛用浓浓的颜料在画布上画出俄罗斯一样。您喜欢画家库斯托季耶夫[1]吗?"

　　"很喜欢。"

---

[1] 鲍·米·库斯托季耶夫(1878—1927),俄苏画家。

"所有这些都是同一类现象。"高尔基说道,注视着自己细长的香烟袅袅升腾起的烟气。"库斯托季耶夫,集市上的滑稽草台戏,绿草鲜嫩的牧场,芳香的木制小商品[1],伏尔加河流域美女肩上的披巾,阁楼,窗台上的天竺葵,玫瑰红色的晚霞——就是那些那么可爱的映在茶炊上的晚霞,手拿彩绘蜜饼的小男孩……神奇的画家!神奇的!您喜欢诗歌吗?"他出其不意地问道。

"是的。不过按自己的方式。"

"这'按自己的方式'是什么意思?"

"我一天能读完的诗歌就那两三首。不过,这两三首我会记得很久,有时会铭记终生。"

"令人羡慕的素质啊,"高尔基说,手指又敲打着桌子,看着一旁,补充说道,"而我已经不行了。硬化病吧,还是什么?而阁下,现在令您倾心的是谁呢?当代诗人中。"

"勃洛克。还有帕斯捷尔纳克。"

"您生活得很富有啊!"高尔基说道,"这值得称道。在诗人这儿什么样的奇迹你听不到呢?而我还是最喜欢普希金。'风暴用黑暗遮蔽了天空。'记得吗?'来喝一杯吧,我苦难青春岁月的伴侣。'[2]"

他用自己的男低音吟出这几句诗并陷入了沉思。

"您去大诺夫哥罗德吧。那里像阿琳娜·罗季奥诺夫娜这样的良伴很多。俄罗斯的诗歌似乎就是从她们那里开始的。"

---

1 薄木片制品,也包括木雕制品和车削木制品。
2 引自普希金的诗《冬晚》(1825)。

那个秋天我在马列耶夫卡读了很多诗人的作品——瓦西里耶夫[1]、斯韦特洛夫、扎博洛茨基[2]、帕斯捷尔纳克。我忍不住给高尔基分别朗读了这几位诗人作品中我喜欢的几句诗。他突然深受感动。

"怎么,怎么?"他问道,"请再读一遍。"

我读了瓦西里耶夫的一首诗:

> 你相信了纯朴的话语,
> 伴着鸟翼吹来的斜风,
> 走遍整个俄罗斯大地,
> 牵着童话的手引路前行……[3]

而这首诗则是帕斯捷尔纳克的:

> 说是从屋顶,其实是从梦中,
> 说是胆怯,其实是健忘,
> 小雨在门外踏着叮咚的步声,
> 散发出葡萄酒瓶塞的异香……[4]

"说得太准确了,"高尔基说,"您是什么人呢——小说家还是诗人?大概,是诗人。"

---

[1] 帕·尼·瓦西里耶夫 (1910—1937),苏联诗人。
[2] 尼·阿·扎博洛茨基 (1903—1958),苏联诗人。
[3] 引自瓦西里耶夫的诗《夏天》(1932)。
[4] 引自帕斯捷尔纳克的诗《夏天》(1917)。

他把自己的一只大手放到我的肩上,并轻轻地按了按。

"着手做吧!要像开始时那样去生活。神鬼不会抛弃你,只是自己别大意。[1]"

一九六三年

---

[1] 最后一句话为俄罗斯民间俗语,原意为"上帝不会抛弃你,母猪不会吃了你"。原文中这句话把"上帝"一词换成了"鬼",大概是当时的无神论语境使然。

译后记

在苏联时期的作家中，帕乌斯托夫斯基以善于歌颂美好生活、摹写奇妙的大自然、塑造普通民众的艺术形象而著称，他的这种写作风格即使是在苏联时期的主流艺术倾向中也显得独树一帜。其独特之处就在于，他在战争的艰苦岁月和苏联时期的日常生活背景下创造了一种不同寻常的"温馨叙事"。在那个特殊的时代，人们遭遇了现实的残酷，渴望逃入文学世界以寻求精神抚慰，正是在这样的境况下，帕乌斯托夫斯基拥有他独特的历史价值。

然而也正是他的这种风格，引起了一些人的不满，尤其是当我们站在今天的角度来回顾那个特殊时代的时候。《生活的故事》写作时间大致是一九四五年到一九六三年，全书六卷是相继发表的。这是苏联历史上的一个转型阶段，包括了人们说的"解冻"时期，因此，与帕乌斯托夫斯基此前的作品有所区别，这部作品出现了读者可以明显感觉到的反省色彩。即使如此，仍有人表示不满。众所周知，持这种批评态度的代表人物就是索尔仁尼琴。他在其回忆录中写道："在此之前只是令我发笑的现代文学出版物，现在又引得我大动肝火。正好是发表了爱伦堡和帕乌斯托夫斯基的回忆录,我于是给编辑部寄去了措辞尖刻的批评文章,当然是没有人会接受的,因为我当时还是一个无名之辈。从形式上看我的论文似乎是一概反对回忆录作品,实际上我是感到气愤:这些目睹过巨大阴暗年代的作家仍然想要一溜而过,不告诉我们主要之点,而只是说些鸡零狗碎,想要用舒缓的油膏粘住我们的眼睛,让我们今后也不能够看到真理。他们,这些有地位的作家,不受威胁的作家,干吗这样胆小怕事?"[1]当然,索尔仁尼琴的话未必公允。实际上帕乌斯托夫斯基有自己的创作原则和创作风格,而且他也明确地宣称:"对于所有的书,尤其是自传体的书,都有一个神圣不可侵犯的原则——只有到作家能够说真话的时候,方可动笔。"(见本书开头的《几句话》)

　　问题也许应当这样来看。帕乌斯托夫斯基写这部作品的目的不是"批判",而是客观地,或者如他所说,真实地记录他在那个特殊时代的自我体验。帕乌斯托夫斯基并不是先知,他像大多数人一样,被那个时代的话语所控制,会产生不同于我们站在今天的立场上所感受到的特殊体验,而把这种体验忠实地记录下来,也就是帕乌斯托夫斯基所说的"说真话"吧。即使写到在今天看来较为敏感的历史事件,作家所记录下的也是当时的感受,而非当今的评判。因此,我们说,他是在那个特定的时代里,用自己的笔为处在迷茫中的人们寻找生命中的亮色,激发他们对生命意义的感受,为他们增添生活的勇气。如他自己所说:"无论将来我的写作计划能否实现,我此刻都希望这六部小说的读者能体会到在全部逝去的岁月中左右着我的那种情感,这就是对我们人类存在的重

---

[1] 引自索尔仁尼琴《牛犊顶橡树》,陈淑贤、张大本、张晓强译,群众出版社2000年版。

大意义和生活的深刻魅力的情感。"(本书《几句话》)当然，或许也是因为他在生活中不曾像索尔仁尼琴那样遭遇过由于政治因素而形成的生命危机性事件，所以他把目光更多地投向了生活中美好的一面。

如果从史料的角度来看，帕乌斯托夫斯基的回忆录显然遮蔽了某些重要的历史内容，甚至可以说是某些代表历史本质的内容，比如，他写到的许多人物，甚至与他十分亲密的人物，如巴别尔，是在那个时代被迫害致死的，但他对此往往只字不提。这就是一个接受角度的问题。如果从一个异域普通读者的角度来看，则不会把一个艺术片断与什么历史背景做联想，因为那既不是他可以理解的，也不是他愿意去理解的，他面对的是一个仅仅与自己的心灵发生共鸣的艺术对象。我想，大概更多的中国读者是从这样的角度来阅读帕乌斯托夫斯基的，这也是帕乌斯托夫斯基在中国拥有广大读者的一个原因。当中国进入二十世纪五十年代之后，当人们厌烦了某些肤浅的颂歌体式的时候，帕乌斯托夫斯基的出现便成为一股清新的水流，立刻荡涤了我们干涸的心灵，给人们带来了全新的体验。中国的这种帕乌斯托夫斯基热，连许多俄国人都觉得是一件难以想象的事。

显然，我们在接受帕乌斯托夫斯基的时候，很少有人会关注他的"说真话"的立场。作为解冻文学时期的作家，帕乌斯托夫斯基的思想实质还是"解冻"的，而非如索尔仁尼琴说的有意要遮蔽真理。当年，"解冻"作家杜金采夫发表了他的长篇小说《不是单靠面包》。小说刚连载完，作协莫斯科分会散文组就于十月二十二日开会进行讨论。当时想要参加旁听的人很多，于是不得不由民警维持秩序。在讨论中特别引人注意的是作为"老作家"的帕乌斯托夫斯基的发言，他强调这部小说是"重大的社会现象"，说它所描写的是同官僚主义者进行的"第一次战

译后记　251

斗"。他认为像小说里所描写的那样的官僚主义者在生活中有成千上万,文学应该继续向他们发起猛攻,直到他们绝迹为止。这篇充满激情的发言记录一时在社会上广为流传。[1]实际上,他客观记述那个时代的感受,就是一种还原历史的努力。此外,作为解冻文学的参与者,他也不时对那个时代的悲剧意味做出暗示。比如,在这部作品中,他用电影的高潮来比喻那个时代的革命浪潮:"电影中最典型的高潮范例是追捕。这些狂奔的骑手(为了追杀敌人或是救出心爱的姑娘)让普通百姓,特别是青年人,付出了昂贵的代价,使他们的神经遭受了巨大的创伤。"(见本书第五部中《简短说明》一章)这种思想其实已经带有了当今新历史主义的色彩,即宏大的历史事件给作为历史叙事的个人带来了终极损害。此外,也有个别片段,作者忍不住也会直接做出评判。如:"而这桩正在发生的事件有时让人欣喜和惊叹,有时又让人感到未必稳妥。我有时觉得它是伟大的,有时又觉得一种不必要的残酷暗中替代了这种伟大;有时感觉它是光明的,有时又感觉它是模糊而可怕的,就像被一团团血色浓云所遮蔽的天空。"(见本书第三部中《记者咖啡屋》一章)当然如果读者细心阅读的话,也可以发现,在整体的"温馨叙事"中,我们也可以感受到其中的悲剧性意味,除几乎所有与作品主人公最亲密的人都相继以悲剧的方式离世之外,主人公本身的"生活"也一直带有悲剧色彩。可以这样理解,除在他自己内心生活的文学世界之外,他和我们生活的这个世界是有隔膜的,正如他所说的:"在这一天之前从未有过的一个想法,一个让人感到锥心之痛的十分明确的想法,让我想要发出呻吟来,不吐

---

[1] 参见张捷《抱憾离开人世的杜金采夫》,《外国文学动态》1999年第1期。

不快。出现这种感觉，是因为我意识到了自己那种并非虚构而是实实在在的并因此令人生厌的孤独，意识到了我并不被任何人所需要——无论是玛丽亚，还是所谓的朋友们，还是我自己。"（见本书第五部中《这一切都是虚构！》一章）当然，我们可以把这一点理解为作家的抽象本性，但同时，我们也可以把它理解为像哈姆莱特那样的感受，即与时代的脱节导致人的悲剧。

由此可见，帕乌斯托夫斯基总体上还是继承了俄罗斯文学的伟大传统，力图通过文学叙事对历史与现实加以反思和评判。但是，从今天的角度看，帕乌斯托夫斯基仍然是一个特定环境、特定时代中存在的历史人物，或者说，任何先知都是属于那个时代的，即使是宗教的预言家也是如此。因此，帕乌斯托夫斯基不可能以今天的俯视角度来看他自身所在的时代，此外，在我们看来，这种情况也与本书的体例有关。帕乌斯托夫斯基的很多作品都标称是"小说"，但基本上是纪实性散文，这也许是一种策略，免得让读者"对号入座"。然而在书中他又刻意营造出纪实性风格，实际上他也是要尽力达到历史"还原"的效果。这样一来，他在描写历史事件时就不能完全以客观记述的方式来描写。比如，肖洛霍夫是比帕乌斯托夫斯基更引人注目的"红色"作家，但他的《静静的顿河》则可以客观展示十月革命时期各种力量的博弈，以及这种发生在民族内部的战争给人带来的损害。它只要通过艺术的"客观"性展示就可以了。但帕乌斯托夫斯基的作品无法做到这一点，大家可以看到，他无法客观地描述那些发生在他视野之外的事件，也不能不对他所经历的事件做出价值评判，而这种评判还要确保他的作品能够被社会所接受。

不过，公允地说，除了有关历史政治事件的描写，帕乌斯托夫斯基

译后记　253

在对美好人性的"歌德"层面上表现出一个伟大作家的品格。他并没有描写俄罗斯人在重大历史事件中的英勇壮举，但通过他笔下那些小人物的日常生活，我们也许更能理解一个民族的特性。恰达耶夫曾断言俄罗斯人给世界提供的都是苦难的教训。这当然是一种反省的姿态，正如鲁迅笔下的中国人形象，其效果是警醒国人从睡梦中振作起来。而帕乌斯托夫斯基不同于此，他致力于发现俄罗斯人在底层生存状态下呈现出来的独特性。比如他在书中记述了一件小事（第三部中《寂静地带》一章）：在艰难的十月革命时期，花圃工人送了他一束无人订购的花，当他挤上电车时，花束被乘客们发现，结果众人一齐发出艳羡的声音，都小心翼翼怕挤到花朵，而当一个小姑娘大胆地恳求送她一枝花之后，其他乘客都露出了渴望的眼神，于是他把花束分发给了大家，一位乡下的老大爷用脏兮兮的手把花枝小心地护在胸前，乘客们顿时都像过节一样兴奋起来。——看上去这不过是一枝小小的花而已，然而在那个严酷的、连吃饱肚子都成问题的年代，这花朵却是人精神追求的标志，这也正是俄罗斯民族的伟大之处。一个民族只有当他们在遭遇物质危机的时候还保有超越物质的追求，这个民族才是一个有着高尚情怀的民族；而如果一个民族即使在物质丰富的时候也仍然没有精神追求，这便是这个民族的整体悲哀。我想，也正是帕乌斯托夫斯基的这种价值立场激发了中国广大读者的热情。

与此同时，在翻译的过程中，我们也注意到，帕乌斯托夫斯基的文字有其华丽、优美的特点，但从今天的审美要求来看，有许多地方却显得过于追求藻饰、雕琢、用语的新奇，这让我想起托尔斯泰批评一位热爱写作的贵夫人的话，这位夫人在描写日常景象时用了繁复的修饰语，反而让人生厌，真正的感染力应当产生于简洁准确之中，尤其是散文体作品。帕乌斯托夫斯基本人对此也有自觉，他在本书中就谈到过：

> 那时我的写作更像是绘声绘色却无人需要的研究论著。其中没有整体感，却有着大量轻浮而杂乱无序的想象。
>
> 比如，我能花上好几个小时描写不同的闪光，不管它是出现在哪里的——瓶子碎片上的、轮船舷梯铜扶手上的、窗户玻璃上的、杯子上的、露珠上的、蚌壳上的，还有人的瞳仁中的。这一切汇聚成了让我意想不到的图景。
>
> 真正的想象，需要清晰、精确，而我很少能做到。这些图景大多是模糊的，那时我很少下功夫赋予它们现实的明确性，也常常忘却粗粝的生活。
>
> 最后我自己形成了一条雷打不动的描写规则。然而不久之后我把它们找出来连起来重看时，却发现这些文字甜腻腻的、无聊透顶。我感到吃惊。散文必需的力度和严整在这里变成了果子露、美味糕一类的甜食。这些文字非常黏腻，这就是些文字的果子露。它们是很难清洗掉的。
>
> 我曾下狠心要洗清这种云山雾罩、辞藻华丽的散文，虽然不是总能如愿以偿。
>
> 幸运的是，那个阶段很快就过去了，几乎所有那期间写的东西都被我销毁了。不过就是现在，我有时还能觉察到自己对华丽辞藻的嗜好。（见第三部中《我们浪荡鬼的黑特曼》一章）

实际上，这样的特点一直保留在他的写作风格之中，尽管并不是处

译后记 255

处如此。当然，对这样的表述风格的评判也是见仁见智的事，相信读者会做出自己的判断。

  本书在国内已有河北教育出版社出版的非琴先生的出色译本，我们此次重译参考了这个译本，在此向已过世的非琴先生致以诚挚的敬意。在整个翻译过程中，我们与俄方的一些学者一直保持着即时联系，这使得我们可以尽最大可能呈现原文的含义与风格。本书的几位译者均为俄国语言文学专业的博士、南开大学的专业教师，我们用了一年多的时间翻译初稿，此后我又用了一年多的时间对全部译文做了校订。尽管如此，译文仍不免存在疏漏，请各位方家发现问题随时告知，以便将来修订之用。此外，本书第三部《记者咖啡屋》一章我们做了一些技术上的删减，请研究者在引用时直接核对原文，或向我咨询。我的电子邮箱为：wzhigeng@126.com。

王志耕

二〇一七年四月于天津–莫斯科